Best Time

白 马 时 光

十年一品温如言

中册

书海沧生 著

百花洲文艺出版社

目录
CONTENTS

Chapter 37 这个世界都知道　303
Chapter 38 台上台下两台戏　314
Chapter 39 绿毛怪也很重要　323
Chapter 40 假面下面的假面　329
Chapter 41 信人者维以永伤　338
Chapter 42 维也纳也有晴空　345
Chapter 43 红颜一怒只为君　354

Chapter 44 须何当作迟伤痛　364
Chapter 45 谁拿走了他的家　371
Chapter 46 小木偶何处安家　376
Chapter 47 甲之蜜糖乙砒霜　383
Chapter 48 永恒时光一件事　391
Chapter 49 什么等同了什么　400
Chapter 50 韶华转眼是此冬　407

Chapter 51 什么没有发生过　416
Chapter 52 殷殷切切总劳苦　424
Chapter 53 素指结发不成约　433
Chapter 54 这个地球上有你　443
Chapter 55 似醉非醉三分醒　451
Chapter 56 一切前因皆是果　459
Chapter 57 撕掉时光一日日　467
Chapter 58 很喜欢很喜欢你　475

目录
CONTENTS

Chapter 59 第三陌是七宗罪	484
Chapter 60 何人何时在何方	491
Chapter 61 云想衣裳花想容	497
Chapter 62 微笑着容易一天	506
Chapter 63 生活本来的模样	512
Chapter 64 生命中不可或缺	519
Chapter 65 只是一条旧时路	526
Chapter 66 忽远忽近的洒脱	534
Chapter 67 我没有那种力量	543
Chapter 68 我们说的谁和谁	555
Chapter 69 一树一花一菩提	562
Chapter 70 多么可惜不是你	569
Chapter 71 谁也未能牵谁手	580
Chapter 72 彼此幸福的机会	591
Chapter 73 当我发现一扇窗	601
Chapter 74 挽住时间不许走	612
Chapter 75 何处暗香不残留	620
Chapter 76 千万人中有一人	627
Chapter 77 许多想忘的回忆	633
Chapter 78 无可不忧无可忧	641
Chapter 79 入眠的人怕梦醒	649

Chapter 37
这个世界都知道

那一日，是阿衡到 B 市第二年的秋日。

他们一起爬山，少年时的随想兴起。

走了很久很久，阿衡一直向山顶爬去，这是很累很累的时候，最后的坚持。

她没有想过转身，身后却传来这样的埋怨："唉，累死老子了，到底是谁出的馊主意要上山……"

不是你吗？

阿衡笑，微微侧过身子，不假思索地伸出手，另一侧却有一只同样伸出的手。

是思莞。

言希愣了，阿衡微笑着，想要若无其事地缩回手，却被言希伸手抓住："呀！你个没良心的丫头，我在后面快累死了，现在才想起来！"

思莞的表情有些僵硬。

他缩回手。

"哥！"尔尔跑在最前面，此刻转身，笑容灿烂地对着思莞招手。

思莞温和地看了言希一眼，大步走向思尔。

阿衡笑，觉得拉着言希，像拉着一只猪仔。

"言希，你到底在包里塞了什么东西，看起来这么沉。"

"也没什么，就是我的猪头拖鞋外加睡袋外加零食外加十几本《最游记》。吼吼，我是三藏！"言希摆了三藏拿枪的帅气冷酷姿势，吹去指尖虚无的硝烟，表情认真而小白。

阿衡想要吐血："我们只是在山上露宿一晚，不是小学生春游！"

言希抓着阿衡的手，没骨头的德行，走得磨磨蹭蹭，耍赖的模样："还不都一样吗？"

容颜若花，换回男装的 Mary 瞥了身后吵闹不休的两人，笑着开口："思莞，你完了。"

思莞表情只是温和，不咸不淡地开口："Mary，你是在幸灾乐祸吗？"

Mary 食指习惯性地撩了凤尾："思莞，我可是事先警告过你的。"

思莞望了望远处慢慢染红的枫叶，轻笑："不会是阿衡。她和言希的缘分不够深。"

Mary 语气微微带了嘲弄："是啊，你的缘分够了，整整十七年呢，如果不出什么岔子，铁定是一辈子的发小儿！"

"发小"二字，是吐出的重音。

思莞不作声，思尔在一旁冷笑，却只装作没有听到两人刻意压低的声音。

"你们别磨蹭了行不行，一会儿上山，天都黑了。"辛达夷爬得吭吭哧哧，自是注意不到身后的暗潮汹涌。

"带打火机了吗？"思莞问。

"毛？"辛达夷傻眼。

"打火机。"陈倦挑了眼角，不屑的语气，"别告我你丫没带，咱们今儿晚上可要冻死在明山上了。"

明山位于市郊，因为人工雕琢得少，大半是自然生成的景，再加上地势和海拔都符合山的原生态味道，很招人青睐，尤其是春秋两季，来这里游玩的人很多，但是，兴许觉得不够安全，露营的却很少。

"老子没带怎么着了吧！我喊，你倒是带了，拿出来让老子瞅瞅呀！"辛达夷不凉不热地堵了回去。

陈倦冷哼："本来就没有指望你的打算！"转身，略显尴尬地唤了阿衡，"阿衡，带火机没？"

阿衡被某猪仔折腾得满脑门子汗，拖家带口回答："没带。没事儿，山上有打火石。"

辛达夷笑："为毛每次感觉有阿衡在，什么都不用担心呢？"

思尔扯了嘴角："陆流在的时候，这话我好像听过。"

辛达夷扒拉黑发，有些恍然："这么说来，陆神仙和阿衡是有几分相像。"

思尔摇头："错了。是阿衡和陆流哥像。"

Mary 轻飘飘地嘲讽："辛狒狒，我骂你一声'狒狒'又哪里亏了你？"后知后觉到如此。

那种温润华彩，那份聪慧淡情，他本以为离了美国，离了维也纳，这世间再难得。

可是，归国，却奇异地在一个女子身上看到。

他一直在旁观，想要看看她会走到哪里，可惜终究未到与那个男子分庭抗礼。再成长一些，这个故事，兴许会更加有趣。

终于到了山顶。

阿衡只剩出的气儿，瘫在大青石上，指着一旁嘚瑟的少年："言希，你先不吃零嘴，歇会儿成不成？"

这红衣少年盘坐在地上,却恨不得把脑袋塞进包中,扒扒扒,我扒:"排骨,我的小排骨,在哪里,你丫出来,出来!"

阿衡吸吸鼻子,呵呵,幸亏提前把饭盒里的排骨藏了起来。

这厢没得意完,那厮已扑了过来,阿衡护住背包,大义凛然,俨然董存瑞炸碉堡。

"阿衡,女儿,衡衡,我就吃两个,呃,不,一个,就一个,嘿嘿……"言希觍着脸撒娇。

众人鸡皮疙瘩掉了一地。

辛达夷把香蕉皮砸了过去:"言希你丫恶心死人不偿命是不是?!"

阿衡忍笑,拉住撸了袖子龇牙的言希,板着脸:"你坐在这儿,乖乖待五分钟,就给排骨吃。"

"好。"言希笑眯一双大眼睛,晃着一口白牙乖巧无比。

Mary 抖抖:"Gosh,这还是言妖精吗?"

思莞笑:"你还不习惯吗?阿希疯的时候能群魔乱舞,乖的时候就是领小红花的乖宝宝。"

思尔哼:"言希哥,我可是习惯了十六七年还没习惯起来,更何况是 Mary,习惯了才不正常。"

辛达夷点头附和,就是就是。

言希有些尴尬,看着思尔,全然没了平日的毒舌,只是不自然地笑着。

来时,大家带的吃的都不少,坐在枫树下,铺满了树影。吃饭时辛达夷、Mary 斗嘴,权当了佐料,一顿饭,笑声不断。

上山的时侯,有些迟,现下,吃完饭,太阳已经西斜,挂在明山上缓缓坠落,等着海岸线,温暖陷入,期望着酣眠。

"拾些柴回来吧。"思莞仰头,望了天色,开口。

Chapter 37　这个世界都知道

六个人，分了三组，辛达夷、Mary，言希、思尔，思莞、阿衡。

阿衡看了思莞一眼，虽奇怪这样的分组，却未说什么，只跟着他，走向东面。

明山前几日刚下过雨，树枝被打落了一地，踩在上面，软软的，很舒服，只是树枝大多未干，拾起来有些麻烦。

"阿衡，你看看前面。"思莞想起了什么，笑着指了指前面。

"什么？"阿衡怔忡，细细辨了声，"哦，小溪吗？"

随着枫叶掉落，潺潺流淌着温柔的声音。

思莞点头："还是两年前，初中毕业旅行时，言希发现的。"

阿衡搓掉了干柴上的枯叶，眯眼，笑着："那时，他已经回来了？"

"嗯？"思莞微微睁大了眼睛，眉头微皱，是询问不解的姿态。

"休学。"

"呵，那个……是……言希那时已经回来了。"思莞微笑，低头，右手指尖微微触到心脏的位置。

一时无话，捡完回去，大家也都回来了。

达夷、Mary捡的还成，大半能用。至于言希、思尔捡的，大半不能用。

"想也知道。"思莞笑睨大少爷、大小姐，"所以，把两个麻烦精分到一起，才不会惹事。"

一个冷笑，一个不屑，这样看起来，倒有几分相似。

大抵富贵出身的孩子都有这样被娇宠而无所事事的本领。

阿衡想了想，只是笑。

天色愈黑，月上中天，树叶摇晃起来，沙沙的，随风，在耳中盘旋。

找了打火石，全权由阿衡处理。她幼时常随养父在山上过夜，拾柴生火这些零碎的活儿，手熟了，并非难事。

阿衡让大家折了干柴，错落着，堆了起来，拿起打火石，轻车熟路地蹭了好几下，凑向柴堆。一个细碎的火花，瞬间，燃了起来，明艳艳地，点亮了山顶和少年们年轻的面庞。

辛达夷、言希欢呼，两人牵手抽风，闹唤着，跳起了草裙舞。

移动，章鱼手。

晃荡，移动，章鱼手。

晃荡，嘴里却学着人猿泰山的经典嘶吼。

剩下的人，黑线。

唉，乱七八糟的。

"我敢打赌，泰山都没有我家女儿厉害。"言希展开怀抱，笑得小虚荣心高昂。

"又不是你丫！快，下面观众看着呢，跟上节奏！"辛达夷龇牙，亮晶晶光鲜的笑容，拉住言希，甩着手，继续草裙。

思莞、思尔笑得前仰后合。

阿衡无奈，掩脸。

"一对智障儿，喊！"陈倦直撇嘴，但是，眼中的笑意却好看温存。

俩傻小子闹完了，大家围着篝火，坐了一圈，辛达夷兴致勃勃："嘿嘿，咱们讲鬼故事吧，多好的氛围，多好的情调啊。"

思莞、陈倦都是胆大的，思尔虽然自幼体弱多病，但个性却是不服软的，于是大家点了头，表示赞同。

阿衡自是无什么不妥，只是扭头，言希似乎受了重大打击，全身僵硬。

"言希哥，可是一向怕这些鬼呀神的。"思尔笑。

言希怒："谁说本少害怕！"

"那我可开始讲了哈！"辛达夷怪笑，"今天老子讲的，可是真实发生在明山上的事儿。"

Chapter 37 这个世界都知道

众抖,言希哆嗦,哆嗦,无限哆嗦……

"三年前,有这么一群学生,和咱们一样,到明山来露营,结果,第二天回去,坐公交的时候,有一个辫子特别长的姑娘上车的时候,辫子被车门夹住了,然后,车启动了……"

"然后呢?"言希挥手挥了一脑门的冷汗。

辛达夷故意吓言希,压低了语调:"然后,那长辫子姑娘就被公车活活拖死了。"

言希被唬得满脑门都是汗。

阿衡皱眉,觉得这故事似曾相识……

大家却是听得聚精会神,大气不敢出。

"又过了几年,又有一群胆大的学生听说明山闹鬼,还是一个长辫子的女鬼,趁着毕业旅行,到了明山旅游,寻找那个女鬼。其中有一个特别胆大的,甩了大家,自己一人独自寻找,结果,到了深夜,还是没有找到……"达夷滔滔不绝,讲到稍微吓人的地方,就故意大声,制造音效。

言希呆呆地看着辛达夷,汗啪啪地往下掉。

阿衡笑,轻轻用小指勾了勾言希的小指,嘘了一声,小心翼翼地弯腰起了身。

大家的注意力都在达夷身上,根本没有发现阿衡的蹑手蹑脚。

"结果,有人在背后拍那个学生的肩,他全身的汗毛都竖了起来,身后传来幽幽的嗓音……"辛达夷唾沫乱飞。

"你是在找我吗?"幽幽的嗓音传来。

有人拍了辛达夷的肩。

辛达夷转身,呆滞了三秒钟,尖叫:"有鬼嗷嗷嗷嗷!!!"

抱头飙泪!!!

众人呆,望着那"鬼",若无其事地关了打在脸上的手电筒,黑眸黑发，面容温柔干净。

一二三，众人憋不住，一起大笑起来。

辛达夷觉得不对劲，哆哆嗦嗦边号边转身，竟然是——阿衡。

"阿衡！！！"辛达夷怒发冲冠。

阿衡拿着手电筒若有所思："如果我没记错的话，这个故事两天前在电影频道午夜剧场上播过，似乎是《长辫惊魂》？"

"辛达夷！！！"众人摩拳擦掌。

恐怖的气氛一瞬间消散殆尽。

大家又说了会儿话，困了，扒拉出睡袋准备睡觉。

言希却一直对着篝火，饶有兴致地看漫画书。

阿衡用树枝铺了一层，觉得够软了，才拿出睡袋，不经意回眸，看到思尔手中的睡袋，愣了。

转眼，再看言希，依旧是翻来覆去地看三藏枪击敌人的几页。

"阿希，不睡吗？"思莞合上睡袋，带着浓浓的睡意，眼睛快要睁不开。

言希摇摇头，眼并不从书上移开。

思莞见状，嘴角扯了笑，闭眼，微微侧过身子，入睡的姿势。

至于辛达夷，不过几分钟的时间，已经打起鼾，想必是捉弄兼被捉弄，已经玩得透支了。

思尔裹着红色的睡袋，和大家道了晚安，也安静地睡去。

Mary 起初并不睡，磨磨蹭蹭了许久，看着言希丝毫没有动静，觉得无趣，打了哈欠，缩到离篝火最远的地方，歪头倒过去。

至于阿衡，她早已做出沉沉熟睡的姿态。

闭目养神，不知过了多久，直至言希的脚步声远去，才缓缓睁开眼睛。

她循着潮湿的泥土上的脚印，安静地走了过去。

脚印消失的地方，一派豁然开朗。

月光皎皎，溪水明丽，那个少年，坐在河沙上，弓着背，遥望远方，瘦弱纤细却似乎在坚韧地守候着什么东西。

阿衡想起了，夏日田地里金灿灿摇曳的麦穗。

"阿衡。"他早已发觉她的存在，远远地挥手。

"不困吗？"她问。

"我的眼睛比别人大，所以困的时候合上需要的时间会比别人多一些。"他有一肚子歪理。

"为什么把睡袋给了思尔？"她微微皱眉。

思尔拿出那个红色的睡袋的时候，她已经发现。

"尔尔说她没带呀。"言希笑，弯了龙眼儿一般的大眼。

"我记得她掏食物出来的时候，明明不小心掏出了一个紫色的睡袋。"

"我看到了。"言希点头。

"所以呢？"

"可是她说她没带呀。"言希摊手，继续笑。

阿衡"哦"了声，双手捧了沙，从指缝滑过，漏了，捧起，留了更细的缝隙，看沙子继续一点点滑落。

无聊的游戏。

"阿衡，我用沙给你讲故事吧。"言希拍掉了她手中的沙。

阿衡吸鼻子，点头。

"看清楚了，咳咳。"月色下，一双莹白纤细的手轻轻拍了两下。

那双手捧了一捧细沙，平整均匀地铺在地上，少年微微带着清爽的嗓音："从前，有一个男孩子，是比地球上的所有人都漂亮的火星人……"

食指像魔法棒，在细沙上，轻轻勾勒，短短几笔，出现了一个长刘海大眼睛的比着剪刀手咧了半边唇角的娃娃。

"然后,有一天,他突然喜欢上了一个凶巴巴的女孩子,真的是很凶的女孩子呀,但是笑起来很可爱。"

拇指的指尖在娃娃的刘海间轻轻刻出纹,左手五指从它的发际温柔滑落,变成了淡淡的自然卷的长发,嘴角讥讽的笑用中指细细抚平,一瞬间,竟已是温暖可爱的笑意。

转眼,魔法师的魔法棒激越出火花,高傲漂亮的男娃娃变成了可爱俏皮的女娃娃。

阿衡觉得,自己的眼睛一定充满惊讶艳羡。这样简单的东西,却无处不是对生活的热爱和创意。

"男孩子虽然五音不全,但还是想要为女孩子唱一首歌,他最喜欢的 *Fleeting Time*。"

"Oh, time is fleeting in my world, but always in your way .When life is a photo, you are in my photo and stop day after day."

……

少年轻轻哼唱着,右手五指平顺地从娃娃身上滑过,成了五线谱,而娃娃,经过雕琢,变成了许多个生动的音符。

"可是……女孩子说她听不懂,以为男孩子生的怪病还没有痊愈,然后,吓哭了,跑掉了。"

他漫不经心地开口,又捧过一捧沙,细长的指,缓缓地释放月光下闪着银光的沙粒,一点点,把音符湮没。

一切,又恢复如初。

阿衡想了想,笑着下结论:"言希,你暗恋林弯弯?"

言希打哈欠,慵懒道:"是呀,除了温思莞不知道,几乎全世界的人都知道。"

"然后,是不是,林弯弯暗恋思莞?"阿衡恍然大悟。

言希斜眼:"笨蛋,思莞和林弯弯一直在一起,很久了。"

"这个,也是全世界都知道?"阿衡想得有些吃力。

"嗯,除了言希不知道。"言希仰头望天,微微笑了。

Chapter 38
台上台下两台戏

新学年开始了。

依言希的成绩，排位的时候，自然和阿衡坐不到一起。

班上的同学和阿衡混熟了，都觉得这姑娘挺实在，学习又好，坐在一起，绝对没坏处。于是，今年挑同桌，阿衡是绝对的抢手。

结果，由于陈倦成绩傲视群伦，婀娜着小碎步坐到了阿衡身旁："兄弟，缘分呀！"

阿衡笑呵呵的："是呀是呀，缘分。"

又隔了几个人，辛达夷斜着眼走了过来，幸灾乐祸："人妖，嘿嘿，你丫完了，欧耶！"

陈倦不明所以，但涂着紫色蔻丹的手指向辛达夷："呸，你个狒狒什么时候变乌鸦了？你丫才完了！信不信老娘咬死你，喊！"

可惜屁股还没暖热，言希黑着脸带着狞笑走了过来，书包扔在了某肉丝桌上，挑了眉，皮笑肉不笑："怎么着，是您自己走，还是我送您老一程？"

肉丝睁大眼睛，隐约看到言希脑袋上盘旋的长着黑翅膀的乱晃的小东西，想起无数次被毒舌潜规则的经历，赔笑起身："哪能哪能，言少您坐哈，小的打扰您父女团聚，罪该万死。"

"丫的，一副妈妈桑的德行！"辛达夷鄙夷。

肉丝款款移来："哟，辛少您德行好，以后，小的还要多多靠您感化了。"

随即，一屁股坐在辛氏达夷身旁。

四目相对，噼里啪啦，火花四射。

铁窗外探监，不，是等待排座位的众人无不感慨："你们看，多赤裸裸的四角恋呀！本来辛达夷暗恋温衡，温衡和辛达夷眉来眼去，挺好的小两口，结果言美人儿因为和 Mary 吹了，受了刺激，觉得野花不如家花香，肥水不流外人田，横刀夺爱，抢了好兄弟的爱人，和温衡上演了一出旷世乱伦父女恋，留下辛达夷和 Mary 两个伤心人，借酒浇愁，憔悴天涯，心如死灰，生无可恋，苟延残喘……"

铁窗内坐监，噢，不，是已经排了座位的另一窝眼泪汪汪："好虐哟，虐死个人了，玛丽隔壁的，那光屁股乱射箭的小屁孩儿绝对是后妈，太他奶奶的后妈了！！！"

阿衡第一次听到思尔弹钢琴，是在母亲为思尔举办的个人演奏会上。

她不懂音乐，只是觉得好听得过分，那双手，轻盈飞舞，在琴键上排列组合，却远比数学来得精彩。

当音符戛然而止，所有的人掌声响起，震在耳膜上，很像雷鸣。

思尔穿着白色的晚礼服，那样白皙挺拔的脖颈，看起来优雅而高贵。她起身离开钢琴，拿起麦克风，随着掌声的余韵，带着微微的羞涩和认真。她说："谢谢我的妈妈，我最爱最爱最爱的妈妈。"

然后，阿衡坐在那样靠前的贵宾的位子上，看着和尔尔同样高贵美丽的妈妈红着眼眶走上台，拥抱着那个少女，那样温暖贴心的姿势，舍不得放手:"这是我的稀世宝贝,我的朋友们。"

恰到好处将圆满圆满的,是如潮水一般的掌声。

她一直微笑着,只是耳中有些痛。

言希看着她,很奇怪,手忙脚乱。他穿着白色温雅的西装,却没有规矩地撸了袖子,双手死死捂住她的耳朵,口中念念有词。

瞬间,世界一片安静。

她微笑地看着言希的嘴巴张张合合,认真拼凑着太过急躁的语句:"乖……乖……乖……我们……阿衡……如果……学了钢琴……一定……弹得……更好……"

哦,是这样吗?……

阿衡吸吸鼻子,呵呵笑着:"言希,放手呀,你压得我耳朵好痛的呀,好痛。"

言希放了手,双腿没有规矩地跪坐在座位上,面向她,大眼睛恨不得笑成一条缝:"真的真的,阿衡你要相信我。"

阿衡,你相信我。如果也在那么那么小的时候学了钢琴,宝贝,你一定是比稀世珍宝更珍贵的稀世珍宝。

思莞把目光从台上转向台下,温和关切:"聊什么呢?乐成这个样子。"

言希撇嘴:"秘密。"

思莞更加温和关切:"我也不能说吗?"

言希不管,只喊:"你个榆木脑袋,都说是秘密了。"

思莞苦笑:"什么时候,你对别人的秘密也成了针对我的秘密了?"

趁着台上什么感人肺腑发言、台下热烈鼓掌的空当,言希含笑:"你说什么?太吵了,没听到。"

所有业内人士对思尔的演奏水准严肃认真地评价到了天花乱坠外星水准。

阿衡严肃地对着言希说："言希，我觉得我对音乐很有兴趣。"

言希也严肃地说："女儿，这是一个很高雅也很容易打瞌睡的兴趣。"

但是，生活如此无聊，我们可以随便找些乐子。

他从装满了幼时玩具的阁楼中拖出了一架荒废了许多年的钢琴，然后得了闲，熟悉一下几乎长了青苔的五线谱，让阿衡挑兵选将，挑中哪个便弹哪个。

他说："衡衡呀，为毛我觉得我现在很像某些店里待点的某些人呀。"

阿衡瞅了言希的细皮嫩肉，容颜似雪，小心翼翼地问："夜店牛郎？"

言希吐血："明明是酒店钢琴手。苍天大地，我的家教到底哪里出了问题……"

阿衡面无表情："哪里都有问题。"

言希愤愤："老子不干了，走，今儿爷请客，咱去听人拉锯唱曲！"

然后，他们穿着普通T恤，普通牛仔，普通得再普通不过的衣服，走到了据说是全国最有名的歌剧院。这些日子，歌剧院正好请来美国的一个有名剧团在演出，总共三十三场，一场不多一场不少，演完，就拎包袱走人，特别有腕儿。

阿衡找了半天，没找到售票口。

言希打了电话，一会儿，来了人，西装革履，点头哈腰，送了票。

阿衡叹气："你太高干子弟，太资本主义了。"

言希："喊，你抬出温慕新的名字，看看那人弯腰的幅度会不会更资本主义！"

阿衡讪讪，这倒也是。然后凑过去，看票："歌剧的名字是什么？"

言希横着竖着瞅了半天,淡定地拼写:"M-U-S-E-S。"

阿衡在手心拼写:muses。

……缪斯?灵感女神缪斯吗?

两个人坐在前排,有些感慨,你瞅瞅你瞅瞅,资本主义国家的缪斯就是不一样,连衣服都这么资本主义。

言希眨巴着大眼睛:"阿衡,除了嗓门儿高一点,你能听懂他们唱的是什么吗?"

身旁的座位传来嘲笑不屑的哼气声,扭头,隔壁西装革履、衣冠楚楚。

言希抱着爆米花,怒:"呀,懂英语了不起啊,说个非洲土著语听听!丫的,种族歧视,喊!"大眼睛瞪瞪瞪。

那人没了脾气。

阿衡笑:"唉,红颜祸水。"

言希迷糊:"说谁?"

阿衡装傻,指着台上皮肤白皙穿着米色华贵衣裙飙高音的女人:"缪斯……"

言希对着阿衡耳语,问得一脸正经:"她祸害谁了?"

阿衡忍笑:"可多可多人了。"

言希望向舞台,恰巧是一幕高潮,贫困潦倒的年轻画家无意间邂逅了向人间播撒灵感之光的女神缪斯,对她一见钟情。

那个有着金色发丝的英俊青年单膝跪地:"我尊贵的女神,你为何生得如此容颜娇美,夺去我所有的心魂。你的银发是这世间,乃至我万能的宙斯父神身边,最耀眼纯洁的华泽。

"我的四周一片漆黑,只因为我的女神你的眼睛,让这世间所有的光明暗淡。高傲的雅典娜女神赐予我智慧,我却抛弃了它,用每一分骨骼和灵魂去思念你的红唇,这世间最甘美娇艳的花朵。

"当晨风吹起,日光洒满大地,我打开窗,你降落于凡尘,带着神祇的仁爱和对世间的懵懂,残忍地让维纳斯对着我微笑,将我打入焚火的地狱,为了爱,永生永灭!"

缪斯高高举起掌管灵感的书册,表情微渺肃穆:"亲爱的Lucifer,你只是爱上了自己身体的一部分——永远奥妙不可捉摸的灵感。每一个尘世的诗人、画家、乐师、史官都会倾诉着他们对我的爱恋。因此,引诸神之名,现在,我把灵感赐予你。"

Lucifer沉默。

缪斯微笑,带着了然和高贵,挥了神杖,灵感之光引到了Lucifer身上。

幕谢。

言希有些失望:"就是这样的结局吗?"

阿衡看看四壁挂着的时钟:"应该还有一幕。"

最后一幕,挽了幕帘,是依旧贫困潦倒的Lucifer。他没有因为缪斯赐予的灵感而得到一丝的荣华富贵。

他依旧穿行在低俗肮脏的弄巷中,动作总是笨拙迟缓,茫然地望着四周,为了一块粗皮的面包,打着细碎粗重的零工。

所有大块的时间,以前为了绘画而保留的,现在全用作了沉默发呆,然后,换回缪斯在神殿中无尽的嘲弄和不屑。

当她为了给另外一个诗人播撒灵感再次踏入尘世,那个男子,Lucifer,已永远归于尘土。

高贵的女神看了墓志铭,永远高傲美丽不会变老的面容一瞬间变得苍老,悲恸欲绝。

那上面写着:可笑的疯子,挖瞎双目的画家——Lucifer。

他不要她给的灵感,他宁愿看不到自己的灵感。抛弃了属于画家的那个男人,只是纯粹的 Lucifer,只为了晨光初绽时那道美丽纯洁的身影手足无措,微笑天真着陷入爱情的 Lucifer。

永久的谢幕。

"这男人,太傻了。"阿衡摇头。

"这女神,太坏了。"言希叹气。

两人相视,笑了。

她永远站在女人的角度看待问题,他不自觉地带入男人的思维。

忽然很惆怅,我们为什么要看这么悲情的东西?

生活如此美好,有小排骨,有《名侦探柯南》,有破钢琴,有收音机,我们完整的生活在于此,而不是舞台上堵在喉间吐不出的压抑,不是吗?

"你有多久,没有好好哭过一场了?"阿衡想起了收音机里知心姐姐的煽情。

这句话,放之四海而皆准,嗯,我想我们看这一场悲欢离合,只是为了寻个哭泣的理由。

言希一愣:"我前天才哭过,你忘啦,抬钢琴时压住脚那次。"

阿衡笑,呵呵。都没见过这么笨的人,抬个钢琴,还能被钢琴压住脚。压住就算了,还敢掉金豆豆,一嚎就是半个小时,连住在大院里另一端的辛达夷都打来电话:"怎么了怎么了?阿衡,你家小灰又被卤肉饭掐败了?喊,这么笨这么爱哭的狗,扔了算了!回头儿咱兄弟送你一个纯的哈,哭起来绝对比这个跟狼嗥似的狗崽子好听!"

言希边抹泪边磨菜刀,老子杀了你!

阿衡抱着小灰笑得东倒西歪,可惜它不知道自己也是这一台戏的主角,傻傻地看着在自己脑门上盘旋的卤肉饭。卤肉饭顺毛,小黑眼珠转得滴溜溜的，不屑：笨狗，看毛，骂你呢！

出了剧院已是傍晚，两人走在初秋的街道上，带了些微的凉意。
爆米花没有吃完，拿在手上，也凉掉了，黏成一团。
言希想起什么，伸进口袋掏了半晌，伸出手，手心里是一颗白色透明的弹珠。
"小虾让我给你的，小孩儿说是在学校厮杀了很久，才赢得的。"
阿衡捏过弹珠："为什么不亲自给我？"
言希双手背到后脑勺："还不是怕你骂他贪玩，不好好学习。"
阿衡小心合拢手，笑："我什么时候骂过他？这话当真是冤枉人。"
"何爷爷的身体，最近，一直不大好。"言希转了话题，语气有些僵硬。
阿衡沉默，这个，她也是知道的。何爷爷最近摆摊儿的时候，总是咳得厉害，她每次到附近买菜，隔得老远打招呼，总能看到老人表情痛苦，却忍着咳和她打招呼。
"要是，不是小虾就好了。"阿衡的语气有些落寞。
言希瞥她："什么？"
"小虾那么小。要是我，一定能撑住那个家。"她感叹，不无遗憾。
"恕我打断温姑娘您一下，您貌似只比何夏大一岁半。"言希冷笑。
阿衡好脾气，淡淡瞅他，这又是哪来的怒气……
"言希，万一何爷爷……"阿衡无法不往坏处想，何爷爷虽然平时身子骨硬朗，但是，油尽灯枯的年龄，容不得半点差池……
言希含笑："我要说的就是这个。阿衡，如果，以后家里多添一双筷子，你会不会觉得很辛苦？"
阿衡有些傻，脑中一直盘旋着言希的话，到最后，脑中只有两个字——家里。

哦，是言希家的那个地方，也是阿衡的家吗？已经到了带着询问家庭成员的态度，来征求她的意见吗？

"言希，我是谁，我是谁呀……"她问他，断断续续的声音，不小心红了眼眶。

这句话，一点也不好笑，她无法再像看着母亲、尔尔一样寂寞地微笑，只能紧张得手脚无处安放。

言希叹气，伸出双手，紧紧地拥抱。

"你是谁呢？让我想想，不能回到过去的云衡，无法走向将来的温衡，身边只剩下言希的阿衡，不知道什么时候会疯掉抛弃所有的言希的亲人，你要选择做哪一个？"

阿衡，当我很久以前便不再喊你温衡，只念你一声阿衡的时候，你要选择哪一个？

阿衡，当我刻意喊你女儿，不停地念叨着我们阿衡的时候，你又选择哪一个？

我时常比较，哪一个比较动听？哪一个让你觉得自己不再是可以承担所有的大人？哪一个让你觉得自己是一个可以耍赖的小孩子呢？哪一个可以让我的阿衡更幸福一些呢？

我时常觉得自己心胸狭隘，太过愤世嫉俗，这个世界待我有太多不公。可是，你压抑着我的恨，一直地，那么辛苦。我在想，除了拿你最缺少的亲情去报答，还有什么更好的方法……

Chapter 39
绿毛怪也很重要

那一日，是深秋的周末，即使有淡淡的阳光，依旧是秋风吹了个梧桐零落。

言希放下手中的游戏手柄，接了电话，又挂了电话，便匆匆穿了米色的风衣开始往外冲。

"这么急着走干什么，连饭都不吃？"思莞有些傻。他和言希打了一上午的游戏，晕头转向的，刚刚张嫂催了几次，让他们下去吃午饭，奈何手上战况紧迫抽不出身。

"吃饭！"言希吼。

思莞被少年的大嗓门儿吓了一跳。

然后，那孩子砰砰地就下了楼，边跑还边抱怨："这么烦人的丫头，我的绿毛怪刚过十八关就被她一通电话打挂了。温思莞，把你家姑娘领走，老子要退货，退货！"

歪歪扭扭地穿鞋，一溜烟，比兔子还快，不见了踪影。

那通电话，大概是阿衡打来让他回家吃饭的。思莞抚眉，无奈地喃喃："退货？你舍得吗？"

那两个人的日子依旧如往昔，不好不坏。虽说阿衡暖暖的微笑是故事的主旋律，但是言希打游戏打到饭菜都凉了肯定是要挨骂的。

"今天是周末，我下午要给小虾补习功课。"阿衡热好饭菜，就拿着书包往玄关走。

"什么时候回来？"言希嘴塞得满满的，"还是四点吗？"

阿衡看看腕表，皱眉："不一定。今天想帮何爷爷看会儿摊儿。不过，晚饭前一定回来。"未等他回答，就匆匆出了家门。

言希是亲眼看着阿衡完完整整、干干净净地离开家里的。

后来，言希一直后悔着，要是，我不是一直在家捣鼓着怎样让绿毛怪通过第十八关就好了。要是，我能早些赶到何爷爷的摊位就好了。

他虽知道自己脾气乖戾，但事实上，真正生气的时候，并不是很多。可是，那一日，却恨不得将自己所有的暴力全部投诸在那些人身上。

午后，尚未到四点钟时，他接到了一通电话，是有些严肃的声音："你是温衡的家人吧，她出事故了……"

他当时正在通关打游戏，心不在焉的："什么什么，你说什么？"等到反应过来，脑袋已经是一阵轰鸣，像是被人从头到脚浇了一盆冷水。他朝着那人吼，觉得自己的心肺都在颤动："你丫再说一遍！"

那人被吓了一跳："呃……她摆摊时，三轮车刹车坏了，撞上了一奔驰。"

言希从没发觉自己的想象力这样丰富，他甚至想到了阿衡骑着何爷爷的三轮车和四轮的高速怪物撞到一起的场景：One car come one car go, two car peng peng, 撞阿衡。

脑中跟放电影似的，倒带了许多次。

"哪个医院？"

Chapter 39　绿毛怪也很重要

"啊?"那人莫名其妙。

"我问你阿衡在哪个医院!"他拿着话筒,指尖贴着的地方,是濡湿的汗。

"请您现在到××派出所一趟,她在这儿。"那人直觉招惹了瘟神,言简意赅,挂了电话,抹冷汗。

言希冲到派出所时,他的姑娘正蹲在墙角,白净的脸上蹭得都是灰,看到他过来,几乎一瞬间就委屈了,然后微笑着内疚地看着他。

走过来一个大檐帽,是个年轻的小民警。"你就是言希吧,这姑娘让我通知你来的。她的三轮儿把一位男士停的车给撞了。"听声音是打电话到家里的那位。

阿衡有些窘迫,觉得着实麻烦了少年:"言希,对不起,对不起呀……"

"起来。"他漠视那民警,直接瞪着阿衡,大眼睛几乎占了半张脸。

阿衡有些犹豫,站了起来。

"哪里受伤了?"他看着她,语气平淡,并没有生气。

阿衡笑得山明水净,边摇头边把手臂往身后藏。

"把手伸出来。"言希开口,心头拱着什么,需要细致周到的引导。

她微笑:"只是小伤口,没有关系。"

然后言希看着她,漂亮的大眼睛一直看着她,执拗的、顽固的。

阿衡无奈,叹了气,伸出手。手背上是两道清晰的红肿血痕,而手腕蹭破了皮,瘀肿很明显。

然后,他抬起头,她却对他笑,温和若水。

身后,一个衣冠楚楚的男人走了过来,气势凌人:"你就是这小丫头的家里人?她的破三轮撞了我才买的奔驰,你说怎么办吧!"

阿衡歉疚,一直鞠躬:"叔叔,对不起,刹车坏了。我不是故意的,真的对不起。"

那男人怒气冲冲:"说对不起有用吗?刹车坏了算什么理由?刹车坏了就不要出来摆摊!"

阿衡轻轻拉了拉那男人的衣服,小心翼翼开口:"叔叔,您不要生气,我会赔给您的。"

他却甩了阿衡的手,用看到什么恶心肮脏东西的眼神看着阿衡,语气咄咄逼人:"你一个穷摆摊儿的,赔得起吗?我那是百来万买的奔驰,不是你家的破三轮儿!不是我说你们这帮人,穷就算了,普通话都说不好,一点素质都没有,整个B市迟早让你们这帮人搞脏、搞臭!"

阿衡垂了头,不作声。

小民警轻轻咳了几声,心中觉得这话过了。

言希却一把抓住那人的衣领,吼声震天,白皙的指骨间暴着青筋:"你算什么东西!不就是一个大奔吗,跟老子在这儿摆什么阔、装什么款!别说是奔驰,我家姑娘就是撞了宝马、劳斯莱斯、宾利、布加迪威龙,就是四辆一块儿撞,看老子赔不赔得起!"

那人被吓住了,说话有些不利索,指着小民警:"警察同志,你看这人这素质,你们管不管……管不管!"

言希脸吼得通红,呼哧呼哧喘粗气:"老子就是这素质,怎么着吧!老子,老子的爹,老子的爷爷都是B市人,我家祖宗八代都是B市人,B市人就这素质,怎么着了吧!你在这儿充什么B市人,老子太爷爷打仗解放B市时,丫的指不定在哪儿啃泥巴呢!"

那人瞠目结舌,没见过人嘴皮子这么厉害。

小民警也吓了一跳,觉得闹大了,走到两人中间,对着言希开口:"哥们儿,你放手,过了哈!"

言希冷笑,手上却攥得更紧:"好好的一个姑娘,就出去摆了个摊儿，转眼受了一身伤，还被你们这么欺负，哪个骂老子过了？老子哪点儿过了！"

眼见那人被言希卡领带卡得喘不过气，小民警急了，拿着警棍指着言希："你丫放手，快点儿！"

言希拽了小民警的警棍扔到地上，轻蔑地看着他，嗓门儿高了八度："今天丫的不跟我姑娘赔礼道歉，老子还就不放了！"

小民警也恼了："你想袭警不是？"

"老子还就袭警了，你爱咋咋地！"言希扭头，扫了阿衡一眼，就扫一眼灰色大衣，眼眶却莫名其妙地红了，"我家姑娘不受这窝囊气，受不起这委屈！"

阿衡急了："言希，你放手呀，放手！"

言希沉默了几秒钟，认真凝视着他的姑娘，温柔而别扭。

"言希，我不委屈，一点儿也不委屈。"阿衡看着言希的眼睛，小声地，怔忡着，鼻子难受得不得了。

啪，啪。饱满的泪水一瞬间不听使唤地掉了下来。

言希愣了，松了手，他走到阿衡的面前，一把把她揽进怀里。然后，阿衡头埋在少年怀中，像个孩子一般边哭边抽噎，放肆了，放纵了。

少年却只是手指笨拙地蹭去她的泪，另一只手轻轻拍着她的背，轻轻取笑她："既然不委屈，你又哭什么？"

阿衡继续啪啪地掉泪珠子，吸鼻子，囔囔的鼻音："不知道，本来不委屈的呀，看了你，就委屈了。"

谁知道呢，本来不委屈的呀，偏偏看到了你。

"我还委屈呢。我的绿毛怪为了你又挂了！"言希笑，容颜好看得翻天覆地，眼眶却红得更加厉害。

多么大不了的事，多么坚强的你我，却轻易地被彼此打败。

在闲暇时,他总是不断地思考着。

这十年,磕磕碰碰的不在少数,他和她,即使不在一起,彼此也依旧会按着自己理解的真意积极地活着。甚至偶尔庆幸着,因为不在一起,所以天大的委屈,也不会被打败。

于是,一直鲜活地活在自己生命中的那个爱穿灰衣的黑发黑眸的姑娘,是一根温柔的刺,在眼底,拔不出来。偶尔因为她的委屈,触动了那根刺,自己会同样地红了眼眶。上天知道,有些东西明明不是触动得了他的,可是,因为是她的委屈,才会那样无条件、简单地变成了他的委屈。

就像流感的传染,由她传染给他,她隐忍微笑着,他却因为眼中的刺痛,无法不把这委屈搅个天翻地覆。只有加倍地向别人讨回来,静止了,停息了,让她慌着哄他忘却了所有的不快乐,仿似才是终止的真正模样。

而后,那刺像触角,悄无声息地缩回去,晴明了他的眼睛,方才罢休。

雨过天晴。

Chapter 40
假面下面的假面

"早知道就让思莞来了。"阿衡笑着对言希说。

莽撞如斯,两个人在派出所哭了个昏天暗地、飞沙走石,这会儿回到家想起来,实在丢脸。

言希翻白眼:"你怎么不给那小民警温思莞的电话?那样本少的绿毛怪也不会死无全尸了!"

阿衡尴尬:"一不小心忘了。"

那会儿,大奔咄咄逼人,小民警绿衣晃眼,问电话号码,她也不曾想,张嘴就是言希的手机号码。

于是,阿衡想了想,认真找了个理由,叹气:"唉,言希,我只是觉得当时自己需要被认领……"

即使打电话给思莞,他依旧会把自己转交给言希。这样太麻烦,所以,何必兜一个大圈。

言希则是眯眼:"这个理由,好,好得很!"随即,咣咣,上了楼,摔门。

啪!

阿衡无奈,这家伙脾气越来越坏了。

未过两秒钟,毛巾小灰同志被扔了出来,阿衡吓了一跳,飞扑,接住。毛巾小狗已经鼻涕眼泪齐飞。不就在美人房间里睡了会儿傍晚觉吗,这又怎么了……

言美人声音远远传来:"管好你的狗!"

阿衡微笑,温和地拍了拍小狗毛茸茸的小脑袋:"我怎么管你才好?"

笨蛋,他明明不喜欢你……

思尔如思莞所愿,考进了西林。

思莞升了三年级,学生会的工作顺理成章停了,为了七月的独木桥努力。

Mary 不以为然:"思莞的话,不用担心吧?"年级前五,再加上全国优秀三好学生的加分,上什么学校还不是由着他挑?

辛达夷昂头:"你丫懂什么,我兄弟准备给温家捧个高考状元!"

Mary 琢磨着什么,不咸不淡地调侃:"我不见得懂什么,可是,你兄弟温思莞在想什么,你也不见得比我清楚多少。"

辛达夷扫了眼前面清秀削薄的背影:"他能想什么,还不是发愁怎么和言美人儿上一个学校。"

Mary 看辛达夷的眼神一瞬间变得有些怪:"你……知道什么?"

辛达夷理所当然:"他们俩一直在一个学校,上大学,又怎么会例外?"

Mary 黑线:"这是什么逻辑!"

"我们仨再加上陆流,哦,你不认识陆流,反正就是一神仙,对,我们四个虽然从小一块儿长大,但明眼人一看就知道,思莞对言希更亲。上初中那会儿,我和言希考上的是七中,他和陆流考上了一中,结果小丫一声不吭,背着书包就转到了七中,那叫一个牛气。后来好像还被温伯伯狠

Chapter 40　假面下面的假面

狠揍了一顿，嘿嘿……"少年啰啰唆唆。

Mary 笑得妖邪横生："狒狒，你别是吃醋了吧？这话说得酸的，童年可悲呀，没人气的……"

辛达夷呸："死人妖，我犯得着醋吗？要醋也是温思莞醋！"

"这话怎么说？"Mary 眼中精光乍泄，下意识地指尖点了凤眼。

"陆流没去维也纳之前，和言希就差连体了。虽然都是做人兄弟发小的，但别说我不算什么，话难听些，思莞当时在那俩人面前，也就一小透明！"辛达夷嘀咕。

Mary 同情地瞅着辛达夷。

辛达夷直哆嗦："你丫管管自己成不，别满脸母性光芒地看着老子！"

Mary 笑得无辜："没办法，一出故事讲下来，你最可怜嘛！"

"倒！老子哪里可怜了？哪里可怜了？你丫说说说说说！"

"辛达夷，你又张牙舞爪地干什么，站起来说说，第三题选什么！"人称地中海的英语老师怒了。

咳咳，孩子们，现在还是上课时间。

辛达夷傻眼了。什么定语主语宾语表语，有 that 没 which 有 which 没逗号的，晃了傻孩子一脑门子汗。

肉丝坐得风情万种，嘴角弯得幸灾乐祸。

阿衡轻咳，手弯成 C 的形状，放在耳上。

"C！"辛达夷挺胸脯，有底气了。

"Why is the third choice？"地中海教书教了半辈子，也是个刁钻的角儿。

辛达夷吞吞吐吐："Because……嗯 Because，里面说，啥啥 flying 啥啥 when 啥啥嗯 my 嗯……"

地中海咬牙切齿："Repeat！ Why？"

辛达夷泪奔。阿衡没说……

秋色越来越深了，也不过几日的工夫，树叶已经凋零了个彻底。

阿衡闲暇的时候一直在跟着电视学织东西。

她扭头问那个少年："思莞和 Mary 想要围巾，达夷要一副手套。言希你呢，你想要什么？"

言希掰手指，一二三……四，有些沮丧："老子什么都不要。"

"这样啊。"阿衡垂头笑着，声音软软的。

傍晚的时候，天色有些阴沉，未及夜间，风已经把树影摇曳成了支离破碎的模样。少时，倾泻起暴雨。一场秋雨一场寒。

阿衡、言希楼上楼下地关窗户，阿衡刚走到洗手间，忽然一片黑暗，停电了。她望向窗口，除了阴森的树影，四周没有一丝亮光，应该是电缆被风刮断了。这个点儿，天气这么差，就是抢修，也麻烦得很。

"阿衡。"言希摸索着下了楼。

阿衡揉揉眼，渐渐习惯了黑暗，楼梯口，赫然是道瘦削的身影。

"阿衡，你过来。"他的嗓音微滞。

阿衡走过去，轻轻触碰，是外套略带粗糙的亚麻的质感。

他反手把她的手握在手心，本来紧绷的神经放松下来，指隙也像填了和风，柔软安定下来。少年笑，在黑暗中扮了个鬼脸。

阿衡无奈，小声说："言希，我不害怕的呀。"

所以，不用费心吓我。

"我害怕行不行？"言希翻白眼，脑袋探向窗外，"女儿，如此良辰美景，咱们出去觅食吧。"

阿衡瞥了一眼厨房："我的小米粥，刚煮好……"

Chapter 40　假面下面的假面

言希流口水，装作没听到："女儿，我知道西小街新开了一家火锅店，据说很好吃。"

阿衡继续："咳，我刚刚炒好的青菜……"

言希抖抖耳朵："还有东寺门门前，鲁老头儿的牛肉面馆开了分店。"

阿衡佯怒："呀，知道了，总是这么任性。"

言希摊手，笑得狡黠。

俩孩子翻箱倒柜摸索出了雨衣，马虎地披上了就往外冲。

"你们这是去哪儿？"远处，有些刺眼的车灯。

那车缓行，停靠在离他们最近的树旁。定睛看来，黑暗中那轮廓竟是思莞。

"停电了，吃点儿饭。"言希瞅了两眼车，"哟，温少，又把你爷爷的公车拿来私用了？"

阿衡看了车，果真是李秘书常用的那辆，笑了笑。

思莞抬头，双手轻轻搭在方向盘上，语气温醇听不出情绪："到哪儿？我开车送你们去吧。"

言希摇头笑骂："你丫无照驾驶，老子还想多活几年。"

思莞也不强求，淡笑，温和地望了二人一眼，踩了油门。

阿衡撩了撩雨衣的帽子目送车离去，这才发现副驾上竟还坐着一个人，身影像个女孩子，却又不似思尔。微微的自来卷发，俨然是……许久之前见过的林弯弯。

她心念一动，想起什么，看了言希一眼，他的神色却并无变化。

他们想着要找辆出租车，但雨太大，路上车辆极少。寻觅了一路，眼见着快到东寺门，也就作罢，只当饭前散步。

"阿衡，东寺门前有一个小店，做的面具很精致，一会儿吃完饭，咱们买几个带回家玩。"言希兴致勃勃，指着不远处。

东寺起先只是小佛堂，始建于清康熙时期，据传是当时还是四皇子的雍正帝主持修建的，用作家中内眷供佛上香。始建成时，四皇子题名"四凉斋"。众人问哪四凉，皇子云："痴、愚、惰、散，此四者，败坏心术，理应凉之。"

言希闹着要来，是为了家传了百年秘方的鲁家牛肉面店。尽管是雨天，鲁家老店的生意依旧是爆满，而且不少是外乡口音，大抵是来京旅游的，凑巧听了面店的盛名，来尝尝鲜。

阿衡他们身旁的这桌便是如此，一帮年轻人，热热闹闹，普通话说得轻且快，多半来自江南一带。

牛肉面算是非常好吃了，阿衡咬了晶莹的面，又细细品了汤，微微皱眉："言希，这个面，中药放得太多了。"

"所以，叫滋补牛肉面来着，你看招牌。"言希呼哧呼哧，不以为然。

阿衡摇头："中药入味滋补是极好的，但是，量忌多忌杂。如果是做面，勾汤头，少量参叶、杏仁、丁香、陈皮炒香，配着菌菇山药调味就行了，药性温和，虽然不见得有什么高明的药效，但至少不伤脾胃。这牛肉汤为了吊鲜，加了红豆蔻和春砂仁，红豆蔻散寒，春砂仁暖胃，二者都属热性，放在一起入味本来就应该谨慎，这汤里却过了量……"

言希小白，瞪大水灵灵的眼睛："红豆蔻，春砂仁，毛？"

邻桌的一行人却不知何时停了喧闹，安静起来。不多时，一个人笑了，捣捣身旁穿着白毛衣的少年："飞白，这可把你比下去了。看见没，人外有人，下次别在师妹们面前这么傲了，要把她们吓坏了，回头顾院长又骂你人小不长进。"

一帮女孩子挤眉弄眼起来。

Chapter 40　假面下面的假面

被唤作飞白的那个少年倒也奇怪，穿着针织的白毛衣，纤尘不染，像是有洁癖。他的嗓音极是冷清低沉，语句虽是南音的轻飘，却字字带着傲气，像极雪山上的坚冰，锐气逼人："普通人都懂几分的医理，还要拿来跟我比个高低吗？"

言希小声："阿衡，他们说什么？"言希学过一阵子江南方言，但是语速过快的就应付不了了。

阿衡淡晒："没什么。"下意识又喝了一口汤，舌尖隐约品到一丝酸甘，笑了，"言希，这汤又没事了。"

言希泪奔："衡衡啊，你到底在说什么？为毛老子一个字也听不懂！"

阿衡微笑着解释："汤里同时煮的还有山楂，凉性，刚巧和了红豆蔻、春砂仁的热毒，对人无害。"

那穿着白毛衣的少年脸色却缓了些，嘴角勾了勾，微微抬了眼皮瞟了阿衡一眼。

言希喊："本来，面店大招牌写的就是'山楂子大碗牛肉面'！"

嗯？阿衡扭头，果真如此，烫金的八个大字。呵呵，脸红，笑眯眯地转移话题："言希，唉唉，你又吃得满嘴都是油……"

言希扑哧一笑，有了纵容，伸出晶莹的食指轻轻蹭了蹭阿衡的嘴角，微凉的指温："笨孩子，你又好到哪里去？"

阿衡赧然，一顿饭吃下来，她倒成了不省心的那个。

东寺门前有个惯例，到了夜晚九点钟，街道两旁要掌红灯笼，听说是民国以前就一直沿袭着的，算是特色。如果不是雨夜，倒有几分江南灯会的感觉。

言希拉着阿衡，轻车熟路，走向对街。卖工艺品的小铺子也有些年头，别出心裁地，未用人工雕琢的地板，而是铺了满地的青砖。

走了进去，果然如言希所说，挂在四壁的都是些做工极其精致的假面。一副副，在红绸包裹的灯笼下，闪着漂亮神气的光泽。

阿衡刚刚取下一个丑陋的但做工极其精致的刀疤脸海盗，言希已经饶有兴致地朝众多画着美人的假面奔去。

刚巧，两层墙壁之间隔着许多层白色貂皮，上面挂着的大多是满族饰品，小匕首、耳环、手镯，满满当当，把人影隔了个绰约。

阿衡戴上了海盗脸面具，又一层肌肤，柔软而真实。想起什么，微笑着望向言希的方向。

模糊的身影，好像咫尺因着那几重相隔遥远起来。

浅咖啡色外套，浅色的笔直的灰色裤子，少有的低调的颜色，可惜到了脚上，却变成了红色的帆布鞋。鞋的四周，是慢慢洇深的一摊水渍，缓缓地渗入了泥土。让人有着错觉和矛盾的搭配，却奇异地带了美感。

她凝视着那个背影，那样专注、温柔的眼光，安静死寂至无害。左手轻轻放在胸口，却发现，它的跳动已经接近疯狂绝望。

阿衡微微叹气。

如果不是戴着假面，这样的目光，会给他带来多大的困扰。只有她知道，自己此刻的眼神，有多么的……见不得人。

"杜卿卿，你玩够了没？别闹了！"略带恼怒的清冷嗓音，有人摘掉了她的面具。

对面那人，穿着白色毛衣，看到阿衡，愣了。

"对不起，你认错人了。"阿衡微微一笑，拿过他手中的面具，轻轻重新戴上。

她微笑颔首，转身离去，却不知道，一场命运又悄悄开始。

她从未曾在意过这个意外，只是走到了言希面前，好笑地猜想着言希会不会也会像其他人一样猜错。

　　他却笑了，指抚着海盗面具上的长疤："阿衡，这个，做得很逼真。"

　　隔着面具，那样的指温，却温暖得让人窒息。

　　十，九，八，七，六，五，四，三，二，一。

　　最后的十秒钟。

　　她看着他，微笑，山水徐徐涂抹。

　　最后一眼，眼中的什么被打落，连天的雾霭拨散得平静无波。

　　他轻轻拿掉她的面具，依旧的黑发明眸，这样……真好看。

　　然后，她还是他熟悉的阿衡。

　　不会失控的阿衡。

　　万能的阿衡。

　　温和的阿衡。

　　永远……只会是他心中想的那个模样的阿衡。

Chapter 41
信人者维以永伤

雨夜，到家的时候已经很晚。不过万幸，来电了。

虽然掖在雨衣下，言希买的那些美人面具，王嫱、绿珠、红线、文姬依旧沾了水。那些眉眼像是真正的胭脂描上的，有些化开了的痕迹。言希皱眉，踏踏地上了阁楼，取了烤画用的热风扇，马力全开，晒面具。

阿衡盯着那双纤细的手拿着面具细心地靠近风扇，姿势维持良久却没有丝毫厌烦。他对自己在乎的东西，一向执着到让人难以置信。

阿衡微笑，瞅了他一眼，安静地坐在沙发上织围巾。

言希撇嘴："用不用这么认真？为了那些一二三……"

阿衡诧异："什么一二三？"

言希扬眉："一就是一，二就是二，三就是三！"

阿衡扑哧笑了："四还是四呢！"什么乱七八糟的。

"灰色的，是给思莞的？"言希斜眼，黑眸中浮着明亮的色泽，微微带了不屑。

阿衡愣了，看看手中灰色的毛线，含混地点了头。

"喊。"他把文姬的面具翻了面，微微嘟了嘴。厚厚柔软的黑发遮了眼，孩子气得过分。

又过了许久,久到窗外的雨又随着狂风紧凑许多,而且,打雷闪电一样不少,轮番上阵。

"看来,今晚雨不会停了。"阿衡收了织针,微微抬头,笑看言希。

言希早已烘干了面具,此刻正盘坐在沙发上,百无聊赖地拿着美人假面把玩。他玩得认真,抱定主意不理阿衡。

阿衡起身,轻轻打了个哈欠:"你也早些休息吧。"转身要走,却被人从背后拽住了衣角。

"阿衡,今天晚上,我和你睡。"

阿衡皱眉:"为什么?"

言希指着窗外,半是哀怨,半是严肃:"下雨了。"

她转身,拍拍少年的脑袋,和颜悦色:"你是男的,我是女的,明白吗?"

言希大义凛然:"没关系,你做我儿子也是一样的。我不嫌弃你是女人。"

阿衡微微一笑,拍开少年的手:"抱歉,我嫌弃你是男人。"

转身,上楼。

打开收音机时,她最喜欢听的那个频道才刚刚开始。

上上次,拨通热线电话的是一个为女儿早恋烦恼的母亲;上次,是一个工作压力很大的白领男子;这次,是丈夫有了外遇的妻子。

她并非八卦到对别人的家事多有兴致,只是,想要听一听那些无助的人拨通电话时,充满期许的语调。溺水时抓住的最后一根浮木,也不过如此。那是缓缓的电流击中耳膜的一瞬间,眼角无法抑制的潮湿的感动,仅仅因为在寂寞和伤心中终于有了倾诉的欲望,而无所谓知心姐姐或知心哥哥是否知心。

"你相信这个?"言希抱着枕头站在门口,看着收音机,语气有些干涩。

阿衡抬眼,那个少年,穿着软软的睡衣,眉眼安安静静,萧索的模样。

她抿唇,笑:"听这个只是一种习惯。更何况,我的相信与否并不重要,不是吗?"

重要的是,倾诉的人是否还有相信别人的本能和冲动。

"可是,人的痛苦如果能凭着三言两语解决,那样的话,这个世界,还像样吗?"他平淡地开口,带了凉薄的意味。

"什么是像样的世界?"阿衡眯眼。

"弱肉强食的样子,处处陷阱的样子……"言希淡笑,掌心的肌肤皱缩起来,"带给你许多温情,然后再用比温情残忍一百倍的现实毫不留情地瞬间瓦解摧毁的样子;在命运欺辱你时允许你反抗,却在你反抗的时候带来更多的侮辱的样子;当你为了一个温暖的理由想要好好活着时,全世界却把你看成怪物的样子。"

阿衡凝了眉目不作声,思索着什么。

他上前,轻轻跪坐在床上,微笑着与她平视:"阿衡,比起这个世界的样子,我更害怕你这个样子,这样想着东西的样子。好像,下一秒,就要被看穿。"

阿衡注视着他,细腻清澈的目光,蹙眉:"言希,你害怕的不是我,而是自己……我只是在思考,你为什么会突然出现在我的房间。"

他的右手拿着一桶牛奶饼干,递过来,有些局促:"问你,要不要吃饼干?"

好烂的借口。阿衡叹气,笑,轻轻在被窝中向右挪了挪:"进来吧,外面很冷。"

"我真的只是问你想不想吃饼干。"他把脸移向一旁,有些脸红地钻了进去,小心翼翼地合了眼睛,却未触碰阿衡半分衣角。

"我知道。"阿衡把被子拉起盖到他身上,拉了台灯的线。

"还要听这个吗?"黑暗中,言希的指放在收音机的"Stop"按钮上。收音机中,缓缓传来男子特有的温暖磁性的声音,热线电话告一段落,他正在播放一些流行音乐。

"这些歌,听了会失眠的。"言希的头陷在软软的枕上,"哪有这么多失恋后不死不活的人,闲着没事都出来唱情歌了?"

阿衡淡晒,习惯了。伸出胳膊,隔过言希去关收音机,却触到清晰细腻的指骨。

她静止了,呼吸,收回手,平淡开口:"关了吧。"

然后,闭上眼睛,左手的指尖却有些发麻。

"阿衡,乌水有什么好听的渔歌吗?"他窸窸窣窣,翻了身,背对阿衡。

阿衡弯唇:"算……有吧。"她问他,"你要听吗?"

言希伸手,轻轻握住她的手包裹在手心,温柔地上下晃了晃,点头的姿势。

她的声音软软糯糯,其实并不适合唱清亮的渔歌。可是,即便跑调,天大的难听,也只让他听了。

"乌墨山里个哟,乌墨水里个哟,乌墨姑娘里个哎,唱起来哎,重聚歌台要欢喜哎,四方鱼儿都来到哎;唱歌要唱渔歌哎,栽花要栽呀排对排哎,画眉不叫无光彩哎,山歌一唱啊心开朗哎……"

言希扑哧笑了:"哎哎,果然,我还是比较适合听摇滚。"

阿衡滞了音,睁开双眼,眸子明亮而带了痛楚:"言希,你还要听下面的吗?"

言希握着她的手,每一寸指节都几乎要发烫,轻轻晃了晃她的指,是摇头的姿态。

阿衡沉默，微微转眸，那个少年，眉眼安然，是要随时沉睡去了。

忽而地，她存了疯狂的念头，脑中不断回响着，这是不是这辈子，唯一的一次，可以唱给他的机会？

她张了口，似乎是婉转清扬的开始，却始终是哑了喉，对了口型，无声无息。

她要无声把这渔歌唱完，只为了身畔的这个少年，他在她的心上定格，这么美好的年华，多么难得。

"乌墨水清哎；

鱼儿清水游哎；

哥问妹哎，哪个唱得好哎；

树上连理花半俏哎，这个风铃吹响最动听哎；

藕节折断水荷连哎，那个桨子推波最清脆哎；

妹相思哎，妹真有心哥也知；

蜘蛛结网乌水口哎，水推不断是真丝哎；

哥相思哎，哥真有心妹也知；

十字街头卖莲藕哎，刀斩不断丝连丝，丝连丝哎；

哥也知来妹也知，鱼儿有知聚一起哎；

花儿有知开并蒂；

鸟儿有知双双飞哟；

人若有知哎；

配百年哎。"

人若有知配百年。

她想，他永远不会知道这首歌的下半段了，无论多么的婉转。然后，沉沉睡去。

那一晚，睡得真香甜。

只是，不知过了多久，仿佛时钟的刻度都要放缓，那个他，却悄悄地坐起身，轻轻放开手心握着的她的手。

他蜷缩着双腿，指节细长，覆在她沉睡的眉眼上，笑得很好看："阿衡，我给你讲个故事，你乖乖听着，好不好？"

他浅浅笑着，微翘的嘴角，再干净不过的表情。

他说，阿衡，你知道摧毁一个男人尊严最快的方法是什么吗？阿衡我跟你说呀，很简单的，就是找一群人，在他意识清醒可以挣扎的时候，把他轮流强暴到无法挣扎；在他失去意识的时候，用冷水把他泼醒，让他清清楚楚眼睁睁地看着自己被一群……男人上。

他说，阿衡，尤其指使这一切的人是你最信任、敬爱的人。

他说，阿衡，我撒了谎，我对爷爷说是一个人做的。爷爷问我那个人长什么样子，然后，我的头好痛呀。那么大的雨，那么多人，该说哪一个呢？是长络腮胡的，还是有鹰钩鼻的？是高潮时左眼上的瘊子会变红的，还是把我的肋骨压断的那个？我看得那么清楚，清楚到能够一笔一笔画出来，却无法对爷爷描述出来。很奇怪是不是……

他说，阿衡，思莞也知道的呀。我对他也撒了谎，我说是一个女人做的，然后，我说我被下了药。可是，阿衡，事实上，我没有被下药啊，那么清醒……

他说，阿衡，我的阿衡，你会不会也像林弯弯那样，从思莞那里得知内情的时候，同情地看着我却一直强忍着呕吐，会不会……

他说，阿衡，会不会，如果不同样对你撒谎，连你也觉得我肮脏？会不会……

他右掌压在枕上,支撑了整个身体,赤着脚踝,安静地看着阿衡,就是那样把时间停止的安静,紧紧盯着她,是困兽的悲伤和绝望。

阿衡,阿衡,信人则伤。我不信人了,是否就不伤心。

阿衡,如果是你,我宁愿不信。

Chapter 42
维也纳也有晴空

阿衡打开窗,望着屋檐下结的冰凌,心中有了些奇妙的不可知。

转眼,竟已经是她来 B 市的第二个冬天。第一年,总是觉得时间过得不够快;第二年,却又觉得太快。

言希在寒假的前夕收到一封邮件。

那是一张铁灰泅蓝的卡片,高贵而低调,上面只写了:"家中无雪,维也纳今年连绵,莞尔希夷,共赏。"中间,夹着一张机票。

言希的手指映着那色泽,竟素雅诡异到妖艳。

阿衡微笑,问他是谁。

言希却一直咳,入了冬,他又感冒了。他咳着,脸色没有涨红,依旧是苍白:"陆流。"

那是,阿衡第一次在言希口中,听到陆流的名字。

思莞说过,那是他们的发小;辛达夷说过,那是一个眼中可以看到许多星光流转的少年;思尔说过,那是她的神仙哥哥;爷爷说过,那是一个连他的思莞、思尔、阿衡加起来也比不过的好孩子。

可是,她从未,听言希提起过。即便别人提起时,他也只是装作没听到。

阿衡把盛着热水的玻璃杯塞到他的手心,叹气:"喝口水,再说话。"

他却咬了杯子，想了想，喃喃，带了鼻音："我的好朋友。"

"什么？"阿衡迷糊。

言希笑了，点点头，肯定自己的说法："我说陆流，是我的好朋友。"

"哦。"

阿衡拿着机票，翻来覆去地看："刚巧是我们放寒假那天。"

言希眉眼是笑的，嘴角却带了冷意。

阿衡张口想问什么，门铃却响了，有些尖锐，在寒冷脆薄的冬日。

她去开门，思莞站在门外，只穿着一件白色的T恤，唇色有些发白。

"从哪儿来，不冷吗？"阿衡有些诧异，零下的温度，这衣着未免太过怪异。

少年的脸色很难看，温和地望了阿衡一眼，脚步急促，径直走到客厅，却止了步。他怔怔望着言希手中的灰蓝卡片，扬扬左手攥着的如出一辙的卡片："果然，你也收到了。"

言希咳，笑，眉毛上挑着："思莞，陆流邀请咱们去维也纳度假呢。他有没有对你说衣食住行全包？不然我可不去。"

思莞表情收敛了波动，修长的双手放在裤兜中，低头却发现自己还套着棉拖鞋，苦笑："这是自然的。陆流做事，又几时让人不放心了？更何况，这次林阿姨也要一起去的。"

言希却转身，语气微滞："她不回美国吗？"

思莞呼气："好像美国的分公司运转一切良好，林阿姨也有将近两年未见陆流了，很是想念。"

阿衡坐在沙发上，本来在绕毛线团，却抬了眼。

又是……两年吗？

言希不说话了，站在窗前，伸出手，在哈气上印了一个又一个的掌印，乐此不疲。

思莞望着他，虽觉不妥，但还是问出了口："你……想去吗？"

言希漫不经心，黑发荡在了眉间："无所谓，在哪儿过年都一样。只是，要添一张机票。"

"给谁？"

他努努嘴，指着沙发，似笑非笑："还能有谁？阿衡还没死呢。"

思莞朝着他指尖的方向望去，那个女孩，安安静静地坐在那里。

他之前……几乎忘了她的存在。

阿衡抬头，望向言希，微愣："我吗？我不行。"她笑着解释，"爸爸昨天给我打电话，说他今年过年回不来了，让我陪他过年。"

思莞也笑了："这么快？爸爸也是昨天才对家里说过年不回来了。"

放寒假那一天，气温到了零下，结了霜却依旧无雪，果然如陆流所说。

她送言希到家门口时，因为急着赶飞机，辛达夷催促着他上车。这少年走到了车前，想起什么，又折回，站在门前，望了许久。

"你看什么？"阿衡问他，不解。

言希笑，眯眼，看着眼前的铁牌："09-68，记住了。"

"记住什么？"

"我们家的门牌号。"

"记这个做什么。"

"万一我忘了回家的路……"

"无聊。"阿衡弯唇，牵着他的手却是死命往前跑，"快些吧，没看达夷急得脑袋都冒烟了。"

阿衡右手上的纸袋随着风有了响声。

言希指着纸袋："这是什么？"

阿衡笑，垂了眼放开他的手，把纸袋递给他，对脑袋伸出车窗的辛达夷开口:"达夷,就两分钟。"

辛达夷无奈:"不就出去几天吗,你们俩用不用这么难分难舍?"

阿衡从纸袋中拿出灰色的兔毛围巾,轻轻踮了脚,她一米七三,他一米七九,六厘米,无论长短,始终是一段距离。

言希眼睛亮晶晶的,第一句话不是惊喜,而是反问:"思莞有吗,达夷有吗?"

阿衡回答得敷衍:"嗯,有,都给过了。"

于是,少年撇嘴。

她却兴了恶作剧的心,拿了淡色素雅的围巾,把他白皙的颈连同有些干燥的唇都围了起来。围巾上一朵朵向日葵的暗花,在脆薄的空气中开得正是灿烂。还有一副手套,挂在颈间,依旧是灰色的,上面钩了兔耳大眼的小人儿,童趣可爱。

言希嘟囔:"什么呀,这么幼稚。"

阿衡笑眯眯:"你很成熟吗?不要,还我好了。"

言希抱住手套,防贼一般:"到了我的地盘就是我的东西!"口中是绵绵絮絮的抱怨,嘴巴却几乎咧到围巾外。

"没完了还!"辛达夷怒,把言希拖进车中,向阿衡挥手。

言希瞪大眼睛,拍坐垫:"大姨妈,你别得了便宜还卖乖,我们阿衡都给你们织围巾、手套了,你丫还想怎么样?再废话揍你昂!"

辛达夷泪:"谁见到那死丫头的围巾、手套了!只问我想要什么,再没下文了……"

思莞无奈,开车,绝尘而去。

言希整张脸贴在后车窗上,俊俏的面庞瞬间被压扁,笑得小白,使劲拍车窗:"阿衡阿衡,等着我呀,我很快就回来的呀!"

阿衡伤脑筋,心想,总算把这大爷送走了。然后,坏心地想,最好你

Chapter 42　维也纳也有晴空

丫在维也纳迷路，晚些日子再回来。

然后，她……恨不得掐死自己。

年二十八，她只身一人到达父亲所在的城市，却未料想，南方竟是上了冻，出奇的冷。

阿衡坐火车坐了将近三天。

母亲本来想让她坐飞机去，但是考虑到阿衡之前未坐过，一个孩子，没人照料，放心不下，也就作罢。

她本来以为自己要上军舰，母亲却笑："到底是孩子，那种地方你哪里能去。"

后来才知道，父亲本是放了年假的，只是南方军区的一位好友邀请了许久，又似乎有什么重要的事，便留了下来。

她下火车时，远远地未见父亲，却见一个穿着绿军装的少年高高地举着个牌子，上面龙飞凤舞，两个极漂亮傲气的毛笔字：温衡。

阿衡后来每次想起时都汗颜，她从未曾想过，自己的名字能书写至如此尖锐锋利的地步。

那个少年，身姿笔挺清傲得过分，穿着军装，一身锐气威仪。

她走到他面前，犹豫着怎么自我介绍，终究是陌生人，有些尴尬。

"你好。"阿衡笑了笑。

那少年不说话，盯了她半天，像是要把她看穿了，才淡淡开口："你就是温衡？温安国的女儿？"

阿衡点头，抬眼看那少年，却吓了一跳。

他长了满脸的痘痘，红红的一片，青春十足。

"跟我走。"他转身，留了个背影。

阿衡吭哧吭哧抱着箱子向前走，笑了笑，也没说什么。

反正总不至于是拐卖人口的，她当时是这么想的。

当然，后来反思起来，连自己也纳闷，当时怎么连别人的名字都没问，就跟着走了。

这未免……太好骗了吧。

再后来，几年之后，那人同她成了一根绳上的蚂蚱，总是想着把她从绳上踹下去的时候，就爱问一句话："温衡，你知道你什么地方最惹人厌吗？"

她摇头，自然是不知。

"听话。我就从来没见过，像你这么听话的女人！"

阿衡有些郁闷。听话怎么也遭人厌了……

一路上，阿衡几次想搭话，但是被绿军装一个眼神给瞪了回去。不知怎的，她想起了言希瞪人时的大眼睛，于是望着这人，合不拢的笑意。

唉，怕是要被人当成神经病了。

她心中如是作想，昏昏沉沉地靠着车窗睡着了。

所幸，这人不是骗子。

她醒来的时候，第一个看到的，就是父亲。

"阿衡，怎么睡得这么沉？小白一路把你背回宿舍，都未见醒。"温安国笑话女儿，见面的第一句话便是这个。

阿衡窘迫，脸红半天，才想起："嗯，小白是谁？"

从温安国身后，走出一个穿着军装的中年男子，笑容直爽，浓眉大眼，肩上的军衔熠熠生辉。

"带你回来的那个小子，我侄子。"男子笑了，身上有很重的烟草气，像是烟瘾很重。

阿衡看了看四周,想要道谢,却没了绿军装的身影。

"伯伯您是?"她也笑,从床上爬起来,规规矩矩地站在爸爸身后。

温安国拍了拍女儿的肩:"请咱们混吃混喝的,你顾伯伯,军区的参谋长,我在军校时的好朋友。"

"顾伯伯好。"阿衡笑眯眯的。

阿衡在军区的日子算是过得风生水起,爸爸和顾伯伯总爱在一起喝酒。见她无聊,文工团的女孩子总爱拉着她一起疯玩,大家年纪相仿,隐约的,有了点闺密的意思。

她们小小年纪就当了兵,比学校里的女孩子成熟许多,总是像姐姐一样耐心地带着阿衡适应军队的生活模式,很贴心温暖。只是提起喜欢的男生,倒是叽叽喳喳,一团孩子气。

小白很恐怖!这是她们七嘴八舌后得出的结论。

阿衡好笑,问她们恐怖在哪里。

"长相、性格、智商、家世,无一不恐怖!"

这是她们异口同声的答案。

阿衡迷糊。对那人的印象只有初见时的一眼,他说话时冷傲的样子,其余的一片空白。

长相——"满脸糟疙瘩,恐怖吧?"

性格——"他来探亲半个月跟我们说的话加起来不到十句,不恐怖吗?"

智商——"我老乡的三姑的大姨妈的女儿和他在一个大学上学,十五岁考上Z大医学系,智商传说180呀,姐妹们……"

家世——"他大伯是我们参谋长,他爸是Z大附属医院院长,如果不是那张打折的脸,姐妹们,打着灯泡都难找的金卡VIP啊……"

文工团的姑娘们形容力永远强大。

阿衡扑哧一声,笑得山水浓墨,东倒西歪。

蓦地,大家发现了什么,望着她背后猛咳,像被掐了嗓子。阿衡转身,笑颜尚未消退却看到了她们口中的绯闻男主角。

他居高临下,冷冷地看了她半天,脸上一颗颗小痘痘明艳艳的。

"你的邮件。"他递给她一封邮件,转身,离去。

阿衡愧疚,觉得自己不该在别人背后,被另一些别人扰乱心智,笑话了这个不怎么熟悉的别人。

多不厚道……

"小白,对不起……"她喊了一声,认认真真带了歉意的。

那人本来走时步伐高傲,一声"小白",却像是瞬间安了风火轮,绝尘而去。阿衡有一种错觉,绿军装的袖子几乎被他甩飞。

原来真的好恐怖的呀!

阿衡每五天,会收到一封邮件,来自维也纳。

第一封,雪覆盖了的山峰,晶莹而纯洁。那个少年,一身滑雪装,微弓身躯,比着剪刀手,戴着墨镜,她却确定他容颜灿烂。信上写了这样的字句:"阿衡,我给你的雪,维也纳的。"

第二封,金色音乐大厅,音器流光,浮雕肃穆,男男女女,华彩高雅。相片中没有他,只有隐约可见的一角白色西装,点缀了相片的暗香,一笔一画,清秀认真:"阿衡,回家,我用钢琴弹给你听。"

第三封,藤蔓缠绕的葡萄架,一层层,无法望向的终端,一滴露珠清晰绽放在眼前。葡萄架下是一群年轻的身影,其中一个,在阳光中,明媚得刺痛了她的眼睛。这一封,字迹潦草而兴奋:"阿衡,我偷喝了这里的葡萄酒,是藏了六十年的州联邦佳酿。"

第四封，精致美丽的宫殿，流金璀璨，与水相连，波光潋滟。彼时，正放着新年的烟火，他指着指向十二点的那钟，对着相机，大声喊着什么。她却只能从定格的文字看到："阿衡，新年快乐，你又长大了一岁。"

第五封，维也纳的天空，蓝得彻底，婴儿般的温暖狡黠，简单而干净。他说："阿衡，我回家，第一眼，想看到你。"

然后，她揉着眼睛，对着父亲，几乎流泪："爸爸，我们什么时候回家，什么时候回家呀……"

时年 2000 年，世纪的结束，世纪的开始。

Chapter 43
红颜一怒只为君

阿衡回到 B 市时，已经过了初八。

温父让她先回家住几天，她想了想，摇头，像极了孩童手中的拨浪鼓。他揉揉她的头发，笑了："终归还是小孩子。"

阿衡吸吸鼻子："爸爸，你看，家里还是比南方冷。"这样呵呵笑着装傻，不想追问父亲的言下之意。

到家两三日，阿衡一直忙着做家务。一个假期都在外面，家中的灰尘早已积了一层。

给爷爷拜了晚年，正经地磕了几个头，把老人逗乐了，口袋丰裕不少。有一句话叫什么来着，噢，是了，家有一老如有一宝，尤其你家的宝还是聚宝盆的等级。

阿衡揣着压岁钱同爷爷说了这话，老人笑骂："蕴宜，看看，这孩子皮的，你是管还是不管！"

母亲也是笑，佯怒要打她，结果手招呼到了脸上，却只轻轻落下，不痛不痒，小小的宠溺，让阿衡莫名高兴了许久。

等了几日，言希并没有打电话回来，归期不定。

正月十二,她记得再清楚不过,平生没有不喜过什么,心境亦不偏激,可自那一日起,这辈子,却是独独对十二这个数字,深恶痛绝到了极点。

她接到一封快递,地址是 B 市 09-68 号,电子字迹,端端正正。

依旧来自维也纳。

封皮上,发件人是"言希"。

阿衡笑,想着这大爷估计又有了什么新的发现。打开了,却是一个粉色的硬皮相册,是言希最喜爱的颜色,淡到极端,明艳温柔。虽与以往的单张相片不同,倒也还算是他的风格。

她曾经以为,自己只要细心照顾了言希走过的每一段情节,留意了那些生命中因着一些罪恶而残留在他生命中的蛛丝马迹,就算结局无法预测,也是足以抵御那些让他寒心的本源的。

所以,她不断地告诉他,言希呀,这个世界没什么,没什么大不了的,知道吗?

这个世界,她生活了这么久,经历过自认为的一些困难重重的挫折,有时候虽然很想哭,但是,从未放弃过对人性本善的执着坚持。于是,每每在伤心难过之后,遇到一些美好的人,就在心中洗却对另一些人的敌意,自然会认为,这个世界是可以平凡生活、心存温暖的世界。

所以,没什么大不了的,对不对,言希?

所以,在害怕痛苦时,总是觉得事情还没有想象的那么糟糕,总是想着,言希如果再理智一些,再成熟一些该有多好。

一直地,抱着这样的念想……

可是,当她翻开相册时,每一张,每一幕,却是让她恨不得,将这个世界粉碎个彻底。

被一群男人压在身下的言希;下身满是鲜血的言希;空洞地睁大眼睛的言希;嘴角还残留着笑的言希;连眼泪都流不出的言希;面容还很稚气

的言希;只有十五岁的言希……

真相,这就是真相!

她赤红了双眼,全身冰寒到了极点,第一次知道,绝望是这样的感觉。

痛得无可救药,却没有一丝伤口。

言希,言希……

她念着他的名字,眼睛痛得火烧一般,捂了眼,手指抠着相册,殷红的,要渗了血,却终究,伏在地板上,痛哭起来。

言希……

在之后,言希意识不清的时候,阿衡常常拉着他的手,对他笑:"言希,你怎么这么笨,就真的把自己弄丢了呢?"

维也纳,有那么遥远吗?

一切像是被人精心算计好的,收到相册之后,紧接着,就接到电话。海外长途,近乎失控的思莞的声音:"阿衡,快去机场,快去机场看看!"

她手中攥着那刺眼的粉红相册,嗓音喑哑到了极端:"发生什么事了?"

思莞一阵沉默,对面却传来了辛达夷的声音:"温思莞,你抖什么……"窸窸窣窣的抢话筒的声音,而后,话筒中传来了辛达夷清晰的声音,"阿衡,你好好听着。言希之前收到快递公司的回单,突然发了疯一样,跑了。我们在维也纳找了将近一天,却不见人,现在怀疑他可能回国了,你现在赶紧立刻去机场!"

阿衡的眼睛又痛了,听见电流缓缓划过的声音,啪啪,小小的火花,盛大的凄凉熄灭。

挂电话时,辛达夷骂骂咧咧的,像是愤恨到了极点,但却声音遥远,已经听不清楚。

那一句，只有那一句。

"别让老子抓住把柄！"

紧接着，便是一阵忙音。

她忽然想起了什么。是那个女人吗？

阿衡深吸一口气，摇摇晃晃地站起来。

不能难过，不能哭，不能软弱，温衡，你现在统统都不许！

她在等待。站在机场，整整八个小时，一步未动。

人来人往，每一个人的脚步声，由远及近，再远。

她睁大了眼睛，微笑着，微笑着才好，如若看到言希，要说一句：欢迎回家。再小心翼翼地把他珍藏起来，放在家中，有多少坏人，她来帮他打走。如果想要退缩，不愿意面对，那么，在他还愿意允许她的存在的时候，这个世界，可以只有他们两个。

言希，这样，可以吗？不因为你没日没夜打游戏而骂你不好好吃饭；不因为你只吃排骨只喝巧克力牛奶而埋怨你挑食；不因为你总教我说脏话而拿枕头砸你……

言希，这样，可以吗？

终于，零点的钟声还是响起。所有的维也纳航班全部归来，却没有带回她的男孩。

四周一片死寂。

低了头，光滑的淡青色大理石，连零落在地的白色的登机牌也清楚的寂寞。

回到家，已经凌晨。

打开门的瞬间，屋内依旧干净整洁，可是，似乎什么改变了。原本散落在地上的相册被放回了桌面。

干净、温柔的粉色，世间最恶毒的诅咒，却被放回了桌面，安静地合上了。

"言希！"她神情动了动，心跳得厉害，大喊起来。声音早已哑得不像样子，在浮动的空气中，异常的残破。

一室的寂静。

言希回来过……

她知晓了他存在的痕迹，触到了他曾呼吸的空气，却更加悲伤。

这样的离去，这样的再一次失去，远比在机场的期待破灭更加难以忍受。

因为，她知道，如果是言希，再一次离去，不会，再归来。

他说他很快回来，他说要她在家里等着他，他说阿衡呀，回到家，第一眼，想看到你……

她冲出客厅走到门口，冬日的冷风寒气刺骨。风中，被她每天擦拭了好几遍的门牌，那个可以带他回家的门牌，已经不见了踪影。

只剩下，从砾石中狠命抠出后残存的斑斑血迹。

红得骇人。

他……把家带走了，却留下了她。

电话再一次响起。

"阿衡，言希回去了吗？"

阿衡想了想，眼神变得冷漠："嗯，回来了，已经睡着了。"

"他……没事吧？"思莞有些犹豫。

阿衡眼中泛了血丝，轻问："他能出什么事？"

思莞嘘了一口气："没事就好。"

"你们什么时候回来？"

"林阿姨已经订了明天的飞机票。"

"哦，这样呀。辛达夷在你身边吗？"阿衡微笑，素日温柔的眸子却没有一丝笑意。

"在。"他把话筒递了出去。

"阿衡。美人儿没事吧？"对方，是爽朗憨直的嗓音。

"达夷，你听我说，现在挂了这个电话，找个没人知道的地方，最好是电话亭，把电话重新打过来。"阿衡吸了一口气，压低嗓音，"一定，要没有旁人，任何人都不可以，知道吗？"

他回得简单防备："嗯。"

阿衡怔怔地望着时钟，已经接近凌晨三点。

大约过了十几分钟，来电显示，陌生的号码。

"阿衡，你说实话，到底言希回去了吗？"对方，是辛达夷。

阿衡缓缓开口，不答反问："达夷，现在我只相信你一个人。告诉我，两年前，发生了什么？"

她再冷静不过，连钟表秒针走动的声音都听得一清二楚。

辛达夷沉默，过了许久，才开口："言希两年前，在陆流离开的第二天，被言爷爷关在了家里，整整半年，未见天日。"

"言爷爷不许任何人探望他，对外面只说是生了场大病。"达夷的声音突然变得激动，"可是，哪有那么巧？言希从小到大，除了感冒，根本没生过其他的病。在送陆流离开的前一天，他还答应和我一起参加运动会接力赛。"

忽而，少年有些落寞："我缠了他很久，连哥都喊了，他才答应的。"

阿衡咬了唇，问得艰难："达夷，你的意思是，言希生病，跟陆流有关？"

他的声音几乎哽咽："阿衡，言希不是生病啊，他当时根本疯了，谁也不认得了！我偷偷跑去看过他，他却把自己埋在被单中，眼神呆滞，怎么喊，都不理我。当时，我几乎以为他再也回不来……

"阿衡，他疯了，你明白疯了是什么意思吗？就是无论你是他的谁，你曾经和他一起玩耍多久，是他多么亲的人，都不再有任何意义。"

清晨，她打通了一个人的电话，许久未联系，却算得上朋友。

"阿衡，稀罕呀，怎么想起给我打电话了？"对方笑了。

阿衡微笑，问他："虎霸哥，如果叫齐你手下的弟兄逛遍 B 市，需要多久？"

对方，正是和言希他们不打不相识的虎霸。大家空闲时经常一起喝酒，彼此惺惺相惜，算是君子之交。

"大概要三四天吧。"虎霸粗略计算了下。

阿衡再问："如果情况紧急呢？"

虎霸皱眉："至少两天。"

阿衡又问："再快一些呢？"

虎霸沉默，揣测阿衡的意图。

阿衡淡笑，语气温和："虎霸哥，如果我请你和手下的兄弟帮一个忙，一日之内走遍 B 市。他日，只要有用得到温衡的地方，就算是犯法判刑，做妹妹的也帮你办成。不知道这事成不成？"

虎霸吓了一跳，他极少见阿衡如此说话："阿衡，到底是什么事你说就是了，兄弟能帮的一定帮。"

阿衡指节泛白，嘴唇干裂，几乎渗了血，却依旧微笑："言希失踪了。"

阿衡一直等待着，安静地等待着。

门铃响起的时候，是傍晚六点钟。阿衡和达夷通过电话，他们是五点钟的时候，到达的 B 市。

这么着急吗？阿衡握紧拳头，恨意一瞬间涌上心头。

她打开门，暗花涌动，梅香甘和。

果然是……她。

"林阿姨，您怎么来了？"阿衡微笑，眉眼山明水净。

"哦，来看看小希。当时这孩子说跑就跑了，没事吧？"林若梅笑容温柔，声音却有一丝急切，探向客厅，"小希，言希！"

阿衡不动声色："您这么急做什么？"她泡好了顶尖的碧螺春，笑若春风，递过紫瓷杯，满室生香。

林若梅接过茶，眯眼，也笑："小希没回来，是不是？"

阿衡低头望着清水中茶叶沉沉浮浮："这不，正合您的意吗？"

林若梅挑眉："你这孩子，说这话，是什么意思？"

阿衡摇摇头，叹气："不对，我说错了。您的本意是言希在看到那些照片之后，立刻疯了才好，是不是？"

"你说什么照片？什么疯了？你这孩子，怎么净说些阿姨听不懂的话？"林若梅笑。

"您记性这么差吗？就是您假借言希的名字寄给我的那本相册，粉色的、硬皮的。"阿衡描述，笑眯眯的。

林若梅盯着阿衡看了半天，眼神慢慢地由柔和变得森冷："是我小看你了吗，温衡？看到那么恶心的东西你还能这么冷静，可真不容易。对言希，我只是说了那些照片的存在，他就受不了了呢。"

阿衡敛了笑，垂首："两年前，你指使了四个男人，在陆流出国的当天，强奸了只有十五岁的言希，是不是？"

四个男人，她亲眼，从照片中一一分辨出来。

林若梅冷笑："那个小妖精，不是最喜欢勾引男人吗，被男人上有什么大不了的？！"

阿衡左手抓住右臂，毛衣之下，皮肤痛得彻底："当天晚上，你让陈秘书拍了照片。威胁言希，如果把这件事说出去，就把这些照片寄给对他而言很重要的人，比如说，陆流。"

所以，每次言希看到陈秘书，才那么痛苦。

她把照片寄到家中，只是为了确保言希能够看到。如果在不惹怒陆流的情况下，让言希心理防线自动崩溃，自然是最好。

林若梅的表情变得深恶痛绝："这个狐狸精，想毁了我儿子，没那么容易。在他害我儿子之前，我要先毁了他！只是没想到，当年他疯了之后，还能清醒过来。"

阿衡抬头，眸色漆黑无波："如果我没猜错的话，其实，应该是陆流一直喜欢着言希吧，林阿姨？"

林若梅猛地站起身，眼神阴毒："你胡说什么？我儿子才不会喜欢那种连爹娘都不要的小贱种！"

阿衡也起身，整壶紫砂壶的热水从林若梅的头上浇下，淡淡开口："林若梅，你说，强奸罪主犯会坐几年牢？你说，如果言希的爷爷知道了，你会坐几年牢？"

林若梅尖叫，落汤鸡一般，不复之前的优雅高贵："你有什么证据证明是我做的，单凭那些照片吗？"

阿衡从口袋中拿出录音笔，慢条斯理地开口："有物证当然不够，加上口供呢，够不够？"

林若梅的面容彻底狰狞："你这个小贱人！和言希一样的贱种！"

阿衡伸手,狠狠地扇了眼前的女人一巴掌:"林若梅,我敬你三分是因为你年纪大,不要以为别人都怕了你!如果你再骂言希一个字,在送你上法院之前,我不介意因为'一时激愤,在你抢夺证据并实施暴力的情况下,正当防卫',捅你一刀!"

她抓起桌子上的水果刀,看着林若梅,目光愈加冰冷。

林若梅神色有些惊恐:"你……你怎么敢!"

阿衡笑,眸中血丝更重:"我怎么不敢?你以为自己是谁?不要说是一个林若梅,就是一百个、一千个,能换我言希平安喜乐,何乐而不为?

"更何况,你似乎不怎么清楚,站在我和言希背后的是谁,而你口口声声骂着的贱种,又是谁的孙子孙女!"

林若梅却忽然平复了情绪,笑得和蔼至极:"如果我说,我还没把言家放在眼里呢?"

"拜你所赐,言希失踪了。如果他少一根头发,我就拔光你所有的头发;如果他受冻挨饿了,我就让你十倍百倍地受冻挨饿;如果他疯了,我便照之前你的手段,让你也疯一次,怎么样?"

"那我们不妨试试。"茶水从林若梅的发上滴落,那张脸孔上的笑容也慢慢变得更诡异,"看来,事情变得更加有意思了。"

Chapter 44
须何当作迟伤痛

阿衡知道辛达夷秉性纯良,肯定瞒不过思莞,也就在家静静等待思莞的质问。

今天,在找到言希之前,这事没个终了,肯定是不行了。

陆家是温、言、辛三家的世交,陆爷爷也是个军功显赫的人。但八十年代初,他便急流勇退,自己敛了锋芒,让儿子转战商场。后来二十年生意做大,一小半功在商才,一大半却是陆老的面子。各方照拂,一路绿灯,生意自然有了做大的资本,甚至引起温家眼热。这几年,在温家参股之后,陆氏隐隐有在一些产业独专的势头。

陆老是个精明人,家族的生意从不出面,明面上也是与儿子儿媳分得清清楚楚的。但中国人自古如此,面子做好,便不愁里子。这些年,儿子病逝,陆老便愈加深居简出。可是统共就这一个儿媳,无论如何,是要保下的。

阿衡虽然刚刚压下了林若梅的嚣张气势,但正如林若梅所言,陆家未必就怕了言家。更何况,现在她所能依靠的只有温家。

可是,连她也保不准,依爷爷平素不喜欢言希的样子,又会在言爷爷不在国内的时候,怜惜言希几分……

Chapter 44　须何当作迟伤痛

阿衡闭了眼，苦笑，再睁开时，已咬了牙。

不要怪她心机深沉，只是，这次，无论如何，都要拉思莞下马了。

她人微言轻说不上话，思莞却不一样，他是家中的独子，又是爷爷的心尖肉……正思忖着，思莞已经铁青着脸，推门进来。

"阿衡，你这是什么意思？"他隐忍着，眸中却带了寒光，"言希现在在哪，报警了吗？"

阿衡已经两天两夜没有合眼，声音有些疲惫，却强打起精神，淡道："我已经让虎霸哥去找了，听达夷说他手中并没有拿多少钱，所以人应该还在 B 市。"

思莞却一瞬间怒了，胸口不断起伏："阿衡，言希平时待你不薄啊！人失踪了整整两天，你却让一些不靠谱的人去找他，你到底想些什么？"

阿衡不语，只是看着他。

思莞看了四周，桌上还泡着一壶茶，见阿衡也是不慌不忙安安静静的样子，便冷哼一声，不怒反笑："是爷爷给你出的主意？反正言希的死活，都跟你们没有关系。"

阿衡垂头微笑："言希和你的关系，言希的爷爷和爷爷的关系摆在这儿。这话说得过了。"

她一口一个"言希"，听到思莞耳中却极是讽刺，心下有些替言希悲凉。好歹是捧在手心疼了一年的，平时是凭谁说她一句重话，言希都要撸袖子和人拼命的，现在……

"算了，我知道了，阿希我自己会去找，这件事不麻烦你了……"思莞黯了神色，语气冷漠。

阿衡笑眯眯："依我看，还是别找了，回来了也是被人残害的命。"

思莞愣了，半响，苦笑："温衡呀温衡，以前小看你了，没想到，你的心原来不是肉长的。"

阿衡却站起身,厉了颜色:"我有一句说错吗?温少爷心心念念地要去找兄弟,却只字不提你的兄弟是被谁逼到今天的这步田地!把他找回来,再便宜那些凶手,害他一次吗?"

思莞握紧了拳:"你都知道?"

阿衡冷冷看着他:"你是说哪一件?是林若梅派人侮辱言希,还是把他逼疯?是你明知道主使者是谁却依旧装作不知道,还是按着爷爷的意思和陆家交好?"

思莞的脸色瞬间苍白,半晌才开口,喉中有了隐隐的血意:"我并不确定,林阿姨是害言希的人……她待人一向很好……不会这么对阿希……阿希对我说,他是被人下了药,才被别人……"

阿衡凝眉,知道言希撒了谎,心里却更是隐隐作痛。只是,她神色依旧,未露出分毫不妥,语气平静:"思莞,那你现在知道了,又怎么打算?"

她看着他,温柔的眸色毫不相让。

思莞回望向她,想了想,有些颓然:"温衡,你既然和我姓的是同一个温,你有的苦处我一样也不少。"

阿衡却笑,有些悲怆:"哥哥是别人的哥哥,母亲是别人的母亲,明明在自己家中却如同寄人篱下,想要保护一些人却还要千般算计。这个,思莞也有吗?"

思莞不敢置信,沉默了,有些伤心地喃喃:"我不知道,你会这样想……你姓温,同我们一个姓……"

"你说得是,是我失控了,哥哥不要跟我一般见识。"阿衡微笑了,生生压住胸口的疼痛,颔首,"只是,现在,我手中捏着林若梅的把柄,她肯定不会善罢甘休。我现在请你帮个忙,他日温衡做了什么,还希望由你从中斡旋,让爷爷睁只眼闭只眼。"

思莞恍惚:"你是要同她……"

阿衡温和地开口:"爷爷如果肯帮忙,就是她死我生;如果不肯,鱼死网破。"

阿衡见到言希的时候,他正坐在一个偏僻的巷子里看夕阳,戴着那条灰色的向日葵围巾,安安静静,乖乖巧巧的样子。

虎霸望着这少年,心中有了疑惑:"阿衡,刚刚寻到他的时候,我同他说话,他却没有任何反应。这是怎么了,和家里生气了,离家出走?"

阿衡却对着虎霸鞠了一躬:"我电话里说的话,依旧算数。虎霸哥以后有什么差遣,阿衡一定办到。"

虎霸诧异,却笑:"你个孩子,乱七八糟地想这么多!老子以后请你帮忙一定不客气。你快去看看言希。"

周围的晖色正是明媚,那个少年坐在阶下,手中握着什么,眼睛望着远处,有些茫然。

"言希。"她走到了他的身边,轻轻喊他的名字,眼中终究带了笑意。这是这几日,她最像温衡的时候。

他却了无反应,几乎是静止的姿态。

她蹲在了他的面前,看着他穿的衣服,皱了眉,微笑:"外套不穿就往外跑,冷不冷?"语气像极对着跑出家贪玩的孩子。

她伸手握他的手,言希的指尖冰凉。

他缓缓移了目光,空洞的大眼睛在她脸上停滞了几秒钟,又缓缓移开,短暂的注意力。

阿衡僵了眉眼,微微提高了音量:"言希!"

他的指动了动,左手握着的东西似乎又紧了些。

思莞、达夷赶到了。一帮人七手八脚地把言希抬上车。

阿衡凝望他，他的眼睛却茫然地望着天空。

那颜色，蓝得很好看。

达夷坐在车里，眼圈都红了，从头到尾，只说了一句话："两年前，他就是这个样子。"

思莞的脸很是阴郁，握住言希的右手，默不作声。

这个样子……

言希坐在那里，皮肤白皙，眼睛黝黑清澈，却没了平时的尖锐。只是很安静，像极高档商店里放在橱窗中的大娃娃。

阿衡看着车的走向，问思莞："去哪里？"

思莞回答得简洁："医院。"

阿衡低了头，目光正好停留在言希的左手上。纤细修长的指节，弯曲的姿势，紧紧握着什么，隐约，是铁质发亮的东西。

阿衡想起什么，撞在心口上，疼得半天缓不过气。

B市天武综合医院，以治愈精神方面的疾病而闻名遐迩的医院。

阿衡、辛达夷被思莞堵在了医院外，他说："不要进来，这里……你们不习惯。"他却是已经习惯了的，轻轻牵了言希的手，一步一步，离他们远去。

辛达夷怅然，收回目光，看到阿衡眼中的骇人血丝，玩笑："阿衡，你是不是半夜做坏事了，眼睛这么红？"

阿衡揉揉眼睛，微笑："是呀，做坏事了，想了两天一夜终于想出了办法，怎么折腾你。"

达夷揉了乱发，笑得不似平日明快："你说。"

阿衡温和地开口："你明天赶个早市，帮言希买排骨，怎么样？"

达夷粗哑着嗓子："就这样？"

"还要怎么样？对你这种爱睡懒觉的人来说，已经是天大的惩罚了。"

这少年眼眶却又红了，右手有些粗鲁地抹了眼睛，开口："温衡你他妈不必如此安慰我。做兄弟的做到我这个份儿上，什么忙都帮不上，算是言希倒了八辈子血霉！"

阿衡叹气："达夷，你又没什么错。"

辛达夷哑声："阿衡，你装什么少年老成？心里比谁都难受，却还要装出一副小大人的模样，实在让人讨厌！"

阿衡微笑，垂了眼睛，小声道："达夷，我有些困，借你的肩膀趴一会儿，成吗？"

达夷无奈，口中说着"你呀你"，却把阿衡的脑袋按到了自己肩上，拍了拍她的头，动作虽然粗鲁，却带了怜惜："温衡，老子长这么大，还没待见过哪个女人，你是第一个。"

思莞带着言希走出来的时候，脸色已经惨白。

"思莞，言希怎么样？"阿衡问他。

言希站在一旁，眸子只专注在远处一个固定的角落，无声无息。

思莞面无血色，苦笑："阿衡，我不瞒你，反正……也瞒不住了。两年前，言希第一次发病，用的是心理暗示的疗法，病情反反复复，治了大半年才治好。当时郑医师，就是言希的主治医师，他说言希的病如果犯第二次，要是心理暗示治不好，就极难有治愈的希望了。"

"言希到底是什么病？"辛达夷攥住了思莞的衣领，眉眼间的忍耐已经到了极限。

思莞面无表情道："癔症。"

阿衡想起了以前乌水镇的邻居黄爷爷，因为儿子孙子出了车祸，受不了打击，得的就是癔症。每日里不是哭闹，就是坐在门前，不停念叨着儿子的名字。到最后，上吊自杀，几日后才被邻里发现。

幼时放学经过黄爷爷家，他坐在门前，那目光也是呆滞空洞的。

了无希望。

阿衡沉浸在往事中，心绞得疼痛，一阵难受从胃中翻过。她许久没吃饭，扶着电线杆，吐的都是酸水。

"阿衡！"思莞要去扶她，阿衡却推开他的手。她弯着脊背，因为生理反应眼中积聚了大量的泪水。

思莞皱着眉："为什么不好好吃饭？怎么这么不爱惜自己？"

许久了，她才能站直身。蒙眬的泪眼中，她只看到，言希站在那里，不动不笑。

"这件事，我无可奈何。心中难过惶恐时自然吃不下饭，等到终于振奋了精神，神采充沛时，又觉得吃饭实在是多余。"

她拿袖子蹭了蹭嘴角，微笑着走到言希身旁，手指轻轻掖了围巾，拢到他的下颔，温柔开口："言希，我带你回家，好不好？"

言希却歪头看着她，半晌，摊开了手，方方正正的牌子，隐约的痕迹：09-68。

他带了认真，干燥的唇轻轻嚅动，捂住了胸口，单音节，含混的语音。

"家，有。"

Chapter 45
谁拿走了他的家

言希又办了休学。第二次。

依温老的意思是要立刻打电话到美国告知言家的。但是思莞拦住了，说是病情兴许有转机，这样贸贸然就打电话，言家肯定会以为温家平时没有照顾好言希而心生嫌隙。

温老思量了许久，给了思莞、阿衡三个月，三个月之后，言希病情若没有转机，他是一定要给老友一个交代的。

阿衡沉默，也没有说什么，带着言希回了家。

门外，原本是钉门牌的地方，现在光秃秃一片。阿衡向身旁没有动静的那人索要门牌，他却是恍若未见，号码牌在手中，攥得死紧。

吃饭时，攥着；洗澡时，攥着；睡觉时，攥着。

左手的指节很是突兀，握紧的拳，苍白而毫无血色。

阿衡着实不确定癔症实际是个什么病，心中模糊地联想，大概就是乡间老人所说的疯病。可是，她看言希的样子倒像是变成了小孩子，谁也不认得，吃饭、沐浴以及生活的种种方面，仅仅是靠惯性。甚至一连串完整的动作，如果被打断，他就会卡在那里，维持之前的动作，一动不动。

言希洗澡的时候，阿衡给他递睡衣，明明放在门外，他却在听到了阿衡的脚步声后，停止了揉头发的机械动作，站在花洒下静止起来。头发上、脸上，还满是白色的泡沫，还有那一双大眼睛，即使被泡沫欺红了眼，也依旧未眨一下。

阿衡望着他的眼睛,轻轻敲了敲窗。

静静地转向窗,他的眼睛有了短暂的聚焦,看着她,毫无波澜,如同死水一般的目光。

阿衡轻轻把手放在发上缓缓揉动着,向他示范着动作。

他望着她许久,手又开始揉动头发,那动作,与她,几乎完全相同。只是,左手握着门牌,动作笨拙。

阿衡笑,由着他。

言希以前吃饭时有个坏习惯,总是不消停地对着她说个不停,眉飞色舞的,口水几乎要喷到南极。从夸自己长得好看能扯到夏威夷的草裙舞很帅,从阿衡我讨厌这道菜能说到鲍鱼煮熟了其实很像荷包蛋。每次,她总是恨不得拿平底锅敲他的头,话怎么这么多,吵死了,吵死了……

现在,没人对着她吵了……

那个少年坐在那里,一勺一勺,像个刚刚学会吃饭的娃娃,认真而专注。他的动作很僵硬,右手小心翼翼地把勺子放入口中,再放下,咀嚼,咽下,连头都不低一下。

她给他夹什么菜他吃什么,再也不说"今天的排骨怎么这么肥呀""阿衡我不吃这个菜不吃不吃打死也不吃"……

这样,多乖……

她给他盛了汤,他乖乖喝着,只是依旧不低头,汤零零星星,滴在了衣服上。

阿衡拿了纸巾帮他擦,笑着问他:"言希,为什么不低头喝?"

他迷茫地看着她,阿衡低头,做了个喝汤的姿势。

他却突然扔了汤匙。汤匙落入碗中,溅了满桌的汤水。他捂住鼻子,小心翼翼，歪了头，开口："鼻子，疼。"

阿衡愣了，伸手拨拉掉他的手，鼻子上除了被他捂出的红印，什么都没有。

她放手，望向这少年，想要寻个答案，他却已经重新机械地握住勺子，目光注视在某一点，却又似乎蒙了一层布。

上学的第一天，她说："言希你乖乖在家待着，中午张嫂会给你送饭，知道吗？"

他看了她一眼，目光又慢慢游移到远处。

然后，晚上放学，她飞奔回家，只看到言希坐在饭桌前，手中还握着勺子一动不动，而桌上的饭菜早已凉透。这少年的嘴角还沾着饭粒，衣服，被汤汤水水污了个彻底。

阿衡叹气，拨通了温家的宅电："爷爷，明天不用麻烦张嫂送饭了。"转身，凝望着这少年，眉眼柔软温柔。

她说："言希，你乖哈，明天我带你上课，你乖乖的，好不好？"

他握住左手的门牌，低头，细白的食指在牌子上画着方方正正的轮廓，不说话，专心致志。

阿衡微笑："言希，鼻子，还疼吗？"

他听了，半晌没反应，在阿衡几乎放弃的时候，他却微微抬了头，看着她，点点头。然后，又死命捂住了鼻子，脸皱到了一起。

很疼很疼的表情。

她问思莞："两年前，言希发病的时候，也会一直喊着鼻子疼吗？"

思莞苦笑："两年前，他只说，脚疼。"

"为什么？"阿衡问他。

思莞叹气:"以前治疗时郑医师催眠问过他,他说辛德瑞拉丢了水晶鞋,脚很疼呀。"

阿衡心念一动:"言希……出事后,回到家中,是什么时间?"

思莞皱眉:"具体不清楚,应该是过了零点。"

零点的时候,灰姑娘丢了水晶鞋……

零点的时候,言希丢了自己……

彼时,他把丢了的她找回家,看着钟表,如释重负,还好,没有到十二点……

他对她说,阿衡,一定要在十二点之前回家,知道吗?

零点不回家的人,会变成沾满煤灰的脏孩子,被世界宣告抛弃,是这样吗……

只是,这次为什么会是"鼻子疼"?

第二日,阿衡带言希去上学。大家似乎听说了什么,对着言希,比这少年的眼神还飘忽,只尴尬地装作一切照常。

班主任郭女士皱眉:"温衡,这……"

阿衡笑:"郭老师,您不必为难。"

她背着书包,拉着言希,拖家带口,坐到了最后一排的角落。

辛达夷和Mary红了眼睛,跟在阿衡屁股后面,踢走了别人,坐在了他们身旁。

阿衡笑眯眯道:"先说好,我只养猪,不养兔子。"

肉丝红着兔子眼,泪汪汪地瞅了属猪的言希一眼,抱着阿衡开始边哭边蹂躏:"我可怜的阿衡啊,怎么这么命苦……"

辛达夷眨眨眼睛,点头:"就是就是,跟祥林嫂一样可怜……"

肉丝松手,拍了桌子,指:"辛达夷,你放屁!祥林嫂好歹还和人拜了堂生了娃，我姐们儿连你哥们儿的爪子都没牵过几次就守了活寡好吧！"

阿衡黑线，抽动嘴唇，看了言希一眼。

这孩子，幸亏听不懂了……

吃午饭的时候，言希又未低头，动作机械，像个孩子一般，排骨的酱汁滴到了外套上。

辛达夷拿着勺子挖了排骨，就要喂他："言美人，这是你丫平时最爱吃的东西，老子纡尊降贵喂你，病要快点好，知道吗？"

勺子悬在半空中，还没触到言希的唇，那双黑黑亮亮的大眼睛却一瞬间含了水汽，委屈得像个孩子。随即，纤细的手有些粗鲁，推开了辛达夷的勺子。

辛达夷吓了一跳，愣在了原地。

阿衡诧异，温声问少年："言希，怎么了，鼻子又疼了吗？"

他不作声，捂着鼻子，瓮瓮的声音："长长了。"

肉丝张大嘴："什么……什么意思，言希不会是痴——唔唔，辛狒狒你捂我的嘴干吗？"

阿衡淡哂，瞥了两人一眼。两人心虚，讪讪低了头，吃饭。

她转向言希，少年又开始歪歪扭扭地往嘴里送排骨，酱汁就要滴落的模样。可是，脸上又存了天真，不似之前的面无表情。

阿衡微笑了，看着他，纵容宠溺。

前排，学习委员催着交作业，转了一圈又一圈，走到后面时不小心撞到了言希，碰掉了言希左手握着的东西。他停下来，看到是言希，有些不自然，弯腰要去捡。

言希卡在了那里，看着自己左手的手心，空空的。忽然，他疯了一般把那男生推倒在地，骑在他身上，眼神凶狠，狠命地打了起来，口中是细碎的声音："小偷，家，家，还我……"

Chapter 46
小木偶何处安家

辛达夷、Mary 把两人拉开时,被打的孩子已经吓傻了,完全不知道发生了什么。

阿衡叹气,捡起了门牌放在他的手心中,鼻子有些酸:"不抢,言希,没有人抢走你的家。"

那少年懵懂地看着她,又低头,看到了左手心上的门牌,终究,紧握了,安心下来。

她向被打的男生道了歉。

这人虽然没有受什么伤,但是突然受到袭击,心中怎么说都有些不痛快,沉了脸,对阿衡开口:"言希傻了,我不跟他一般见识。但是温衡,他这个样子,为了不伤人,还是快点送到精神病院吧!"

辛达夷腾地火了:"你才傻了,信不信老子现在就把你送到精神病院!"

那人看了辛达夷一眼,知道自己惹不起这群高干子弟,哼了一声,也就讪讪地离开了。

Mary 想开口说些什么安慰阿衡,阿衡却笑眯眯地望着言希:"我们言希才不傻,对不对?"

那少年低头,宝贝地看着他的"家",并无任何反应。

Chapter 46　小木偶何处安家

他以前常常喊"我们阿衡"，那么骄傲的语气，"我们阿衡可漂亮了，做饭可好吃了，说话可有趣了，你们知道吗？"知道了，正常，因为这是言少的真理；不知道，没关系，本少会念叨着"我们阿衡"，让你们全都知道，我的真理也是你们的真理。

他是这样的逻辑，想要全世界知道他的宝贝的好。

所以，言希，我们言希，我从现在开始这样喊你，会不会很晚？

周六的时候，阿衡带言希去医院做治疗。听思莞的意思，对言希的病症，最初还是要用心理治疗，如果不能得到很好的控制，才会采用药物治疗。

那是阿衡第一次走进天武综合医院。她拉着言希的手，总觉得，他陷入自己的世界顾及不到周遭，其实并不算坏事。

天武与其说是医院，其实更像疗养院。鸟语花香的花园，干净整齐的健身设备，以及，无数用编号识别统一服装的病人。

01 到未知，他们没有姓名。

护士呵斥着，像极训斥着不懂事的小孩子："0377，不要抢 0324 的饼干。"

可事实上，那却是两个正当壮年的青年。其中一个，有些蛮横地抓着另一个身形较胖的青年手中的东西，胖青年却使劲用手抠他的嘴唇，他的牙齿已经渗出了血，脸颊是诡异的笑。

年轻力壮的男护理上前拉人，其他的病人则围成一圈，拍着手，孩童一般地笑着叫好。

阿衡后退一步，撞到言希，转身，带了惊惶。可那少年神色却异常平静，没有任何表情，或者，空洞得读不出任何东西，什么都有，什么都没有。

郑医生是一个过了而立之年的男子，穿着白大褂，看起来很干净，是个温和的人。他喊他的名字："言希。"

言希只低头看着他的"家"，并不理睬。

郑医生笑了笑，看着阿衡："你和思莞？……"

"兄妹。"

郑医生点头："怪不得呢，长这么像。以前都是他带言希来，今天换了你，想必是和言希极信任亲密了。"

她只听到了前半句。以前，都是思莞带言希来，那言爷爷和李警卫呢？他们为什么没有来过，难道是怕有损言家的家声……

阿衡心有些凉。

郑医生似乎看穿了阿衡的心思，有些不自然地解释："言老公务繁忙，但每次一定会打电话，细细询问。"

阿衡苦笑，有打电话的时间却没有时间带言希看病吗？怪不得，言希会被关在家中，整整半年……

整整半年，甚至连辛家都瞒着。

她看向言希，言希却只垂着头，黑发贴在额上，隐隐遮住了明媚的大眼睛。

阿衡握住他的手，不自觉加大了力气，言希一痛，抬眼，狠狠推开了她。

阿衡怔忡，她也是可以成为……伤害言希的人吗？

郑医生叹气，拿起医用手电检查了言希的眼睛，又用手指在他眼前晃动，少年的眼睛只有迟缓的跟随，一点也不敏捷。

郑医生皱眉，问阿衡："他这几天都是这样吗，对任何东西都没有注意力？"

阿衡点头，指了指少年左手心攥着的东西："除了这个。"

"这个，应该就是诱发言希再次犯病的原因。"郑医生略微思索。

阿衡凝目："什么意思？"

"一般来说，癔症是病人受到严重的刺激后，无法自我保护或者排遣悲伤时，而不断对自己进行心理暗示，将自己陷入假想的安全状态中。一旦有对其心理的刺激因素出现，或者说，他所认为的不安全的情形出现时，会表现出歇斯底里的状况。"郑医生顿了顿，"当然，也有一些病人是陷入角色扮演，因为自己无法排遣过往的悲痛，而变换角色对自己进行虐待惩罚。"

"言希，就是这样。"郑医生低头翻看言希的病历，"但是，他不是简单的某一种情形，而是两种并发的病症。所以，如果你抢走他左手拿着的东西，会让他觉得非常不安，甚至会攻击别人，这个东西也就成了他情绪不稳定的诱因。而两年前，他出现的第二重人格……"

阿衡打断了郑医生的话："什么是第二重人格？"

"第二重人格就是他扮演的角色。"郑医生笑了笑，"有时病人的表演比话剧演员还要逼真。言希两年前，也是一直坚持认为自己是丢了水晶鞋的辛德瑞拉。"

他站起身，对着阿衡微笑："对病人催眠治疗需要绝对的安静，现在，麻烦你到接待室稍等。"

走出医院的时候，傍晚的阳光正是好看，流沙一般的金色，温柔了影子。

郑医生下了结论：这一次，言希的第二重人格是匹诺曹。他说自己不敢说真相，鼻子每天会长长一厘米，得不到家人的谅解，回不了家。

而后，他有些奇怪，问她："阿衡是谁？催眠的时候，言希提到这个人，哭了。"

天武综合医院所在的街道有些偏僻,她牵着言希的手,一直没有看到出租车。来时,心中一直想着其他的事,也忘了记路。

"言希,你乖乖站在这里,我去路口拦车。"阿衡笑眯眯,松了他的手,"不要乱跑,知道吗?"

言希缓缓抬头,看了她一眼,又低了头。

等到她回来时,却不见了人。

脑中,一片空白。

"言……"张了口,却无论如何,发不出声。她疯了一般,绝望扑面而来。

转身,四周只有一些小胡同,纵横着、交错着、沉默着。夕阳下安静的影,似乎也忽然晃动起来,森然的,像是嘲笑着她,迎面扑噬而来。

没有了目标,没有了终点,她一直向前奔跑着,逆着光,仿佛每跑一步,就离黑暗愈近,却没有别的选择。

很累,很累……比第一次言希失踪时熬了两天两夜还要累……

她跑不动了,立在了青色的墙瓦下。

古老的巷子,破败腐朽的味道。

远处,隐约传来悠扬的声音:"拨浪鼓,小面人儿,昆仑奴,买给孩子啰……"

胡同的十字巷口,是挑着货担的卖货郎,轻轻缓缓地晃着小牛皮缝的拨浪鼓。做工粗糙的各种面具,在夕阳中刺痛了她的眼。

那个瘦削的身影,蹲在货担前,略带天真的面容,阳光中,是晒暖复又凉了的黑发。

她走到他的面前,一瞬间,泪流不止。

Chapter 46　小木偶何处安家

忽然间,左边的心口有些麻木,它扬扬得意,觉得自己在跳动,可是,阿衡却觉得,割去了,不跳动了,也许更好一些。

"言希,我猜,你一点也不知道我有多痛。"即使有解药,也无法恢复的痛。她圈着他在怀里,眼睛红得可怕。

她弯了腰,身影覆在他的影子上,拥抱了,再也不想放手。

那个像孩子一般的少年,头发是浅淡的牛奶清香,在她怀中,安静了,声音模糊含混的,单字的音节。

"面具,家,也有。"他对着她说,声音很认真吃力。

阿衡有些颤抖。他还记得,家里有他们一起买的面具。

他轻轻推开她,眯眼,指着货担上琳琅的面具。

阿衡站起身,挑着货担的生意人却笑了:"这个孩子,跟了我一路,一直看着面具。"

她笑,抹了眼泪:"师傅,我买。"

掏钱的时候,少年却突然拉了她的手,疯跑起来。

阿衡吓了一跳,跟在他的身旁,被他拉得跌跌撞撞。

"言希,你要去哪里?"她问他,风在耳畔,声音也要随之远去。

这个少年却并未回答,一直一直跑着。

天桥,绿树,公园,街道……每一处,远了,近了,远了;模糊了,清晰了,又模糊。

左手,是他的"家";右手,是言希的阿衡。

她的左手,一片淡淡的温暖。指节弯弯曲曲,贴紧了,没有缝隙,似乎,就要走到不确定的哪里,没有彼方,没有终点。

停止的时候,她的面前,是一扇门。

没有门牌号。

他微微扬了面孔,轻轻的音调:"家,你。"

他知道她不记得路,却不知道,为什么知道。

阿衡笑,没想到言希会带着她跑了回来,她看着他,温柔纠正:"这是你的家。"

言希摇头,大眼睛纯洁清澈:"你的。"

"那你的呢?"

这个孩子,却抱着头,痛哭起来,五官几乎挤到一起。

"我坏,阿衡讨厌我,家,没了。"

郑医生对她说,言希的病历中,还写着——失语症。

他会慢慢地,把自己与这个世界完全隔离。

Chapter 47
甲之蜜糖乙砒霜

春日，天气稍暖，言希不知冷热，阿衡帮他换了冬衣，又添置了几件春衣。她笑眯眯地看着他身上的新衣服，问他："言希，你喜欢这衣服吗？"

言希不知道，手抓住袖口使劲吸了口气，小小含混的声音："香。"

呵呵，阿衡笑。这样天真，多么讨人喜爱。

"放衣服的地方，揉了甘松香。"她笑，明知他听不懂，还是依旧把每件事说给言希听，这样，不会寂寞。

三月之约，过了三分之二。言希的话越来越少，连郑医生给他做催眠的时候也不大能进行下去。大半的时候他面对着郑医生发呆，或者无助得像个孩子一般哭泣。

终于，心理治疗走到了绝处。

郑医生现在常常对言希用两种药，氯丙嗪和盐酸异丙嗪。粗的针管，透明的液体，一点点注入言希青色的血管中。

她亲眼看着他，从哭泣变得安静，宛若木偶。是了，是他口中说的匹诺曹，只有眼中的泪痕未干，弄花了整个面孔。

她帮他擦脸，他却轻轻靠在了她的身上，熟睡起来，柔软的呼吸，孩子般的纯洁。

她说:"郑医生,能不能不用这些药。言希每次用完了,饭量很少,半碗米而已。看起来没有生气。"

郑医生笑:"不用,他就有生气了吗?"

阿衡点头,郑重道:"是呀,不用药,我喂他吃饭,他会乖乖地吃一整碗。而且,我和他说话,他会和我交谈。"

郑医生摇头:"说的又是孩子话,最近我检查言希,他的失语症已经很严重,怎么可能和你交谈。况且,你也说了,是你喂他吃,而不是他自己吃。他自己的话,恐怕已经不知道怎么吃饭了。现在,他连惯性的记忆都在慢慢消退,知道吗?"

阿衡轻轻拍了趴在她腿上熟睡的少年,笑了笑:"像小猪崽子一样,睡吧睡吧,睡到天荒地老,不醒的话,就把你扔给卖小孩的。"

那一日太阳甚好,搬了小板凳,她把他放在门外榕树下。

阳光暖暖的,树影遮住了许多光线。他伸出手,放到树影外,触碰到阳光,热了,再缩回,专注了精神,像极有趣的游戏,乐此不疲。

阿衡微笑,转身回房准备午饭。她悄悄地,没让他发现自己的离开。

她揉着面,手中指缝满满的都是面粉,忽然听到门外有炮响。近些日子,院子里的孩子不知从谁开始放陈炮玩,吓吓大人,调皮极了。她吓了一跳,想起言希,未抹手就走了出去。

言希被一群八九岁的孩子围成一团。嬉笑的声音不断,隐约是个顺口溜,傻子、疯子,这样的满口嘲笑。最童稚的声音,最残忍的话语。

阿衡生气了,沉了眉眼:"你们在干什么!"

一群小孩子见阿衡来了,也就做做鬼脸,疯跑离开。

言希的脚下是红色的炮纸,细碎的,还有硝烟的味道。他低着头,双

Chapter 47　甲之蜜糖乙砒霜

手捂在眼前，全身发抖，想必是被炮声吓到了。

她迟疑着，轻轻开口："言希。"

那少年，抬起头，红了的眼睛，看到阿衡，一瞬间皱缩了眉眼，头抵在她的身上，哇哇大哭起来，抽噎着，拽着她的衣角，始终不肯放手。那样子，委屈连带着撒娇，丝毫不加掩饰。

思莞很着急，看起来，比她要焦急很多。

她知道，爷爷应该下了决心，三月之后准时告诉美国那边。阿衡也想过这件事，但是心中反而觉得高兴，如果言爷爷和言爸爸、言妈妈都回来照顾言希，有了亲人，言希的病说不定很快就好了。

阿衡心里清楚，言希的痛楚，是在父母身上。小的时候，他的小伙伴都有父母，只有他没有。所以，平时性格虽然高傲孤僻，但对长辈总是有一片孺慕亲近的心，对爷爷也是孝顺得不能再孝顺。

母亲闲时同她讲过，言希八岁的时候，言爷爷生了病想要吃拐果。但这种野果长在山中深处，很难摘。老人不忍心麻烦手下，言希却失踪了两天一夜，跑回来的时候，脸上手上都是伤口，两只小手捧着一捧拐果，衣服脏脏破破的。问他去了哪里，他不肯说实话，还被老人打了一顿。

言希此人，生平最怕鬼神，让他待在山中两天一夜，又该是怎样的孝心？

母亲也说过，别看现在言希对她最亲，以前，当作母亲孝顺的却是林若梅。只是兴许这两年若梅去了美国，他同林若梅似乎生疏许多。

当作母亲孝顺吗……

那个人又回报给把她当作母亲孝顺的孩子什么东西……

她问思莞为什么这么焦急，言希的父母都回来，不好吗？

思莞却苦笑:"言希只有这一个爸爸妈妈,但是言希的爸爸妈妈却不是只有这一个儿子。"

阿衡皱眉:"都是亲生的,不是吗?"

思莞有些不自在地开口:"言希出生的时候,言伯母因为和言伯伯闹离婚,难产大出血,差点要送命。虽然夫妻俩后来和好,但是言伯母一直不喜欢言希。后来伯父伯母出国,却独独把还没有断奶的言希留给言爷爷,又是为什么?虽然是亲生的,但是,比起言希这个差点让她丧命的儿子,美国的那个,恐怕更亲。"

他继续,横了心:"阿衡,你知道更亲是什么意思吗?就是到关键的时候,如果必须舍弃一个的话,这个人,必是言希无疑。如果,他们知道言希得了癔症,而且心理治疗、药物治疗效果都不大……"

阿衡从头到脚,像被人浇了冰水。

思莞闭了眼:"要是言爷爷还好些,但是怕老人家受刺激,伯父伯母肯定不会告诉他。要是这样,言希会被送到医院强制住院。"

强制住院?只有编号的病人看着鲜血笑着拍手的情景缓缓在她脑海中浮现。

她问思莞:"我该怎么做?"

思莞叹气,揉了揉阿衡的头发:"你姓温,他姓言,言家权势不亚于温家,若要温家女儿养着言家儿子,你说传出去会有多难听?你说爷爷会不会允许?你说言家会不会允许?阿衡,你能怎么办,你只是个孩子,你还能怎么办?"

阿衡哭了,回家拉着言希的手:"言希,你的病快些好不行吗?"

我知道我们言希很乖很乖,不会打扰别人的生活,可是别人不知道,又该怎么办?

Chapter 47　甲之蜜糖乙砒霜

言希的父亲回国的那一日，是五月份的一天。

她第一次看见那个男子，身材很高大，长得很好看。他的行为做派很优雅大方，跟温家人关系不是十分亲密，至少比起言爷爷对温家，是差远了。但是，带了许多名贵的礼物，说是孝敬温爷爷的，还有许多好看时髦的衣服和名牌香水，尽数送给了她。

他笑着对她说："阿衡，这些日子，言希麻烦你了。"

阿衡怔怔地看着他，心里空荡荡的："你笑起来和言希很像。"

爷爷看着她，当着外人并不说话，但脸色变得阴沉。

言希躲在她的身后，大眼睛偷偷看了看眼前的男子，毫无印象，便低头，摆弄起手中的银色七连环。

这是阿衡刚刚买给他的玩具，目的是吸引他的注意，把门牌从他手上哄了出来。她笑眯眯地指着门前空空的一片，对言希说："言希，咱们家光秃秃的一片，很难看呀，别人家里都有门牌，就只有我们家没有，要是没有你带路，我看不到门牌号，迷路了怎么办？"

他迷茫地看着她，想了想，半晌，犹犹豫豫地把左手中的门牌递给她，然后，低了头，揉着鼻子，做出很疼很疼的表情。

辛达夷翻白眼小声嘟囔："哄小孩儿很不厚道的呀，温衡，不过，也就是你，才能让言希……"

后面的话，他终究说不出来。

只有阿衡能让言希破例，无论是生病前或是生病后又如何呢？隔着两个姓氏，比起这个世界最遥远的距离又差多少……

言希的父亲叫言定邦，与温衡父亲的名字有着异曲同工之处。或者，本就是两家商定后取的名也未可知。兴许，是要他们做兄弟的；兴许，还是想要让他们的儿女结发百年的。可是，这又能代表什么？

言父看着阿衡的眉眼，微不可闻地叹了口气，勉强笑道："阿衡是个好姑娘，和言希玩得好，我心里面很高兴。"

温老也找台阶："是呀，孩子们感情好，是好事。"

"只是……"言父铺垫着开了口，"眼下言希生了这样的病，情绪激动，恐怕会伤了阿衡，我想……"

阿衡的声音有些大："不会的，言希从来不伤害别人！"

言父讪讪的，不知说什么，轻轻抚了言希的头。

言希不舒服，用手扒开，又往阿衡身后躲了躲，露出大眼睛，生疏乖巧的模样。

言父碍着温家终究无法说些别的，便说了些客套话，离去。

温老却把阿衡叫进了书房。

阿衡嘱咐言希，让他坐在沙发上玩七连环。

老人的神色有些难看："阿衡，你和言希的感情好我知道，你的心思我也明白。只是，我们是外人，不便插手别人家的家事，你明白吗？"

阿衡垂了眼："爷爷，我照顾着言希，不让他去精神病院，不成吗？"

温老带了怒气，呵斥："胡闹！他病成这个样子，你还要上学，能有多少精力伺候他？我的孙女，前程大好，怎么能被别人给毁了！更何况，他长成那副样子，又生了这样的疯病，刚生下来就差点要了亲生母亲的命，根本就是天生向言家讨债的！咱们温家，从以前到现在，从没有对不起他们言家的时候，虽然他们家对我有恩，但这么多年，该报的也都报够了。他们家的债，我们家又哪有能力去还！"

爷爷第一次，在她面前，把话说得这样明白而毫无转寰的余地。

美貌、无福、祸及父母，言希已经……罪不可赦了吗？

阿衡笑不得，哭，更哭不得，站在那里，眼前已经一片灰色。

Chapter 47　甲之蜜糖乙砒霜

她走了出来,却看见言希站在门口,手中的七连环掉在了地上。

阿衡弯腰去捡七连环,眼泪,却一瞬间,掉了出来。

看着少年脚上的红色帆布鞋,她捡起了七连环,何其艰难,站了起来,笑眯眯地递给言希:"怎么站在这里?"

他不说话,又握着七连环,手指晶莹宛若透明,轻轻触到阿衡的眼窝,小声开口:"水。"

阿衡牵起他的手,看着他的眼睛,干净纯真,明明毫无情绪,却又似乎有一丝迷惑。

她笑:"这么笨,是眼泪,不是水。"

他学她的样子,隐忍着、微笑着,惟妙惟肖。

她叹气:"言希,你想学着我掉眼泪吗?笨,眼睛会疼的。"

况且,什么都不知道的你又怎么能模仿出来?

那是眼泪,为了你而流。

你不为谁,又怎会流泪?

他望着她,继续微笑,模仿那样的表情,难看得不得了的表情,想哭还依旧隐忍着的表情,缓缓地,却掉了眼泪,汹涌的、悲伤的。

她诧异,却还是笑,宠溺着、温柔着:"真像。"

他也笑,模仿她上了瘾。

她只知道,得了癔症的病人,有很强的模仿能力。

却不晓得,得了癔症的病人,偶尔也会清醒。

言父只说是请了假,看样子并没有在家长住的打算。

阿衡同言父交谈,语气几乎低入尘埃,她说:"言希不会伤害我或者别人。言伯伯,你相信我,即使带他回美国,也不要把他送进医院,他的病不到那种程度,那里是个……不适合言希生活的地方。"

她的语气恳切,他不说话。

家中有一盆仙人掌,放在窗前,长得很是茂盛,平常都是阿衡打理。

言希却站在仙人掌前,低头摆弄着七连环。

忽然,他大声尖叫起来,情绪看着十分激动。

阿衡、言父走了过去,言希却连根拔起仙人掌。仙人掌,密密麻麻的、坚硬的刺,一瞬间刺穿了指肉,满手都是鲜血。他抓着仙人掌,看着阿衡,满脸悲伤决绝,砸了过去。

阿衡看着他,呆呆的,忘了躲开,仙人球顺着她的裤脚划过。

她说,我们言希是好孩子,不会伤害别人,尤其是我。

她说,言伯伯,你相信我,不要把言希送到医院。

于是,他把她的誓言打破。

"死生契阔,与子成说;执子之手,与子偕老。"这句话,虽然好听,却实在是天大的悲剧。

尤其是,只有一个人,妄想着天长地久。

Chapter 48

永恒时光一件事

言希离开了,她亲眼看着那车绝尘而去。他去了哪里,已与她无关,她不再想知道。

终于,连她也抛弃了他。

言希,这就是你想要的,对不对?我给了你,你是否就是快乐的?

送言定邦回美国时,她笑着对那个男人说:"言伯伯,您尽管回美国,我把东西搬出来之后,钥匙会邮寄过去。"

他看着她,目光有些沉重和不忍。

而那个女人,背着所有人,却对着她耳语。她说:"温衡,多谢你,帮了我这么大的忙。"梅花的清香,海珍珠的流彩,那笑意真是温柔。

阿衡淡笑:"你不会忘了,我手里还握着什么吧?"

林若梅笑,眸光甚是慈爱:"如果我说,你现在拿着的东西,在陆家面前,一文不值,你信不信?"

阿衡的心像被人刺了一下,轻轻开口:"无所谓了。"

所有的东西,都无所谓了。

她的坚持和决断,像一个笑话。

从过去走到现在,是笑给别人听;从现在回溯到过去,是笑给自己听。不过,一场大笑。

思莞帮着她收拾东西,温家的人,住在言家,又算什么?

辛达夷得知消息,冲进言家。抓住阿衡的手腕,他红着眼咬着牙,那模样几乎要杀人。

"为什么?!"

阿衡的眼中没有波澜,平静地看着他,几乎要笑:"什么为什么?"

这个少年虽然一向鲁莽,但对自己的至亲好友却总是宽和忍让的。他习惯于珍惜每一段友情,所以,不至万不得已,不会对朋友说一句狠话。眼下,他却是真的生气了,攥紧了阿衡的手腕:"阿衡,你真够朋友!那是言希,言希!不是一只猫,不是一只狗,不是你喜欢了逗两天、讨厌了就可以扔了的东西,那是一个大活人!"

思莞皱眉:"达夷,你乱说什么?"

辛达夷横了浓眉:"你最没资格说话,给老子滚开!你抱着你的温姓过一辈子吧!"他是大大咧咧一点,但没心眼不代表没脑子!

思莞一张俊脸阴晴不定,但是修养好,忍住了。

阿衡甩开了辛达夷的手,微笑着开口:"达夷,别闹了,我这里很忙,你先回家,有什么话改天再说。"

辛达夷怒极反笑:"好好!这就是言希捧在手心里的人!你倒是好,安静得很,高贵得很!"

阿衡淡笑:"辛达夷,你这么好,怎么不拦着言伯伯?把言希留下了,不正合你的意,皆大欢喜吗?"

辛达夷怔住了。

为什么两年前不能,两年后依旧不能?这样说,好像他做得了主,决定什么便是什么。

半晌，少年莽莽撞撞，红了眼眶："老子倒想！可是，除了你，别的人再好又能怎么样！"

属于她的东西，陆陆续续，搬得差不多了。

她的房间在二楼，窗外没有树影，阳光最好。

思莞看了她住的房间，有些愧疚地开口："阿衡，让你受委屈了，我记得你最厌烦阳光的。"

阿衡笑了笑，不作声。

那一日，有个人，笑容那么温暖："阿衡，你喜欢阳光，喜欢黑色白色冷色，对不对？对不对？"

多么久的事了，几乎记不清了才对。

思莞轻轻拍了拍她的肩，笑得酒窝深深："妈妈在家给你布置好了房间，等着你回去。剩下的杂物，过些天再来收拾。"

阿衡看了一眼墙壁，兔耳小人早已不甚清晰，微笑了，转身："走吧，回……家。"

以前，总是觉得这房子满满的，很吵很闹，现在看起来，原来是错觉。

她回来了，母亲很高兴，拉着她的手，家常话说个不停。她觉得自己一向孝顺，顺着妈妈的话，把她逗得笑逐颜开。

思尔脸色不怎么好看，瞪了她好几眼。

有些场景，反了过来。不久之前，她也是这样嫉妒地看着妈妈和思尔的。

之前，在乌水的时候总觉得自己很成熟，很像大人，能帮阿爸阿妈的忙，能照顾在在。来到这里的几年，又何止比之前成长一星半点？

求之不得，而，无欲则刚。

她看着思尔，也学会了在母亲面前亲热地拉着她的手。但是，人后，却没有学着她放手。

温思尔功夫只做足半套，她要做，则是做起全套。

人前有明眼人看着，人后有聪明人看着。她厌恶了仅仅得到爷爷、哥哥的一星半点怜惜，在温家，她要变得举足轻重。

温思尔冷嘲热讽："温衡你装什么乖巧，假不假？"

阿衡笑得山明水净："是啊，我不装着乖巧把你赶出温家，又怎么过意得去？"

思尔小脸一沉，冷哼一声，钻进温思莞房间。

阿衡依旧笑眯眯。

温思尔会钢琴、会芭蕾又讨温家的欢心，她温衡是做不到。但是，温衡次次年级前三，性格乖巧流着温家的血，你温思尔又有哪个能做到？

同是姓温，谁又比谁差多少？

不晓得，自己此刻的争是从何而来，正如不清楚当时的不争是由何而起。

人是会变的。

离上一个三月，又过了一个三月。八月的天，已经很热了。

思莞总是看着她的脸色，有些尴尬地提起那个人，小心翼翼地说着他会什么时候去探望，然后委婉地问她："阿衡，你要不要去一趟天武医院？"

言父怕把儿子带到美国老人承受不了打击，还是把言希留在了天武医院。

阿衡脸上带着三分笑意，边做物理题边开口："等闲了吧。"

等闲了，再把自己变得不闲，然后再等闲了吧。

小虾就要升高中，每每眼泪汪汪地问她那个人在哪里。阿衡不咸不淡地说了一句："疯了，然后不知道死没死。想去找他，先把自己弄疯了再说。"

小孩儿会立刻闭嘴，埋头苦学状。

辛达夷则是拿鼻子跟她说话，哼来哼去。陈倦连踢带打这厮，也未见成效，只讪讪来了句："阿衡，我知道你是有苦衷的。"

在抛弃言希这件事上。

这句话，他自然不会说，虽然，由他看来，事实就是如此。

阿衡却只是笑。她怎么有苦衷了，怎么连她自己都不清楚？

这个世上，无人不冤，无人不苦。佛祖眼中，众生皆有罪，皆可怜。善哉善哉，这样说来，她应该就是有苦衷的了。

班上同学笑她："温衡是准备成佛了？"

阿衡也笑，摇头："不行，不行，现在小僧吃荤，每顿无排骨不欢。"

辛达夷竖起了耳朵，神经灵敏度绝对一流。

肉丝亮了眼睛："你现在吃排骨啊？"

阿衡笑眯眯："是呀是呀，现在已经吃出酸水了，再等两天，吃恶心了，这辈子一口也不沾了。"

她磨蹭了三个月，钥匙也没寄到美国。每个星期，拖一次地，拿些漏掉的东西回去。下一次，擦桌子，又能发现属于她的东西，真是惊喜连连。

思莞脸皮薄，私下问她，已经磨蹭了三个月，预备什么时候还。

阿衡眯眼："言爷爷很急吗？那我打个电话请示一下好了。"

思莞苦笑，可不敢让言爷爷知道，他会掐死言伯伯的。这样的大事，虽然是为了成全一片孝心，怕把儿子带到美国老人承受不了打击，但是到了言爷爷眼中，心疼孙子，猜忌起儿子，言伯伯这罪名可大发了，简直其心可诛。太上皇一生气，再一生病，他们这些小的也其心可诛了。

阿衡笑眯眯，所以，你就让我慢慢整嘛。

思莞纳闷，这般小无赖的样子，跟谁有那么几分相像，忽而想起了老一辈口中的夫妻相，晴天霹雳，雷死了自己。

他犹豫了又犹豫，斟酌了又斟酌："你真的不去看言希？他现在瘦得只剩皮包骨头，每天吃不下饭，吐了许多次……"

说到最后，自己说不下去，红了眼眶。

阿衡看着他，冷静开口："你想哭吗？忍了这么久，不辛苦吗？"

温思莞永远是最决绝、又最情深的那一个。

千百万手段，好的坏的，只为了一个人。

最初的，从那个人身边抢走林弯弯，而后，又若无其事地让那个人发现，碍于兄弟情分，那个人势必会死了心，这是其一；其二，与陆流保持联系，若有似无地提及那个人有喜欢的女人，当然那个女人最好叫温衡，防患于未然；其三，如果她没猜错，他兴许还有一些，把那个人顺势留在医院，也留在他身边一辈子的想法。

这种心计手段，如果不是辛达夷在思莞身旁待的时间长，看得剔透，她这样笨，可猜不出。

直至今日，他依旧继续在隐忍，实在是卧薪尝胆，为人所不为，做人所不能，她自叹不如。

思莞垂眸："我不后悔。"

阿衡笑出八颗牙，温文尔雅："这样最好。"

老钢琴依旧在楼下，蒙了灰，早已破旧不堪，每一次清理房间，真是碍眼得很。

"思莞,搭把手,把钢琴抬回阁楼吧。"

思莞看了眼钢琴,有些诧异:"这个,不是言希钢琴启蒙时买的吗,多少年了,怎么还留着,不是早就该当废品卖了吗?"

是呀,不但没卖,还能弹《小星星》《圆舞曲》呢,只可惜是五音不全版的。

阿衡极少去阁楼,因为那里实在太乱,放的大多是那个人幼时的玩具,变形金刚、赛车、小三轮以及据他说画失败了的作品。

为了把钢琴抬上去,少不了要整一整,不然根本塞不下。整起来乌烟瘴气的,满是灰尘,害得阿衡思莞咳个不停。

她蹲下身子收拾那些画纸,有一张压在了小三轮的轮下,好不容易搬开小三轮,车后面却有一幅黑布盖着的画作。

藏得真是隐秘,真不愧是那人的小狗窝。她要是不仔细整,确实想不到小阁楼也是山路十八弯。

撩开黑布,眼睛却一瞬间被刺痛。

一半的光明,一半的黑暗。

一半,明如金锦,圣光明媚;另一半,漆黑若墨,寂寥残破。

一半是朝阳,一半是残月。

光明中,伸出一双手,温暖柔软,指节清晰,略有薄茧,十指张开,面朝黑夜;黑暗中,也有一双手,比那一双大一些,冰冷一些,带着黑暗的雾气,即将消失,却与那一双温暖的双手努力相合,期盼着,慢慢靠近着,只差一步,毫无缝隙。

右下角,是熟悉得再熟悉不过的字迹:朝阳。

下面注着小字:如果言凡·高和阿衡一起吃最后一块面包,一起饿死也不会自杀了吧。

温老在不久之后，收到这样一封信。

爷爷：

这是我第一次给您写信，上天保佑也是最后一次。

这些日子，我一直在按照您的吩咐努力做一个温家人，人前无私人后自私，人前坚强人后哭泣，人前吃亏人后赚回，人前聪明人后……依旧聪明。

孙女愚钝，揣摩了整整三月有余，却没有理解其中的含义，心中十分惭愧。

爷爷生平，最厌恶的人就是言希。他几乎毁了爷爷一直悉心栽培的思莞，所幸，言希离开了。但是现在，孙女观察哥哥，并未与言希疏远，实在是辜负了爷爷。孙女自知是温家不肖子孙，为了拯救哥哥，愿意带走言希，让思莞免受这"美貌无福祸及父母"之人的荼毒。

言希容貌异于常人，而孙女相貌平庸，跟他在一起，刚好消解了他的美貌；言希自幼，父母不爱，年仅十五，遭人残害，无处可诉，生平两次，得了癔症，药石罔效，实在是无福，而孙女幼时有养父母疼爱，长大后又有生父母怜惜，平时生活琐事，事事都顺心，刚好是有福之人，或许可匀给他几分；言希出生时生母难产，几次抢救才得以生还，的确祸及父母，但孙女这次带走言希，却是对温家有益处，不敢说福及父母，却总算能消弭言希几分罪过。不知，爷爷以为如何？

从此之后，爷爷不必费心寻找，孙女会休学。既然没有好的前程，在外自然不敢自称温家子孙，不会有损爷爷的盛名，爷爷请放心。

言希一日病不好，孙女便一日不回家。孙女愚笨，无法三心二意，永恒时光，只做这一件事。

或许生计艰难,有朝一日,不能维生,孙女和言希一起饿死,也一定不让他祸及他人。

不孝孙女温衡
八月

Chapter 49
什么等同了什么

阿衡去接那个人的时候,被爷爷逮个正着。

老爷子铁青着脸瞪着她,在医院门口看了半天。怒火中烧了,恨不得把信扔到她身上,只说了一句话:"这就是我教的好孙女!"

思莞在一旁使眼色。

阿衡抿了嘴,微笑:"爷爷,您生我的气了?"

温老扫了一眼身旁的思莞,心头有些无名火。阿衡这么乖,却能写出这么要挟他的绝情信,左右还是和这个臭小子脱不了关系。

他是存了私心,想让言希离思莞远一点,但是却并非存了恶意。到了孙女眼中,竟然大恶不赦了。

小孩子心思单纯,未经大人引导,把事情弄拧了,绝非他的本意。况且,孩子已经在信里把话说到了这份上……

"你先回家。"老人想了想,对着思莞开口。

思莞讪讪,摸摸鼻子,担心地看了阿衡一眼,乖乖离开。

"你还真准备跟爷爷玩这个,带着言希离家出走?"温老见思莞远去,叹了口气,看着孙女的眉眼,有五分和亡妻相似,语气也软了下来。

阿衡凝着小脸,噘了嘴:"爷爷反正只疼思莞不喜欢我。我正好和言希做个伴,不碍您的眼。"这番孩子气,她在温老面前,还是第一次。

到底是自己的亲骨肉,又是孙辈,老人听着听着几乎有些想笑了,也真笑了出来,骂道:"我要是真不疼你,你拿封信也就吓唬不住你爷爷了!"

阿衡微笑,带了小小的讨好:"本来就没打算吓爷爷,我是真要带言希走的。"

温老冷哼:"你是真孝顺!"

阿衡只笑,点头,有些不好意思。

她写那封信,所想的,从一开始就是双赢的局面。她虽然有那么一瞬间,动过念头,想着和言希一起分食最后一块面包,饿死也是好的。但是,她受得那份苦,言希自幼娇生惯养,又怎么受得了。

"算了算了,我们这些老家伙上辈子欠了你们这些小东西。"温老叹了口气,哭笑不得,"我一会儿找人给小希办出院手续,言家那边由我去说,你去把他接回家吧。"

阿衡的眼睛亮晶晶的。

老人无奈,笑着摸摸孙女的小脑袋:"你握着言家的钥匙三个月没还,真当爷爷老糊涂?"

阿衡有些不好意思,微笑,白净的面庞上带了难得的窘迫。

温老正了颜色,认真对阿衡开口:"既是你选的路,后悔了,也没有退路,知道吗?"

她去接言希的时候,满眼的白色,看起来,眼睛实在有些痛。

三个月,实在不短。她的战役,迂回忍耐了三个月,最后终于大胜。

趴在窗外,那个人躺在白色的病床上,柔软而干净,蜷缩着身子,熟睡着。左手食指勾挂着七连环,银色的,在日光中闪着明媚萧索的光亮。

她几乎看得到背对着她的,被阳光打散的黑发。

阿衡走了进去，床头放着一杯水和一把药片，白色的、黑色的、褐色的。这可真糟糕，都不是他喜爱的颜色，不晓得他平时有没有乖乖吃。他的呼吸很轻，安静的，是清恬的气息。

她抓住他的右手，拇指、食指、中指，一点点相合，温柔地，而后，错了位，紧握，十指相扣。

已见青筋，骨细硌人。

他又瘦了许多。

仙人掌留下的疤，已变成一条条细索的暗痕，有些狰狞。

与言凡·高的画着实有些不符。

所以说，生活不能假设，假设出来的，预料了结局，饶是皆大欢喜，却永远有一丝瑕疵。

她有些疲惫，看着他，安静的。没有白天黑夜，不停地注射药物，不停地睡眠，连梦都不会做。

言希，你是否……想过阿衡……

她轻轻晃着他。沉睡了的那人，由于药效，难以醒来。

她轻轻揽起他的身子，轻轻让那人靠着自己，双臂拥抱着，缓缓地拍着他的发，温柔的指温："言希，快些醒过来，我们该回家了。"

某年某月某日，某人也是这样嫉妒地看着她温柔地抱着哄着那个赖床的娃娃，她说："宝宝，起床了，要上幼儿园了。"

他则是上手直接蹂躏娃娃："呀，起来了起来了！老子都没这样的好待遇！"

她却笑。笨蛋，我也曾经这样宠着你，只是，你可曾记起？

他醒来的时候，全身都是温暖好闻的气息，睁开眼，迷迷茫茫地，看

Chapter 49 什么等同了什么

到一个人。

她的眼睛,那样温柔,带着倦意,似乎好久,都没有人这样看过他。

他揉了眼睛,黑白分明的大眼睛看着她,很久很久。

然后,轻轻昂起了头,微凉的体温,浅浅的吻,印在她的眼皮。

痒痒的,软软的吻。而后,他像个小孩子,笑了起来,从她怀中挣开,天真而腼腆。

阿衡愣了,无奈,又不好跟他计较什么。

因为,三个月,足够他忘记她几千次,她端足架子训他,也是浪费口舌。

然后,她猜想,他一定是把自己当成了散播爱的天使,把吻当作了任务。

于是,她也笑了,牵着他的手,开了口:"言希,我们回家。"

他望了她一眼,却低着头晃荡起七连环,看着一个个小环,只陷入了自己的世界。

依旧,是从前的模样。

抬眼,爷爷和郑医生已经站在病房前。

她拉着他的手,他乖乖地跟在她的身后,认真地玩着七连环。

郑医生眼睛有些发亮:"难得,今天言希这么听话。平常醒了,总是要哭闹一阵子。"

阿衡皱眉:"言希受伤了吗?"她知道天武收拾病人的手段,不听话的,总要绑了,然后打镇静剂。

郑医生有些讪讪:"并没有流血。"

阿衡撩开言希的衣袖,白皙瘦弱的手臂上,都是麻绳捆绑后留下的青青紫紫的瘀痕。

心里一阵疼，阿衡黑了小脸，礼貌上说了几句话，但是气氛终究冷了下来。

平常言希磕了碰了，她虽然嘴上每每骂少年不小心，但是磕在了哪个栏杆上，碰到了哪个椅子，心底却总要诅咒那些椅子栏杆十遍八遍的。

阿衡向大人道了别，跟爷爷说了在外面等着，随即垂着头，一边诅咒郑医生，一边拉着言希的手往外走。

温老笑了，怎么看不出阿衡的那点小心思："小郑，孩子在家惯坏了，你不要见怪。"

郑医生望着两人远去的方向，微微一笑："如果是她，我怎么会怪。温老可知道言希每次哭闹些什么？"

温老摇头。他料想不出，病人实在反复，这怎么能猜得出。

"不要忘了，不要忘了，阿衡，阿衡，阿衡……"郑医生喃喃，学着那人的语调。

他抱着头，瞳孔那样涣散，多么不舍得他的宝贝。不要忘了他的阿衡，可终究，渐渐忘却。

因为，他已经忘记如何说话。

所以，如何才能开口喊出阿衡。

她教他说话，他看着她，只是笑，大眼睛干净而无辜。

她喂他吃饭，指着排骨："排骨，排骨，言希，你最喜欢吃的排骨，跟我念，排——骨——"

言希歪头，不说话，只张大嘴，咬住她伸过去的装了排骨的勺。

她拿着牛奶，故意不给他："言希，你的巧克力牛奶，牛奶，这是牛奶，念了才给喝。"

Chapter 49　什么等同了什么

言希看着她，迷迷糊糊地，却抢过了玻璃杯，咕咚咕咚地喝着，喉头发出很响的响声。

阿衡抽搐了唇角，不是这样的声音。她想了想，和颜悦色，又教他："言希，言希，言希，这是你的名字，知道吗，言——希——"

她拖长语调，念得很清晰好听，仔细地观察他的表情。

他有些茫然，然后，很用力很用力地想了，乖巧地递给她剩下的半杯牛奶，忍痛割爱。在他的心中，牛奶和言希是等同的概念，他以为阿衡要喝他的牛奶。

阿衡沮丧了，自暴自弃："阿衡，阿衡呢？算了算了，你要是记得，我跟你姓。"

那少年想起什么，恍然大悟，笑得堆起半边酒窝，孩子气地拍手，轻轻地温柔低头，六厘米的距离，浅浅吻上她的眼皮。

凉凉的、痒痒的。

阿衡等同于亲吻吗？

阿衡上学的时候已经不能带言希，因为言希开始害怕到人很多的地方。

除了一年固定的几场音乐会，温母并不忙，便在阿衡上学的时候把言希接到家中照顾。她又买了一部手机给阿衡，如果言希哭闹的话，会及时打电话给她。

温母总是笑，好像又重新养了一个娃娃。

思尔撇嘴，哪有这么大的娃娃。

思莞想起什么，有些怅然，望着阿衡，颇不是滋味。

阿衡心中对母亲十分感激，温母却笑着摇头："十七年还顶不过两年，小希当真是个白眼狼。"

温母按着阿衡的吩咐教言希说话,言希却总是不理会,坐在电话旁,不眨眼睛地盯着。

铃声响了,龙眼般的大眼睛笑得弯弯的,抢着接电话,可总是陌生的声音。于是,他扔了电话,噘嘴,转身,留下一片灰色的阴影,十分之哀怨。

温母大笑:"我的宝哟,不是阿衡,你也不能扔电话呀。"

她来了兴致,教言希记阿衡的手机号码:"136×××6196,宝,记住了吗?"

温母念了一遍,厨房里张嫂喊人,便停了,走到厨房。

回来的时候,言希正抱着电话,笑得嘴几乎成了心形。

电话里:"喂,喂,喂,妈妈吗?喂,信号不好吗?妈妈,言希不听话了吗?"那样温和软软的声音,正是阿衡。

温母怔怔地,看着眼前这孩子欢喜天真的容颜,话筒中的另一端很远又很近,眼泪,一瞬间流了下来。

"没有,他很听话很听话。每一刻、每一分、每一秒,乖乖地想着你。虽然,不知道怎么开口,怎么念你的名字。"

可是,你就是你。

Chapter 50
韶华转眼是此冬

思莞七月份独木桥走得极是顺利,被 Q 大录取,学了金融,在大院里的各家孩子中,是一等一的尖子。温家脸上十分有光,连带的,大家看阿衡的眼光也热切许多。

原本阿衡以为,思莞饶是上大学也不会离开家的,因为这里有言希。可是,他却收拾了东西,搬到了学校的公寓中。

他走的那一天,言希还是躲在她的身后,大眼睛干净懵懂地望着思莞。

思莞伸出手,修长的指节,还带着阳光揉入的温度,想要触摸那个少年的发,却被他躲开,后退了一步。

思莞微笑了,漂亮的酒窝,阳光灿烂的眼睛,他走上前一步,不顾那个少年的挣脱,紧紧地拥抱了他。

然后,放了手,由着这个眼睛大大的少年重新缩回木偶中。

他说:"阿衡,我要试着'戒毒'了。"

阿衡抬眼,望着他,目光温和。

思莞他,也要放手了……

思莞微笑着,目光带着说不清的怜惜:"阿衡,你今年十八岁了,是吗?"

阿衡慎重地点头。

"你明年十九岁，后年二十岁，然后会走到三十岁，会结婚，会生子，会有一个完整的家，会有一份很好的工作；等到四十岁，会担心儿女的成长，会在工作中感到疲惫，会偶尔想要和同样忙碌拼搏的丈夫在林间散步；到了五十岁，儿女长大了，渐渐离开家，你会和丈夫彼此依靠，所谓相濡以沫；六十岁，含饴弄孙，享尽天伦；七十岁，坐在摇椅上，回想一生，兴许合上眼睛，这一生已经是个了断。"

思莞淡淡叙来，平静地看向言希，眸中满是痛苦和挣扎。

阿衡抿抿唇，心中有些惶恐，明知思莞说的全都是她所期望的幸福，却觉得遗漏了什么。她脱口而出："言希呢……"

"当你十八岁的时候，他十七岁；当你十九岁的时候，他十七岁；当你七十岁的时候，言希依旧是十七岁。他这一辈子兴许都不会再长大，而你不经意，已老。你说，言希还会在哪里？"

言希笑颜中的七连环，在阳光下，闪着银色的冷光，很晃眼。

她退了一步，微笑着牵起少年的手，指间若素，温软平和："毕竟，他还活着，是不是？"

思莞轻笑，看着榕树下的两个身影："阿衡，我现在试着，离开言希，看自己能不能活下去。他朝，你觉得累了，或者，言希不再依赖你，把他托付给我，好吗？"

高三开始了，小虾如愿以偿考上了西林，何爷爷身体本来虚弱，逢了喜事也硬朗许多。

Mary 讥讽："装什么勤奋，你丫以为牛拉到西山就不是牛了？"

辛达夷拍案，撸胳膊："郭老师，我不要和这个死人妖坐一起，他影响我学习，您老管不管！"

Chapter 50　韶华转眼是此冬

郭女士咳，装作没听清："辛达夷，上课不要大声喧哗！"

男生群呸："大姨妈，你别拿天仙不当女神，八辈子修的福能和Mary同桌两年！"

辛达夷宽泪，指："老子早晚曝光你的性别，你丫等着！"

肉丝冷笑："等着什么？等着你丫宣传大姨妈暗恋人妖不成反而甘愿当人妖的受啊？"

辛少愤怒了："奶奶的，别说老子是直的，就是弯的，也是攻，并且总攻！！！"

肉丝嗤笑："你攻？你攻冰箱还是游戏机？"

阿衡被口水呛到，憋笑憋得痛苦。

"总算是笑了。"肉丝撩了眼角，看到阿衡的笑颜，也笑了，眉眼如画，像极了玫瑰花瓣。

不知道思莞那小子对她说了什么，整天愁云惨雾的，没有一丝笑模样。

阿衡微笑："Mary，我七十岁的时候，真的很想躺在摇椅上，什么都不去想。"

Mary一头雾水："什么意思？"

阿衡轻轻开口，闭了眼睛，唇角是温和的笑意："我一直想要一个家，完整的，只属于我。我的身旁，有我的丈夫，我的孩子，他们是我最亲最亲的人。我会学着做一个很好的妻子，很好的母亲。当他们快乐时，分享他们的快乐；当他们伤心时，把快乐分给他们。而当我很辛苦、很失败的时候，看到他们会觉得拥有了全世界。这样的家，才是我一直想要的。"

辛达夷转身，看了她半天，挑起浓眉，粗着嗓子开口："这样，很好。"

阿衡猛地睁开眼睛，目光犀利而平静："即使你们心中有许多不满，也是无法质疑这样的人生吗？只因为这是我选择的，所以无法也无能为力吗？"

辛达夷愣了:"难道不是?你的人生,别人怎么能替你妄下决定。"

天越来越冷了,似乎离冬天越来越近。思莞上大学许久,并未正经回家住过几天。

听 Mary 说,他已经和林弯弯分手,那女孩要死要活甚至跑到家中闹,看到客厅中坐在母亲身旁的言希,煞白了脸,一句话未说便离去。

阿衡送客出门,林弯弯看着她,眼中满是疑惑和难堪:"你不怕他吗?"

"他",是指言希吗?

阿衡笑:"怕他什么?"

林弯弯恼怒:"温衡,我不是告诫过你,离言希远一点吗?被他沾上,你一辈子都毁了。"

阿衡若有所思:"林弯弯,你真的是喜欢思莞的吗?"

林弯弯脸更煞白:"思莞长相英俊,温柔体贴,人又这么优秀……"

阿衡笑:"如果和他在一起,一辈子,再无挫折,对不对?"转眼,掩了笑意,合门,淡淡开口,"林小姐,再见,啊,不,再也不见。"

温妈妈摇头:"这样的女孩子家贸贸然跑到别人家,看着实在不像有家教的。你和思尔以后要是这样,我一定要骂你们的。"

阿衡挽住母亲的手臂,微笑:"妈妈,昨天我带言希去医院检查,郑医生说言希可能下一秒恢复,也可能一辈子就这样了。"

温母叹气,心中有些不是滋味:"阿衡,你以后是要和你哥哥一样,念最好的大学的。"

阿衡点头,温和回答:"我会的。"

温母瞅着她半天,又看了沙发上的言希一眼:"有我们温家在,你以后想找什么样的工作,都成。"

Chapter 50 韶华转眼是此冬

阿衡微笑:"我知道。"

做母亲的横了心,开了口,不忍却也硬下心肠:"你再大些,我和你爸爸会给你找个品貌相当的孩子,你看怎么样?"

阿衡望着窗外,天色已晚,起了身,紧紧握住言希的手。

那人对她笑,满眼的天真无知。

"妈妈,天晚了,我们该回去了。"

温妈妈摇头,不赞同她逃避的态度:"阿衡,这是你必须要面对的问题,除非你和小希一样,被时光挽留,永远不会长大。"

阿衡转身,满眼泪光:"妈妈,那我,长大了,嫁给言希好不好?我不要儿子,不要女儿了,好不好?我不要摇椅了,好不好?"

这样,好不好?

言希用手捂住了她的眼睛,黑白分明的大眼睛里带着一丝迷惑。

缓缓的,有暖暖热热的液体淌过他的手心,一片濡湿。

灼热的温度,他缩回了手。

好痛好痛,不是鼻子,不是手,不是脚,不是眼睛,那是哪里?为什么这么痛?木偶为什么会痛?……

她哽咽着,不晓得是欢喜还是悲怆:"言希,你等我长大,我们一起结婚好不好?"

去年的时候,B市无雪。今年,却是一入了十二月份,就降了温。

思莞打电话回家,笑说:"天气预报未来几天都要大幅降温,后天初雪,你们可要赶紧加棉衣。"

阿衡微笑着,看言希早已被她装扮成小熊模样,底气足了:"你放心,今年言希一定百分百不会感冒。以前是他不听话,不好好穿衣服才总感冒来着。"

思莞沉默，半晌才开口："那就好。"

他不舍得挂电话，东拉西扯。阿衡笑了，把笨重小熊拽到身旁，话筒放到他的耳畔。

言希是看到电话就激动的，抱着电话，乐呵呵的。听着话筒对面絮絮叨叨，听不懂，就使劲用手拉围巾。好紧好紧，好难过……他像个孩子，拽着暖暖的向日葵围巾。

阿衡佯装没看到，为了防止他冻着，绕了这么多圈，依言希现在的智商，想解开，实在是白日做梦。

小孩子憋得脸通红，还是解不开，然后，开始，用牙咬，咬咬咬……

阿衡怒吼："呀，言希，不准学小灰！"

他不知何时，趁她不注意，和小灰臭味相投，每天学着小灰在毛地毯上滚来滚去，总是滚了一身的狗毛。所幸，没有过敏。

思莞本来叮嘱着言希"你要乖，你要多穿衣服多多听话"，嘴皮子利索极了，突然被阿衡的吼声吓了一大跳，手一抖，手机啪叽摔到了地上。

通话结束。

阿衡纳闷，思莞怎么不说一声就挂电话了，可是注意力终究在言希滴在围巾上的口水上，黑了小脸，拿抽纸擦沾了口水的向日葵。

无论是不是生病，这人口水一向丰沛。

然后，多年后，某人调戏某宝宝，做嫌弃状："哎哎，媳妇儿，你看，他又流口水了，这么多口水，不知道像谁……"回眸，痛心疾首。

阿衡无语问苍天，是呀是呀，不知道是谁的优良基因，宝宝一天报废一条小毛巾，吐泡泡跟泡泡龙一个德行。

他不记得她的名字，教了千百遍的"言希、阿衡"也不会念出声，就像是一个代号，在他的心中，隐约地有了无可替代。

这个模样，阿衡习惯了，预备着一辈子，就算是思莞来了，她也必然会拒绝托付。

言希是一个宝，即便长不大，永远停滞在旧时光中，也只是她的宝。

她离贤妻良母的梦想好像又远了许多。

阿衡感冒了，头昏昏沉沉的，便把言希送到了温家。传染了可是不得了。

她笑眯眯地拍了拍他的手套："言希，你乖乖在这里待几天，等我病好了就来接你。"

言希学她，也笑眯眯的。

温母赶她回去，叮嘱她好好躺着，用温水服药。她在阿衡面前，越来越像一个真正的妈妈。

阿衡吸吸鼻子，昏昏沉沉，看着母亲微笑："妈妈，要是我没有生病，很想抱抱你。"

然后，转身，挥挥手，在寒风中离去。

言希意识到什么，哇地哭了出来，要去追阿衡。

温母拉住了他，抱在了怀中，小声哄着："乖，宝你乖，阿衡只是生病了，你跟着她，她的病会更重的。"然后，想起女儿走时的那句话，眼角潮湿，又温柔地抱了抱少年。

阿衡，妈妈这么抱着你这么喜欢的言希，可以等同于抱着你吗？

阿衡，这样，你会不会不那么辛苦……

她缩在被窝中睡得天昏地暗，迷糊中咳嗽了，可是四周那么安静，那么放松，一点也不想要醒来。

她想要好好地睡一觉，就算是龙卷风来了，也不想醒过来。

她真的很累很累，是一种踩在棉花上，身体完全被掏空透支的感觉……

黑甜乡中一片宁谧，这个世界，很温暖、很安全。放松了所有的力，只剩下指间，握着什么，却不敢轻易放手。

上天知道，丢了，凭她这点资质，是再也找不回来的。

那是她认定的人，她为了他，放弃了最爱的摇椅。她不曾奢求他还会记起这样一个少女，可是，能不能不要让她丢了这样一个小少年……

她醒来时，床前坐着一个人，伶仃的身影，紫红的毛衣，黑发垂额，明眸淡然。

是他。

她挣扎着起来，笑着问他："你怎么跑过来了？是不是瞒着妈妈偷跑过来的？不听话！"

他看着她，眉眼依旧干净漂亮，可是，看起来，又似乎有什么不对劲的地方。

阿衡轻轻拉了拉他的手，却发现他忘了戴手套，指尖有些冰凉。捂住了，放进被窝，开始吓他："又不戴围巾、不戴手套，冻着了，要吃很苦很苦的药，要打针，这么粗的针管！"

她比画着针管的粗细，少年的唇角却有了温柔促狭的笑意。

阿衡揉眼，以为自己眼花了，他却把她抱起，小心翼翼的。

拉开窗，含着雾气的窗，一层冰凌结着的霜花美丽盛开，外面已然是白色的世界。

飘飞的雪花鹅毛一般悠悠落下，那是一年韶华落尽的余音，是白雪皑皑的时光的流淌。

初雪呀。

阿衡笑，在言希怀中，有些不安。她抬起头那人却低了头，有些凉的半边面庞轻轻贴在她的脸上，缓缓地，泪水濡湿了整张面孔。

他许久未开口,此时,却沙哑着嗓子,干涩地发音:"阿衡,我回来了。"

阿衡,我回来了。

遵守诺言,第一个,见到了你。

Chapter 51
什么没有发生过

阿衡呆了，半晌，反应过来，心跳得极快，有些喘不过气，猛咳起来。

言希把她放下，取了热水，带着十足的笑意递给她。

阿衡迷糊了，掐了掐自己的脸，自言自语："不疼，看来是做梦了。"

本来就知道自己的感冒极重，只觉得言希入了梦中，看着他，心中莫名地欢喜。她拉住他的手，牵了牵，又抚了抚他的双颊，软软的。

呵呵。

阿衡笑了，心中有许多话想说，却不晓得从何开口，只好看着他，不住地笑意温柔。

言希认真地看着她，眉眼有了动容。

阿衡微微叹气："唉，可见，我是真的很想你，言希。"垂了头，眼眶有些发红。

那少年开口，嗓子荒了许久，声音嘶哑："阿衡……"

阿衡揉揉眉心，笑了："言希，你不要喊我的名字，这样……我醒来，会不习惯的。"

虽然真的很想听到，但是，宁愿不要听到。

她一直努力着，想和那个像孩子一样的言希一辈子平安喜乐。如果此生,再妄想着言希亲口喊她一声阿衡,即使是梦中起了贪念,也是会遭天谴的。

阿衡想了想,推开他的手,闭上眼,淡了表情:"你还是,快些……走吧,以后,不要来我的梦里了。"

唇角有些发苦,是儿时中药的味道,现在记起,实在是难喝。

身旁一直是他淡淡的呼吸,清恬的,带着窗外寒雪的冷薄。

一直未散。

她睁开眼。那个少年看着她,后退了许多步,站在了远处,眸中沉沉浮浮,像极嫩绿的茶叶在杯中氤氲。

"阿衡,我想这样喊着你的名字。这小半生,我没有一刻这么想叫着一个人的名字。我不明白这样难堪的、会骗人的自己回来有什么意义,可是,我回来就是回来了。也许初衷仅仅只是想要告诉你,当你想念着言希的时候,言希也在想念着你。"

他的表情很平静,居高临下。

慢慢叹出的哈气,却像是电流,瞬间击破她的耳膜。

然后,溃不成军。

她哭了,强忍着,连呼吸都无法顺遂:"言希……"

她伸出手臂,狠狠地咬了下去,直到渗出血,疼痛回到感冒后迟钝的感官。

原来,不是梦。

她走到他的面前,用力地,把他撞倒在地毯上,呼吸埋进白色的绒毯中,下巴几乎要揉入他的颈间,压抑许久的委屈,躁动起来。

言希手足无措,遭了突然的袭击,后背有些疼痛,可是,听到她的心跳,和他一同跳动着,酥酥麻麻的,终究,无力地垂下双臂,沉默地仰望天花板。

缓缓落下的,是泪水。

他甚至不知道,自己为什么会哭,只是胸口有什么东西,滚烫的,不晓得如何对待方好。

"言希,我真的很讨厌你。"阿衡咬牙切齿,嗅到他身上清甜的牛奶香味,含混,几欲落泪。

言希瘦削的身躯微微颤动,可是,终究无话。

"下一次,你要是再敢生病,有多远滚多远,别让我再找到你。"

他愣了,轻轻闭上大眼睛,嘴角微微上翘,淡淡的心形,认真开口:"我会的。"

"你就不能说我以后再也不会生病了!"阿衡磨牙。

少年伸出修长的双臂,紧紧地抱住她,后背痛得发痒,难以忍受:"好,我再也不生病了。"

那样平淡的语气,谈论天气一般。

她的声音闷闷的,带了鼻音:"你要是撒谎了,怎么办?"问完,方觉不妥,这语气太亲昵、太哀怨。

言希笑了:"阿衡,我这个人一般不骗人。"

阿衡点头,囔囔的鼻音:"是,你骗起人来一般不是人。"

她的感冒极重,全身软绵绵的,刚刚竟然能把言希扑倒,实在是匪夷所思。

"咳,言希,你的背不疼吧……"

她脸红了,理智重归,在心中不好意思地对手指。

言希笑得狡黠:"女儿呀,我可以扑扑你,让你感受一下突如其来的外星风暴。"

阿衡猛咳，严肃道："我现在生病了，是病人，你要体谅！"

言希的大眼睛中映着阿衡，含笑，带了宠溺和揶揄："我生病时，也像你这样不讲理吗？"

阿衡眯眼，望着他："你不记得吗，生病时候的样子？"

言希想起什么，白皙的面庞有些发红，含混回答："除了一些片段，大部分不记得了。"

原来……不记得了呀……

"这样呀。"阿衡站起身，微笑着，拉他起来，"不记得也好。"

如若记得，知晓那句白首盟约，"不要儿子，不要女儿，不要摇椅，不要全世界，只要一个人"，言希又该是怎样的尴尬……

她慎重忐忑地说出的婚约，忽而感觉，像是人鱼公主变成的泡沫，美丽而终至虚无。

一切，仿似又回到了一年前。

好吧，或许，什么都不曾发生过。

总之，言希呀，欢迎回家。

言希痊愈了，郑医生下了结论，眼睛很亮很亮。他笑着拍拍言希的肩："一定很辛苦吧，摆脱另一个自己。"

言希斜眼："那个不辛苦，就觉得你们每次绑着本少扎针很辛苦。"

郑医生汗："阿衡不是说你大部分的事都不记得了吗？"

言希摆手："老子也不知道为毛，这段记得特别清。"

郑医生："……"

辛达夷看到言希，就傻笑："美人儿，说句话。"

言希抛了个白眼:"大姨妈。"

辛达夷泪奔,扑向言希,痛哭流涕:"娘的,喊得好!再多喊几声!"

言希嘴上骂着"你丫又疯了,都十八岁的人了怎么还是傻不拉叽的",眸中却是温柔和纵容。

辛达夷只是傻笑,俩眼睛亮晶晶的。

言希眼红了:"辛达夷,你丫滚一边儿去,老子刚在我女儿面前掉了一缸盐水,你别又招我。"

身后,陈倦笑得花开无声,揽住两人:"言希,欢迎回来。"

虽然你不回来,太阳依旧照常从东方升起,地球依旧转动,但确实,有些寂寞呢。

言希笑,大眼睛流光温暖,神气非凡:"哎哎,我就知道,你们离了我活不下去的。没有本少,连星星都不亮了吧。"

忽然想起什么,言希挑眉:"达夷,肉丝呀,今天你们请哥哥吃饭吧。"

辛达夷横眉:"凭什么呀,你生病我们整天担惊受怕,怎么着也是你请吧。"

言希皮笑肉不笑:"就凭你在我生病的时候,每天欺负我闺女!我告诉你,老子回来了,新账旧账一块儿算。"

陈倦撩了撩凤目:"那干我什么事?我对阿衡可好着呢,每天嘘寒问暖的。"

言希拍案,唾沫乱飞:"你丫趁老子病重,乘虚而入,勾引我女儿,还敢说没犯错误?"

肉丝抽动唇角:"言家哥哥,你不会是装病吧?"

事无大小,巨细靡遗,记得这么清,阿衡为什么会说他不记得生病时的事了?

可见,当局者迷。

Chapter 51　什么没有发生过

生病了,又不是失忆了,阿衡那个傻孩子。

温家上下看到言希病愈,泪汪汪的,连放了几挂鞭炮,一扫霉气。

噼里啪啦,轰。

放寒假回家的思莞待在家门外,被炮吓出一脑门子汗。

现在还没过年吧……

他抬眼,漫天的雾气中,有一美人,倚在门框上,凝视着某一处,眸光专注而温柔。

他愣了,顺着那人的目光,看到黑发黑眸的少女蹲在不远处,认真地捂着耳朵,山明水净。思莞脑中迅速闪过什么,行李从手中滑过,重重地落在地上。

倚在门框上的少年望见了他,含笑:"思莞,你回来了。"整整一年,他未喊过他一句思莞。

思莞上了台阶,怔怔地望向这个少年。依旧的瘦削,依旧的高傲,依旧的灵动,笑开了,依旧像个长不大的娃娃。

"言希?"他迟疑着,试着喊着他的名字,全身战栗,无法动弹,模糊了眼眶,一瞬间却又疑惑了,不知自己为何舍得离开他。

言希站直身子,平淡地晕开笑容:"阿姨叨半天了,说你怎么还不回来。"

他,明明依稀在眉眼处清晰,却又像极了陌生人。

思莞上前一步,言希上挑了眉,不动声色地看着他。

阿衡站在远处,眯了眼,雾气中,这两人站在一起,实在是好看。

她叹了口气,觉得自己患得患失,总是不受控制地去想一些她无法掌控的事。

思莞喜不喜欢言希，她说了算吗？过去喜欢，现在喜欢，将来也许继续喜欢，她想这么多有用吗？

她能告诉思莞你不要喜欢言希，你是男的，你和他一点也不相配吗？

与其对思莞说，还不如对自己说。

温衡，你不要喜欢言希，你是女的又怎么样，你是女的就和他相配了吗？

思莞似乎有许多话想说，静思了，却不知从何说起，只看着言希，目光深涩。

言希心思百转千回，缓了神色，笑着拍拍他的肩："大学好玩儿吗？漂亮姑娘多不多？"

思莞敷衍："嗯。"

言希语重心长，摸了摸下巴上不存在的胡子："小伙子，有喜欢的吗？"

思莞静静看着言希的眉眼，那样好看，却没听清他问什么："嗯。"

言希贼笑："这话你敢说，小心林弯弯和你拼命！"

思莞笑，低头，将手插进风衣口袋，不疾不徐："我早就和她分手了。"

言希愣，脑海中浮现出一些零碎的画面，怕戳到发小心窝子，咳了一声："那啥，有一句话怎么说的，天涯何处无芳草。"

思莞低声："你找到芳草了吗？"

言希微笑："你说什么，我没听清楚。"

思莞抬头，眸子里是阳光的和暖，唇角两个大大的酒窝："没什么，我说，言希，和我一起上Q大吧。"

言希继续微笑："我的成绩你是知道的，耽误了一年，Q大肯定没戏。"

思莞皱眉："你非得今年考吗？为什么不缓一缓，毕竟这么多的知识……"

言希双手背到后脑勺，含混地回答："少了一些熟悉的人，高中会很无聊呀，大姨妈、肉丝、小变、二胖、大猫……"

思莞喃喃，达夷、陈倦，拉拉杂杂，班上的哪一个都提了，哪一个都说了，却独独漏了一个。

是太不重要忘了，还是太重要刻意不舍得说？

思莞眯眼："言希，你的病，为什么突然就好了？"

言希伸手，有些费力地扒围巾，结果被瞪了，不远处，有个姑娘死死地盯着他的手。他讪讪，放下手："会很突然吗？我一直都在努力地和匹诺曹掐架来着。"

少年想了想，越说越兴奋，吹得唾沫横飞："那个家伙老嚷着鼻子疼，完全破坏了本少的优雅美丽形象，我本来心地善良，想着让让'他'，结果'他'太弱了，不禁打，大家又强烈呼吁我回来，于是，我就回来了啊。"

思莞笑，微抬下巴，带着了然和淡淡的悲哀。

哪个大家？到底是哪个人每一天不厌其烦地喊着"言希、言希"，连睡梦中都未曾忘记，殷殷切切，温暖认真。

他曾经被自己的亲妹妹打败，狼狈逃走。

那个姑娘，曾经极度忙碌累到虚脱，连睡梦中都喊着言希。

言希呀言希……

然后，他亲眼看着，那个晃着七连环的少年忘记晃荡他的七连环，轻轻跪坐在她的身旁，笑得纯稚，歪头，浅浅，虔诚地吻上她的眼皮。

他亲眼看着，那个少年，托着腮，嘴巴张张合合，咿咿呀呀发不出音，不停地练习着，那样努力辛苦，只有两个字。

阿衡。

Chapter 52
殷殷切切总劳苦

转眼已经是 2001 年的春节。

言大少痊愈后,阿衡催着他向美国那边报平安。

言希笑嘻嘻的:"报什么,老子这点破事儿,惦记的人海了去了。"

阿衡想想,点头,这倒也是。虽然言希不受自家爷爷待见,可却是言爷爷的心头肉,从小一把屎一把尿拉扯大的。爷爷整天担心言希把思莞拐到外太空,言爷爷心底还不定怎么腹诽思莞总是缠着言希不放呢。正所谓,一个萝卜一个坑,咳咳,谁家的娃娃谁家疼。

阿衡笑:"言希,其实你还是很幸福的。"

言希泪汪汪,呱嗒着不知从哪儿扯来的快板:"小姐你且听小人说,我本山中旮旯人。年方四岁那一年,家中有游戏又有钱,生活乐无边。谁知那大姨妈,他蛮横起来不要脸,勾结大人目无天,占我游戏抢我零花钱。我把此状告上幼儿园,爷爷跟我来翻脸,说我不团结,一家人搞分裂,我惨被一棍来打扁。李妈骂我欺骗善民,把我零食全给他,电视后面枕头下,藏了大半年,糖果渣渣不留下,最后我英勇不屈,绝食三天眼饿花!还有那,温家小人温思莞,学习虽好脑子傻,一年三百六十天,步步缠在我身边。他麦芽糖来我小棍,上个茅厕也跟呀。幼儿园中发红花,有他没有我,次次都被爷爷打,爷爷打!小姐为何说,小人很幸福,小人忍辱负重,打落牙齿和血吞哪,和——血——吞!"

阿衡正在喝茶,扑哧一口热水喷了出来,指着言希,"你你你"半天说不出话,本来感冒没好一直鼻塞,结果笑得差点背过去。

言希帮她拍背,顺气,翻白眼:"真没同情心。"

阿衡笑得眼中泪光乍现,脸色绯红,像极桃花,带着鼻音:"抱歉抱歉,我本来也以为自己会比你想象的有同情心。"

言希大眼睛弯了,睫毛长长密密的,有些无奈,递了感冒药:"女儿,床头故事讲完了,该吃药了。"

阿衡含笑,几片看起来苦苦的褐色药片倒进口中,仰脖吞下,就着言希的手喝水,一气呵成。

言希咋舌:"不苦吗?"

阿衡微笑,低头看着他握着玻璃杯的手,纤长而白皙,甲色是浅淡的粉,看着看着,眸色温柔起来:"不苦。谁会像你,吃药跟上刑一样。"

他得癔症那会儿,吃药时,也是他在前头跑,她在后头追。她拿着一把药片,天天偕大个院子能跑上几圈,就为了逮这厮吃药。

言希盯着阿衡,十分之仰慕。

阿衡笑,有些倦了,靠着床闭上了双眼。模糊中,言希轻轻地帮她盖被,她想起什么,抓住少年的手,强忍着困意,睁开了眼睛:"言希,把你的物理课本拿过来,今天你还没有补习功课。"

言希凶巴巴,瞪大双眼:"呀!补习什么,等你醒了再说。生着病还操这么多心!小小年纪,小心长白头发。丑了,就没人要你了,你就当不成贤妻良母了,知道吗?"

言希自是知道阿衡人生的终极目标——贤妻良母,唯此四字而已。

阿衡忍笑,一本正经:"谁说没人要,昨天隔壁班还有人跟我告白来着。"

隔壁班有一个男生，成绩总是年级第四，总是差阿衡几分。昨天考完试她去领期末成绩单，那人却红着脸塞给她一封信，喷了香水，字迹干净。那人说觉得她长得好看、人温柔、学习好、心仪她许久等，约她明天去电影院看电影。

言希皮笑肉不笑："你不用等了，明天在家乖乖休息，他不会去电影院的。"

阿衡愣："嗯？"

虽然当时就婉言拒绝，明天也没打算去，但是言希怎么知道电影院的事的，她可不记得自己说过。

事实上，当时的场景是这样的：某男含羞带怯语无伦次地告白着，阿衡耐心含笑不时瞟一下腕表地听着，缩在不远处墙角鬼鬼祟祟叠罗汉的，还有两只。

一只辛氏姨妈，一只陈氏肉丝，某一人复述，某一人打电话。

"嗯，美人儿我跟你说哈，现在离老子不远处有一个不明生物，威胁你家爱女后天和他一起看电影，不然就要找黑社会做了你。您家姑娘现在吓坏了，正在哭，对对，美人儿，你看着办吧。是你让我监视的，别忘了之前说的全聚德哈。毛？你正打的过来，还拿着菜刀？啊？没这么严重吧，咳咳，那啥，我挂了……"

然后，某两只抱头鼠窜。

阿衡拒绝小男生后离校。小男生遥望着阿衡远去早已看不到的身影，在寒风中垂泪。

再然后，不远处，一把菜刀抡了过来，某美人倾城一笑，斜眼睨之："这位万年第四公子，看电影还是活着，您选一个吧……"

话说，美人气息不稳，头上还冒着汗，但那容颜，依旧晃花了小男生的眼睛。

好耀眼……

"呃，我可不可以选择和你一起看电影？"

"哦，原来这位公子，您不想活了。"

言家每年过年都是不缺烟花的，思莞、阿衡一向是稳重早熟的，在家长面前做做样子，凑个趣。言希、辛达夷却不一样了，自小就淘，玩炮仗玩到大，掂炮、点炮、摆烟花，一腔热情。

思尔依旧冷笑扇凉风："都多大的人了……"

阿衡严肃补正："人老心不老。"然后感叹，转眼自己就要过十八岁的生日了，时光果然飞逝，可为什么这个世界总有一些人爱装嫩？

辛达夷装作没听见，弄了一脸的炮灰，笑容却益发灿烂。

思莞想起什么，皱眉，啃指甲："我们要不要请陈倦到家里过年，他自己一个人，孤零零的……"

思莞一想事，就爱啃手，实在是个幼稚的习惯。不过，颠覆了平时早熟绅士的形象，倒也算可爱。

辛达夷从炮灰中扬起脸，猛咳："温思莞你是不是成心跟我过不去？老子好不容易不用上学、不用面对那死人妖！"

阿衡笑得温柔和善："前几天你们两个不是还在一起和和睦睦地吃全聚德？"

辛达夷心虚，阿衡八成知道他和人妖跟踪的事了，不过，转念一想，又气愤了："谁跟他和睦来着，一只烤鸭，我就去了一趟厕所，回来连鸭毛都不剩了。言希个铁公鸡，一毛不拔的，吃他一顿容易吗？"

言希很不屑，辛达夷你可以再无耻一点的。

他拿袖子蹭了脸上的灰,开口:"我有事,先走了。"

思莞皱眉:"这两天就没见你正经在家待过,你去哪儿?"

言希转身扬扬手,懒得回答,潇洒离去。

大家的目光唰唰地移到阿衡身上,阿衡微笑:"不要看我,我跟他不怎么熟的。"

所以,怎么知道他去了哪里。

众人:"滚!"

阿衡笑,她是没有撒谎的。

言希一到下午,就跑得没影,晚上七八点才回来,一身乱七八糟的香味,瞪着狼的眼睛,用鹰的速度扑向饭桌,不吃得盆干碗净一般不抬头。

她倒是没问他去了哪里,毕竟中华人民共和国是民主的国家,我们是讲民权讲隐私的,咳。

只是,晚上补习功课时,言希一直嘟着嘴抱怨学习的内容怎么比之前多了一倍。

阿衡淡哂,装作没听见。这是小小的惩罚,是他把她归入旁人防备的代价。

终于学完了功课,言希没了骨头,瘫在床上一动不动。

少年想起什么,眸色有些冰冷厌恶,用手托了下巴,懒散地开口:"阿衡,你帮我掏掏耳朵吧,今天一直痒痒。"

阿衡找着了挖耳勺,踢他起来,他却一副蝉蛹的姿态拱到阿衡身旁,把头枕到她的腿上,露出右耳,闭眼撒娇装死。

阿衡无语,正要帮他掏耳朵,却望着白玉一般透明的耳朵上不明显的一小块嫣红,眯了眼。手蹭了蹭,黏黏的,带着甜香,竟然是唇彩。

阿衡抽动嘴唇,心中起伏,喜忧参半。

喜的是，言希幸好不好男色；忧的是，思莞失恋了还不定怎么折腾呢。

阿衡脸色一阵青一阵红，心思很是复杂，手上的力道没掌握好，言希的耳朵被她捏出一片红印。

言希一痛，睁开眼，看着阿衡的脸色呆呆的，也不知熨帖了心中的哪个角落，不由自主地弯了唇。

阿衡反应过来，不好意思，也呵呵笑了起来："言希，过几天，就是一月十号了，你准备礼物了吗？"

思尔的生日。

言希看着她，表情有些微妙，摇了摇头："噢，我这几天正在打工，等领了钱就准备。"

阿衡诧异："你这几天打工了？家里不是有钱吗？"

言希坐起身，嘟嘴："家里的钱是家里的，一辈子就过一次十八岁，是大人了。"

阿衡低头不作声。半晌，她笑了笑："尔尔知道了，一定很高兴的。"

快要过年了，陈倦虽年纪不大，但是独来独往惯了，并没有答应思莞的邀请，只是拉了阿衡陪他一同办年货。

街上熙熙攘攘，难得这一年瑞雪吉祥，是个太平年，家中人人皆好无病无灾。

阿衡心情很好，看着人群，小声问陈倦："Mary，为什么不和我们一起过年？"

陈倦笑："除夕时我还要等电话。"

阿衡点头。毕竟陈倦的家人在维也纳，想也知道会打电话。

陈倦眸光潋滟，笑容异常的明媚妖艳："你别想歪了。我老爸和我老妈在我十岁的时候就离婚了，现在个个家庭美满，娶妻嫁人孩子生了好几个,都能打酱油了,除夕怎么会给我打电话,又不是吃饱撑的。"

阿衡诧异,低了头踢着积雪,并不说话。

那少年却抚了眼角撩起的凤尾,有些难过:"是……那个人。他每年除夕会打电话来问候。"

阿衡微微抬眼,看到少年精致的眉眼中的沮丧和无奈,微笑着拍拍他的肩:"今年,尝试一下不接电话?或许没有他,忘记了,也就过去了呢。"

陈倦笑,瞥她:"你知道那个人是谁,对不对?"

阿衡脚步滞了滞,微微颔首:"嗯。"

陈倦嘀咕"就知道你丫会装",想起了什么,严肃道:"我以前在维也纳的时候找私家侦探调查过言希。"

阿衡黑线,果然够卑鄙,够坦白。

"孩子,你别是'85后'吧?"

陈倦不明所以:"昂,我是。"

阿衡腹诽:很好,很好很强大。

"你知道调查报告中,言希他最重视的人是谁吗?"

"那个人?"阿衡不假思索。

陈倦幸灾乐祸:"错了错了,温思尔才对。"

阿衡若有所思:"这话也不是没有根据。"

陈倦见她一脸镇定,傻眼:"你不难过?你不郁闷?你不是喜欢……"

阿衡似笑非笑,陈倦乖觉,住了口。

"阿弥陀佛,这位施主莫毁小僧清誉,善哉善哉。据小僧观察,言施主近日犯桃花,好事将近,你且慎言。"

"啊?他看上了别的男人?"

阿衡抽搐:"女人,女人,女人好吧?"

陈倦望着远处,目光有些怪:"嗯,好像是个女人。"

阿衡转身，顺着他的目光望去。

不远处，一个少年，穿着亚麻色的蝙蝠衫，系颈的围巾，修长的蓝白色牛仔裤，亚麻色的银扣靴子，黑发大眼，十分俊俏，十分地扎眼。

他的身旁是一个同样穿着欧式风格衣裙的漂亮女生，身材极好，个子很高，几乎和少年持平，笑容十分甜美。

少年微微低了头听那个女生说些什么，目光柔和，不时点点头。他的手中握着一个纸杯，不远处是自动咖啡售卖机。

是言希。

阿衡抬手看了腕表，下午三点钟。不是打工而是约会吗？这么冷的天，穿这么薄，是做的什么幺蛾子？

言希并未发现阿衡和陈倦，三两口喝完了咖啡，转身走向对街。那个女孩跟在身后，面色绯红，看着言希，目光温存闪烁。

陈倦偷看阿衡的脸色，看不出喜怒，只是一直面无表情，眉眼淡去许多。

"咳，我们跟过去看看吧。"陈倦并不拆穿阿衡的心思，只是拉着她，向言希和那女孩的方向走去。

阿衡跟在他的身后，步伐有些不自在，却没有吭声，不说好也不说不好。

走到对街，却不见了两人踪影。

前方，围了许多人看热闹，有大的摄影架，像是拍平面取景的。

前两日刚下过雪，积雪还很厚，想是取雪景的。

陈倦拉着阿衡凑上前，看热闹的有许多，只是隐约地能听到其中一些人的声音。

"三号镜头，准备好，拍侧面。Ready？ Action！"

"卡，卡！"

"女模走位，亲男模侧脸。"

"化妆师过来，男模头发上的冰不够，再加一些。"

乱成一团。

前面一个大妈唏嘘不已："这不净是折腾人吗，光我在这儿看的这会儿，这孩子就被泼了好几瓶水，长这么好看，大冷天儿的，冻坏了，谁家孩子谁不心疼啊？"

其他人附和："就是，这帮人也太缺德了，瞅瞅，男孩子冻得嘴唇都发紫了。"

也有人嘲笑："有什么好心疼的，人挣钱了，乐意！"

前面的声音很杂，阿衡听得直皱眉。

陈倦个子高看得清楚，半晌，讪讪地回头："阿衡，别是我眼花了吧，怎么瞅着那个满身冰碴子、快没气儿的像是咱家美人儿啊？"

阿衡的头嗡嗡的，挤了进去，却看到冰天雪地的背景中站着一个人，肌肤苍白透明到了极点，连青色的血管几乎都一清二楚。头发、眼睛、衣服、手指全结着冰，淡得没了颜色，像一座冰雕。

黑发明眸，在冰雪中，益发清晰触目。

她站在那里，静静地看着他。

他转眼，望见了她，目光定格。

他微微笑了，唇角翘起，带着小娃娃望见阳光的暖意，无声地张开嘴："阿衡，走，不要看我。"

Chapter 53
素指结发不成约

阿衡愣了,她看到言希的口型,微微颔首,转身,对着陈倦微笑:"Mary,咱们走吧。"

陈倦有些迟疑,看了言希一眼,转眼又看阿衡一向温恬的眉眼带了些倦意,也就压下满腹的疑虑,跟着阿衡离开。

"你不管他?"陈倦笑得意味不明,"我还以为,你要像以前一样拉他回去。"

温衡见不得言希受委屈的心思,一直以来,他都比别人清楚。

阿衡淡淡摇头:"不妥当。这是言希自己拿定的主意,别人插手,并不好。"

陈倦无言以对,小声嘟囔:"你们两个是不是吵架了?"

阿衡笑:"怎么说?"

陈倦无语:"以前,你要是见言希糟蹋自己,早就上去骂他了。"

阿衡皱眉,思索了半晌。

陈倦笑得很有成就感,觉着言希指不定日后还得请他全聚德:"想明白了?"

阿衡摇头,淡淡开口:"嗯,想明白了。可见,是我以前对言希太失礼了。"

陈倦捏她的脸,哭笑不得:"哟,这哪位大仙儿,附到我们阿衡身上,也不提前通知一声。"

阿衡知他促狭,板着小脸,可惜白皙的脸上被陈倦捏出一块红痕,扮不出淡然,有些狼狈。

陈倦知道她为刚才的事赌气,叹声:"依我看,言希是不想让你看到他那副样子,怕你心中不好受,才让你离开的。"

阿衡并不搭话,指了前面的店,笑道:"看,桂发祥到了,你想了许久的十八街麻花。"

陈倦小孩脾气,也没有注意话题的转移,喜滋滋地拉着阿衡到店里挑选。大麻花极香,陈倦看着,都要流口水了。

"阿衡,听说你狗鼻子,闻闻麻花的馅料有什么?"陈倦吃东西有些挑剔,不大偏好咸的东西。

阿衡白了他一眼:"你才狗鼻子,你们全家狗鼻子!"

陈倦囧:"成成成,小的狗鼻子,小的还请温小姐您动下尊鼻。"

阿衡扑哧笑了,吸吸鼻子,用手扇了扇各式新鲜麻花,仔细地闻了闻香气,笑着开口:"什锦的,里面有青梅、姜糖和其他的一些坚果子,不咸不腻的,你应该能吃。"

店员点头:"这姑娘有见识,什锦馅料里,确实是这些。"

她鼻子灵是传开了的,大院里的邻居都知道。

陈倦星星眼,笑得凤眼煞是风情:"阿衡,偶像,噢噢,偶像,我本来以为言希、狒狒是吹的呢。"

旁边的鬈发少女听到"言希"二字,心念一动,不小心把纸食盒打落到了地上。

阿衡听到身旁有响声,转身,对面站着一个鬈发清秀的女孩。

是林弯弯。

"温衡。"那女孩见躲不过去，神色冷淡地打招呼。

阿衡微笑："林小姐。"

林弯弯一听这称呼，心中羞恼，不知道如何排解，转眼望见陈倦，冷笑道："怎么不打悲情牌了，言希不是病了吗，你不是床前孝女吗？"

陈倦见她语气不善，低声问阿衡这人是谁。阿衡嚅动嘴唇，低声说出"思莞"二字。

陈倦"哦"，明白了所谓林小姐是哪座大佛，笑得不怀好意。

听到林弯弯的话，阿衡并不恼，表情也没有大的波澜："言希的病早就好了，怎么林小姐不知道吗？"

林弯弯表情很复杂，有失望，有懊恼，还有几分欣喜："痊愈了吗，医生怎么说？"说完，又觉得自己的语气过于急切，面上难看。

阿衡微笑："已经痊愈了，林小姐不必担心。"

林弯弯缓了语气，小声地，有些落寞："好了就好。"

陈倦越听越古怪，这位不是温思莞的前女友，喜欢温思莞喜欢得要死要活的吗？怎么听着好像和言希也有些旧情似的。

阿衡拉着陈倦挑了几盒甜香味道的就要离开，林弯弯却喊住了阿衡："温衡，你能帮我带句话吗？"

"什么？"

林弯弯开了口，声音很清晰，不大，却有些颤抖："你能不能告诉他，我当年不是故意的。我只是，以为他的病没有好。你不知道，他发病时候的样子……我和思莞在他的门外聊天，本来他还在熟睡，忽然打碎了花瓶……踩着……满脚都是血……看着我……那样子真的很恐怖，我真的不是故意的……"她有些语无伦次。

阿衡听糊涂了，陈倦急思，抓住重点，冷笑着问她："你和思莞说了什么让言希瞪你？你说你不是故意的，你不是故意地干了什么？"

林弯弯有些慌，但思及她和思莞也没什么好结果，咬牙开口："思莞问我如果言希喜欢我，我会怎么做。我当时很害怕，因为之前听别人说言希是被人强奸了才变成那个样子的，就问思莞是不是真的。

"后来，言希就走出来了，他看着我，脚上还都是血，然后他的表情很平静，一点也不像生病了。他的声音很清晰，说是真的，说他很喜欢我，一直一直很喜欢。从我以前考试时，把橡皮擦掰成两块，送给他一块的时候就很喜欢我，他问我可不可以试着和他在一起。

"当时我以为他在说疯话，然后他拉住我的衣服，他的手上有许多血，我当时还小，很害怕，就哭着求他放了我。他不说话，看着我，一直看着我，用那种很悲伤的眼神。

"你们没有见过那种眼神，不会明白，那双没有生机的绝望的眼睛有多可怕。

"我用了很大的力气，才把他推开，却没有想到，言希从楼梯上跌了下来。当时，我很害怕，我也不知道……"

林弯弯用力地抓了长发，眼中含泪，表情十分痛苦："我不想的，我只是，我喜欢言希，真的……"

阿衡第一次听到这样的情节，言希以前只是轻描淡写，短短几句，甚至还有余力调侃思莞和林弯弯。

他不累吗？

他虽然不嫌自己累，可是阿衡却怀着很复杂的心情看着林弯弯。

这样正视她，不是因为她头发很卷，眼睛弯弯；不是因为她站直身子时脖颈白皙得像一截嫩藕；也不是因为她叫林弯弯。只是，这样的林弯弯是言希喜欢着的林弯弯。

因为喜欢言希,付出了全部力气的温衡,这时才清楚,怎么样的女孩子才是言希可能心动的样子。

竟与她,没有半点相似。

林弯弯蹲下身子,眼泪流了下来,语调有些苦涩:"又过了一个月,言希来上学了,所幸摔伤不严重。只是,那个时候我才知道,其实言希根本是清醒的,他当时病已经好了。

"再然后,思莞跟我告白,我知道覆水难收,又害怕言家报复,毕竟我把言希从楼梯上推了下来,害他养了一个月的伤,接下来就是你们知道的,我和思莞交往了。"

陈倦破口大骂:"这位大姐,亏你说得出让我们家美人儿原谅你这话。要是我,把你踢进十八层地狱都嫌轻,你还是回家洗洗睡吧,别做白日梦了。"

林弯弯脸唰地变白。

阿衡闭上眼:"林小姐,您的忙我帮不了。"转身,拽着没骂够的肉丝离开。

肉丝怒:"你怎么不让我说?怪不得言希怕女人,要我,我也怕!他娘的,这年头,女人没一个好东西!"

阿衡睁开眼,似笑非笑。

肉丝目不斜视,义正词严地补充:"除了我妈和温衡同学!"

言希晚上回家,衣服穿的是早上那一套厚行头,阿衡为他准备的,围巾、手套、大衣,一应俱全。

刚刚下了雪,他脱掉大衣,拍了拍上面的雪粒,走到书房才发现阿衡在练字。

坐得很直的这姑娘,眉眼端正,辫子垂到了灰色毛衣上。

他笑了,轻轻走到她面前,发现她一直在写唐诗中的几句话,字倒是大方干净,但是写的过程中似乎思考着什么,字迹有些滞涩。

言希低下身子,右手握住了阿衡的右手。

阿衡的身形震了一下,却没有抬头,只是抿着唇笑,让他带着自己写。

等那白皙的手完成诗中的最后一字,她才抬头,笑了起来:"手怎么这么凉?"

言希也笑,拿起纸,定睛看了一下诗句中的最后三字"倾城色",轻轻开口:"这个,送给我吧。阿衡,今天的事不要问,再等几天,不用担心。"

她递给他热好的巧克力牛奶,微笑了:"好。"

言希看着牛奶,晃了晃,想起什么,低低笑了出来:"阿衡,我睁大眼睛是不是很吓人?"

那样清纯漂亮的大眼睛,故意瞪得更圆更大,阿衡看他:"嗯,是挺吓人的。"其实,应该是很有气势。别人看到了,会失了魂,不由自主想要一直看下去,所以才会用这样的眼睛多么吓人来掩饰自己的迷失。

言希轻笑,眼睛弯了,垂下头:"原来是真的啊,怪不得呢,以前有人说……嗯……我还不信,今天,很多人也这么说来着。"

阿衡心中一痛。以前,是指林弯弯吗?

言希双手背在后脑勺上,靠着沙发闭上眼,喃喃的,是少年清爽的语调:"喊,难不成是本少眼睛长得太好看了,地球人都嫉妒我?"

阿衡呵呵笑着:"是啊是啊,我就嫉妒你。长得这么好看,让人很有压力知不知道?"

她垂下眸子，眉眼变得宁静无奈。

她没有骂"言希，你怎么这么自恋？你个自恋狂烦死了"，她第一次，认真地想着这个问题。似乎，想明白了，连他从头到尾都不属于她这个事实，也不至于变得很难接受。

因为，这本只是个，真相。

由天，由地，由那人，却不由她。

一月十号，温母说思尔要过十八岁的生日，因为是成年所以隆重一些，到饭店订了几桌酒席，请了许多朋友。

去年思莞生日时也是这个样子的，想是温家对待儿女的一个惯例。

温母说："阿衡，你和思尔错开。过几日，才是你的十八岁生日，到时咱再摆几桌。"

阿衡望着她，母亲似乎忘了什么。可是，母亲看着她，表情有些怜惜，有些愧疚，阿衡便笑了，说好。

一月十号，早晨醒来时，阿衡一睁开眼，就看到言希的大眼睛，吓了一大跳，揉眼睛："你什么时候来的？"

言希哀怨，托下巴，嘟嘴："女儿，你怎么才醒啊醒啊醒啊，我都等了好长时间，眼都酸了，你看，眼睫毛都眨掉了好几根。"

他伸出食指，晶莹的指腹上果然安静地躺着几根眼睫毛。

阿衡抽搐："你怎么这么无聊呀，大清早就开始闹腾，烦死了！"顺手把枕头砸在这厮的脸上。

言希眼泪汪汪，像被抛弃的小狗："思尔早就起床做造型去了。"

阿衡打哈欠："跟我有关系吗？"

言希嫌弃地看看阿衡还未梳理的黑发："你至少要梳顺头发吧。"

阿衡刚睡醒,有些迷茫:"什么?"

言希无奈,轻轻拍了拍阿衡的发:"过来,过来,坐这里。"他在镜前拉了一把木椅。

阿衡纳闷,坐上去,问他:"做什么?"

少年拿出梳子,又从口袋中掏出一只漂亮的水晶发卡,含笑:"可能不如美发店好看,但我跟着学了好几天,应该不会难看。"

他反掌,把发卡轻轻合在阿衡手心,软软凉凉的指温,轻轻划过她的手心。

阿衡低头,浅粉色的、亮白色的、淡紫色的,一手的晶莹剔透,她哭笑不得:"喂,言希,你不会是想让我戴这些吧?"

言希唾弃道:"你是女孩子知道吗?是女孩子都喜欢这些!我专门挑的!"然后左手托起阿衡的发,右手轻轻地梳下,浅浅的弧度,缓缓的动作,和他作画时如出一辙的认真。

他低了头,把她的发从中间分开,纤细的指灵活地穿梭着,映着黑发,益发的白皙。从左侧鬓角开始的一绺,细水长流一般,指尖绕了发香,缓缓地编了四股,绾结在发顶,用白水晶发卡固定。而后是另一侧,绾好,与左侧会合。又挑起一绺,重复之前的动作。

小小精致的水晶发卡在发中绰约,映着墨色的发,一个个晶莹饱满,远望,弧线流畅,似一只只漂亮的水晶蝶伏在发间。

阿衡望向镜中,只看到言希的手,指节微弯,在发中流转成好看的角度,一气呵成,像他画的每一幅画,那样倾注了灵魂,有了新的生命节奏。

然后,他容颜如雪,凝注成一方温暖,静立在她的身边。

她无法抑止,眼角潮湿了,心中有些抵御和不平。

他为她梳了发,想必是不忍看她邋遢。可是,他这样心血来潮,对她这样好，让她眷恋了，上瘾了，又该怎么是好？

他呼了一口气，像完成了一件作品，满意而带着审视。

少年笑了："阿衡，你今天一定要乖乖地待在我的身边，别让别人拐跑了。"

阿衡诧异，他却不知从哪里取来一个系着缎带的方盒，微笑了："打开看看吧。"

阿衡解开缎带，微微皱了眉："言希，你知道的，我并不习惯辛德瑞拉的戏码。"

那是一条白色的镶着水钻的长裙，华彩淡然，明媚不可方物。

言希扯开半边唇角，语带慵懒："我也不习惯做神仙教母，充其量只是辛德瑞拉的后母，为了自己女儿奔波。"

阿衡眯眼看他，言希却望了挂钟："到十一点三十五分还有一个小时。"

他嘱咐阿衡换衣服，自己却噔噔下了楼。

长裙的尺寸完全契合，摇曳到脚踝，远远望去，高贵的，带了不可亵渎的意味。阿衡微微笑了，依旧的山明水净。

她下了楼却未见言希，电话铃声刚巧响了，是思莞，问他们什么时候出发。

阿衡张口，身旁一只白皙修长的手抢了电话，放在耳畔，声音平淡："你们先走吧，我和阿衡等会儿打的去。嗯，有别的要紧的事。"

而后，挂了电话。

阿衡抬头，问他："什么要紧的事？"

少年仔细端详了她，并不回答，拍了阿衡的头，眼睛亮晶晶的："就知道这裙子适合你,果然是本少的女儿,不错不错。"

阿衡脸色微赧,轻咳,软软糯糯的声音:"我们什么时候走?"

言希从厨房捧出一碗东西,微笑:"你先吃完这个,我们再走。"是一碗面,里面有荷包蛋,有酱色的排骨,晶莹的圆面,长长的。

阿衡问:"你做的?"

言希摇头,黑亮的眼睛乱转:"没有啊,是我刚刚出去买的。你知道,本少从不下厨的,怎么可能做出这么人见人爱、如花似玉看起来就是极品的面?"他夸着面,唾沫乱飞。

阿衡扑哧笑了,扫到言希的手,上面还有未消退的红痕,心中清楚了几分,含笑咬了一口面,嘴角却抽搐起来:"果然是……极品。"

果然不是常人能享受的极品。

言希眼睛水汪汪的,十分期待的小白的表情:"好吃吗?"

阿衡微笑:"好吃得超乎你我的想象。"

言希咳,为毛怎么听都觉得不是好话:"给我尝尝。"

阿衡摇头,毫无余地:"不行,这是我的面。"然后,埋首在氤氲的雾气中,大汗淋漓,流泪无声。

他笑意温柔,看着她吃面,好像是天大的幸福。

言希,这面真辣,你到底放了多少辣椒,你看你看,我的眼泪都出来了。

他小心翼翼地抬眼。挂钟,刚刚是十一点三十五分。

Chapter 54
这个地球上有你

言希从出租车上下来的时候，嘴上还一直抱怨着："我为什么要穿成这样？"

这少年，穿着白色的西装，线条利落，裁剪大方，本来是十分正规考究的衣服，结果套着耳暖，裹着围巾，抱着手套的模样完全破坏了优雅高贵的形象。

阿衡扫他一眼："一会儿进去就有暖气，脱掉就好了。"

言希鬼鬼祟祟地朝饭店看了一眼，华丽漂亮的大厅中并未见到相熟的同龄人，也就放了心。

开玩笑，这样子要让大院里的那帮臭小子看到了，还不笑掉大牙。

阿衡平时相熟的虽然只有言希和辛达夷，但事实上，称得上认识并且见面会打招呼的高干子弟并不在少数，有许多家世和温家相当的，但越过言家的不算多。

这帮人，大多是男孩子，言希同他们的关系虽然不如和思莞、辛达夷铁，但也是能说得上话的朋友。那会儿，言希生病的时候，来探望的就不少。

言希边放围巾边往厅中走，胳膊上挽着围巾却未见窘迫，和阿衡边走边说笑，气势隐隐显露出来。

开宴的第七层是这家酒楼最考究的 VIP 区，分为南厅和北厅，平时订上一席都要提前三天。

温家预订的时候，语气慎之又慎，说是阳历一月十日和阴历二十八要开两次筵。酒店经理想起温家子弟成年的旧例，知道温家两位小姐都到了年龄，心领神会，从邀请函到拟定菜单，无一不用心。

侍应带着阿衡、言希上电梯，正好碰上拿着请柬的院子中的孙家，相请不如偶遇，乘了同一趟电梯。

孙伯母看着言希，笑了："小希，带着你家小媳妇儿一起来了？"

阿衡大窘。她都不知道流言从何而来，反正大院子的人是认定她和言希是一对了。

平素，各家伯母老人高兴了，开个玩笑扯个闲，绕到言家温家，便绘声绘色地说到当年的婚约，说是温家女儿刚生下来，性别一定，这婚约也就定了。

后来出了那一茬子事，本是不知言家属意哪个姑娘的，但是后来阿衡住到言家，可见是选中温衡了。于是大家心领神会，调侃调侃俩孩子。

言小少脸皮厚且不说，小姑娘好玩儿，总要脸红的，一脸红长辈们就笑得更欢实。

阿衡伤脑筋，根本就是没影的事，家中也无人提及，为什么个个都像是明白人，就她一人糊涂一般。

言希却"嗯"了一声，老神在在。

孙家伯父担心言希生病时耽误学业，细细问了他学习的进度。言希见大人不逗他和阿衡，松了一口气，认真恭谨地回答。

孙家少爷孙鹏和言希同龄，自幼就聪颖，但是贪玩淘气一些，和思莞一样考上了一个相当好的大学。他和辛达夷关系很不错，但和言希不对盘。

说起来也早了，俩大少结梁子，还是因为思尔。

Chapter 54 这个地球上有你

思尔那会儿,是院子里唯一的小姑娘,嘴甜,长得还好看,各家大妈大婶当成宝一样。孙小少连同一帮男孩子也稀罕,抓住软绵绵的小姑娘就揪人小辫子。一揪,不得了,思尔哭得惊天动地的。

孙小少傻眼了,还没反应过来,言小少小脚丫子就蹿了过来,骑在孙小少身上,捶了起来。

孙小少从小也是凤凰一只,哪里受得了委屈,两人打成一团。后来,各挨了家中一顿板子,悲伤逆流成海。

孙小少委屈呀,老子毛都没干,为什么要挨打;言小少也委屈呀,老子是看见思尔受欺负才打孙鹏的,爷爷你为毛打我的头!

再然后,俩人见面就没有不打架的时候。这两年年纪渐大,动手动脚不好看,转成暗战斗口水,一见面不互相吐槽挖苦几句彼此都睡不好觉。

孙鹏看着言希在自家老爹面前装乖,就冷笑了,转眼扫见阿衡,正抿着嘴对他笑,温柔得像股子水。心想这姑娘今天也不知怎的,收拾得这么好看,傻了眼,看着请帖,低声凑到言希耳边调侃:"我说言少,今天到底是你媳妇儿生日,还是你小姨子啊?"

言希对着孙伯父笑得恭敬,抬脚,却暗中使劲地踩了孙鹏,弯了半边嘴唇:"你说呢?"

语毕,电梯门打开,言希微笑颔首,牵着阿衡的手走出,留下有些迟疑的孙家。

"爸,咱们是去北厅,还是南厅?"

孙鹏手中握着两张请柬,两张都是酒店发出的。一张是酒店奢华考究的风格,不对人,席位印的是北厅。

但另一张要特别一些,像是专门设计的,淡紫色的,渐次晕深至金黄色,镶了雪色的缎带,线条简约大方带着灵气,但是席位却在南厅。

孙父也有些奇怪:"应该是发重了,去哪个不一样?"

孙母细心,指着淡紫色带缎带的请柬:"这张上面有签名。"

雪色缎带不起眼的角落,果然印着一排英文字母:M-Y-H-E-N-G。Myheng。

孙鹏凑过去,琢磨着念了半天,反应过来,笑得意味不明:"爸,咱们去南厅吧。我还从没见那家伙花这么多心思过,总要卖他一个面子。"

思尔跟着母亲、思莞在北厅前迎客,穿着淡粉色的衣裙,裙摆是一朵粉绢漾起的花,绾了发,化了淡妆,额心别出心裁地点了粉色的花,映得眉眼极是高贵漂亮。客人来了,看到思尔赞不绝口,没有不夸一声貌美知礼的。

温母心中颇是高兴,但想起阿衡,又有些不自在:"思莞,给阿衡、小希打电话了吗,他们怎么还没到?"

思莞也张望着熙熙攘攘的客人:"应该快到了。"

这厢,招呼客人的大堂经理却突然有些慌张地跑了过来,小声对思莞耳语,说了些什么。

思莞的脸色一瞬间变得十分难看:"你说什么?什么叫南厅被别的人订了?"

大堂经理十分为难:"我本来以为您家和那位是一起的,所以把南厅的席位设计交给了他,却没想到那位说,他和温家关系虽好,这个宴,却不是同宴。"

思莞脸色铁青。

西装革履的经理觑了思莞一眼,急出了满脑门汗,赶紧解释:"我刚刚已经和那位说了是温家先订的席位,可那位却坚决不同意让出南厅。"

思莞吸了一口气,淡淡开口:"你说的那位,听着像是和我们家有交情的,到底是谁,这么大面子,连张经理您也不敢得罪?"

张经理心中哀号起来,他知道思莞语中敲打的意思,觉得他是不把温家放在眼里。他哪有这么大的胆子敢得罪温家,只是,那位他也得罪不起呀。

张经理苦笑:"温少,不是我不尽心,只是这事儿……"

思莞有些不耐了:"到底是谁?"

他的话音刚落,言希带着阿衡走了过来。

两人都是正装礼服。阿衡一身打扮站在言希身旁,温柔淡然,墨发中藏着的水晶蝶若隐若现,面容干净白皙,比平日多了许多的娇美。

旁人注视着两人,竟隐约觉得移不开目光。

思莞勉强微笑,对着言希开口:"怎么才来?"

温母不知席位发生了问题,拉着阿衡的手,笑道:"就等你们两个了,南厅、北厅差不多都齐了。"

温母的话倒点醒了思莞,他笑了:"张经理,我倒是想把南厅让给你说的那位。可你也看到了,我们家的客人都齐了,你们酒店总没有把客人往外撵的习惯吧?"

张经理为难地看了言希一眼,言希似笑非笑:"不妨碍,请的客人都一样。"

思莞的脸僵了:"言希,你说什么?"

言希睐眼:"听不懂吗?我说不妨碍,温家请的客人和我请的客人是一样的。"他这么多天挨冻受气挣的钱,可不是白挣的。

阿衡看着两人,觉得气氛不对,有些纳闷。但是看了思莞的脸色,就没有开口。

思莞走到言希身侧,一指之距,用着只有两人才能听到的音量,咬牙开口:"你想什么呢!"

言希却笑了:"我想,时间过得真快,转眼,阿衡都十八岁了。我第一次见她,她还那么小、那么傻,说着'可巧,言希和言爷爷一个姓'。"

转身,看了阿衡一眼,笑得眼弯弯的,敲碎了尖锐,满是温柔怜惜。

阿衡不好意思,也对他笑,呆呆的。

思莞有些恼怒:"你就这么沉不住气吗,非要和尔争今天?本来已经准备了,过两天,阴历二十八,就给阿衡过生日的。"

言希的目光变冷了,看着他:"温思莞,你们家明明知道,一月十号才是阿衡的生日,而思尔的生日,恐怕连温伯母都不清楚!"

思莞皱眉,努力压制情绪:"正是因为尔过惯了一月十日,阿衡也过惯了阴历二十八,所以,妈妈才这么安排的。毕竟改变了,尔和阿衡都会不习惯的。"

言希冷笑:"温思莞,你明明知道一先一后,在外人眼中,意味着什么,非要老子点明白你妈和你的那点心思吗?"

温思尔过生日,是堂堂正正日子确凿的一月十日上午十一点三十五分;阿衡过生日,却是不确定阳历不确定时间的农历二十八。在温家,谁是正牌小姐,谁更受宠,明眼人一看就明白。

思莞有些难堪,沉默起来。

言希不怒反笑,淡淡逼问:"明明可以选择两个一起过,为什么只顾及思尔的感受,却忘了阿衡?"

思莞的眉头越皱越紧:"言希,你说话非要这么偏激吗?我们只是考虑到阿衡可能更习惯阴历二十八过生日。"

言希大笑,像是听到什么天大的笑话:"习惯兴许是因为心灰了。但是,温思莞,如果我告诉你,阿衡一点也不喜欢在阴历二十八那一天过生日,一切只是你们在自以为是呢?

"别忘了,十八年前的阴历十二月二十八,是阿衡被你们抛弃的日子!"

言希握着阿衡的手带她走到南厅，大厅的正中央摆着一个三层的极大的蛋糕。阿衡看着看着，笑了。

"言希，你看这个蛋糕，好漂亮呀。"她带着羡慕，小声地开了口，"我从来没有在自己生日的时候吃过蛋糕。"

忽而想起什么，她吸了吸鼻子，戳言希："喂，言希，过两天我过生日的时候你会送我礼物吧？你不送的话我会伤心的，真的。"

他刚刚给了思尔一个包装精美的盒子，看着价值不菲。

言希愣了，看着她，笑着点点头。

阿衡也笑："别买别的了，给我一个蛋糕吧，我想在属于自己的生日里吃蛋糕。"

这个生日，虽然是她的生日，却不是可以由她支配的生日。

言希听出她的话外音，攥着阿衡的手加紧了力气，死死的。

忽而，他笑了，狡黠的眼神："我给你买蛋糕，你吃不完怎么办？"

阿衡撇嘴："吃不完我兜着走。"

言希看着快和一人等高的大蛋糕，心情很愉悦："我估计，你要兜着走了。"

开胃菜上齐了要开席了，大家看着蛋糕都笑了，对着司仪起哄："快把寿星请过来切蛋糕呀，大家等着唱歌等半天了。"

言希手背抵唇笑开了，拉着阿衡，走到了蛋糕旁。

阿衡吓了一跳："言希，你干吗？"

言希拿着麦克风，浅笑着开口："阿衡，生日快乐。"

那样干净的嗓音，清晰的吐字。

阿衡，生日快乐。

下面的宾客都笑了，本都是与言家温家相熟的，知道些两家的因缘，看到一对小儿女，笑闹开了，打趣两人。

阿衡眉眼却有些冷："言希，我的生日不是今天。"

宾客听到阿衡的话有些尴尬，想了想温母刚才迎客时温思尔一身名贵的打扮，觉得事情有些不对劲，可又想不出到底哪里奇怪。

知道温家旧情的不是没有，之前看到温母带着思尔出来迎客，而不是亲生女儿，就觉得温家做事有些不厚道了，此时言希上演这一出，为他小媳妇正名，乐得看戏。

言希不以为意，淡笑，耐心重复："阿衡，生日快乐。"

阿衡有些恼怒，一字一句："我的生日是阴历十二月二十八，不是今天。"

"那一天，是我们阿衡不小心找不到回家的路的日子，不是我们阿衡出生的日子。"言希笑了，轻轻抱住阿衡，双臂却紧紧圈着她，温柔开口，"阿衡呀，生日快乐。"

他要她，堂堂正正在这个世界上生存，骄傲地生存着。

一月十日的十一时三十五分，才是她来到世上存在心跳的第一分钟。

他要她，不必在每年过生日的时候，屈辱地想象着自己在阴历十二月二十八日，是怎样在凌晨，被抛弃。

那不是一餐顶级的宴席，在这座酒楼同样的第七层，就可以弥补的遗憾。

不是和温思尔相同的待遇，就可以减缓的伤痛。

他只想告诉她，多么感谢，你出生在这个人世。

Myheng。

My Heng。

我的衡。

Chapter 55
似醉非醉三分醒

生日快乐呀，阿衡。

他的话语中，带了坚持，让她觉得，逃避是可笑肤浅的。

好似，生命中如果没有这一回火热，把别人和自己一同烧成灰，不淋漓尽致便绝不罢休。

明明只是一个普通的生日，即便这个世界的其他人不知晓或是无从知晓，难道就会妨碍她把生命延续，悄无声息地给命运树一个丰碑吗？

她把笑容委婉，把生活所谓的大小格调放低。而他，却从容不迫，对待生活永远只剩下两种态度，击败或者击溃，是个尖利锋锐的战士，即使成了小木偶，鼻子长长了，也是对命运的悲壮化。

于是，她和他，常常，不在同一个音调，格格不入。

这样的感觉，忍受到了极点，便是彼此的磨砺和攻击。

当时光走到一个刻度，不是他把她燃成烬，便是，她把他，淡念成冰。

他把蜡烛插在鲜美软滑的奶油上，脱下有些束缚的西装外套，笑着开口："阿衡，许愿吧。"

滋滋的火花，静默了温和地看着她的观众。

她，数着蜡烛，十八根，小小的焰火，想说些什么，恍惚中，妈妈和思莞来了。

他们那样温柔,是真正的一家人的姿态,他们微笑着说今天是温家女儿的生日,谢谢诸位捧场,就着她的手切开了生日蛋糕。那些人在宴席中唱着生日快乐,高高低低成了韵,皆大欢喜。

他们不愿驳言家的面子让言希不痛快,却未曾在乎,她是否许了愿。他们是不是早就知道,她是陈腔滥调,想要说希望爷爷、爸爸、妈妈、思莞、思尔、衡永远在一起,身体健康,无病无灾。

言希看着他们做戏,语气谦逊,进退得宜,把阿衡有意无意烘托成绝对的主角,谈笑间滴水不漏,是真正的大家教出的贵气风范。

思莞伸出指揉着眉心,一下一下,心中很是抵触:"言希,为什么我现在和你说话,会这么累?"

言希斜眼看他,笑得邪气:"可见你是真累了,在亲妹妹的生日里,不能让宾主尽欢,实在是失礼。更何况我说的那些话,你平时哪一天不听个千百遍?谁家奉承,谁家敌意,谁家婉转,谁家硬派,你不清楚?温思莞,别说笑了。"

思莞声音冷了几分,趁着温老和温母同孙家寒暄,攥住了言希的手腕:"言希,你现在是把我当成敌人了吗?"

言希却笑,握拳,甩开他的桎梏:"思莞,我容你容了多长时间,你不会不清楚吧?"

思莞挑起眉,握过他手腕的指尖,有些冰凉:"所以,你已经忍到极限,为了阿衡,不想再忍了吗?"

言希笑,随意把手插入西裤口袋:"这话错了,思莞,只要你不开口,不越雷池,我能容你一辈子。你是你,我是我,和阿衡没什么相干。"

思莞苦笑,神色淡淡,有些空洞:"言希,你早晚把我逼疯!"

那少年笑容却益发灿烂勃发,像朵荼蘼的向日葵:"思莞,你糊涂的时候，我不糊涂。你爷爷要我背的罪名，我偏偏不背。你要是疯了，那又是我的一大罪。更何况，这么大好的温氏王国，权势名利，唾手可得，你舍得疯？可见，你是把我当成同阿衡一般傻了。"

思莞的指，掠过言希的唇角，讽刺道："言希，无论何时，只要提起阿衡，你笑得可真是难看。"

言希皮笑肉不笑，微微露出雪白的牙齿："本少就这么着了。不就是阿衡吗？有了林弯弯、陆流在前，再多一个阿衡，三个把柄是吗？本少容得起。别说今天为阿衡办一次生日宴，就是让老子动用言家的财势，把阿衡宠到天上，摘星星摘月亮，那也是我的事，我乐意！"

思莞咬牙："你……"

这时，孙鹏、辛达夷却走了过来，俩少年也是西装，只不过一个斯文，一个野气，各有千秋。

辛达夷风风火火，语气有些着急："你们两个，躲到角落里，说什么呢，找都找不着！"

孙鹏笑，幸灾乐祸："孟老太爷传旨，命二位速速觐见。"

言希、思莞两人本来还带着对彼此的敌意和防备，一瞬间苦了脸，表情变得扭曲："啊？！"

孟家是陆家的亲家，家长孟老爷子办事很合上面的心意，因此算是众家升官巴结的对象。当年，陆流的姑母就是嫁给了孟老爷子的独生子。

这个没什么麻烦，麻烦的是，孟老爷子的独苗孙女——孟黎瑂。

这位小姐，名字可谓诗意极了，可是人却不怎么诗意，是个标标准准、彻彻底底被娇惯过头的姑娘，看谁都不顺眼。不是嫌东家的姑娘穿的衣服没品：什么你穿的是某某大师设计的，那位大师不是被批判过时了吗；就是嫌西家的妆化得太浓，不是我想说你，你本来就长得难看，怎么越化越难看了。

等等等等，诸如此类。

典型的外貌主义者。

然后孟老爷子就发愁了，家里宝贝疙瘩这副样子，逮谁看谁都不顺眼，以后可怎么嫁得出去？

再然后，某年某月某日，某宴会，某姑娘眼睛就发亮了："爷，爷，这个好！"

哪个哪个？老爷子眼睛瞪成了电灯泡，一看，嚯，是温家独孙，这个好，家中独子，以后不用分家产。

老爷子越看越满意，觉得这个当孙女婿确实不错，正想夸孙女好眼力，家里姑娘又冒红心号了起来："爷，爷，这个更好！"

老爷子被孙女吓得差点心肌梗死，一转眼，却是一个看杀卫玠的绝美少年，哟，家里还不错，言家长孙。

哎，不对不对，他家还有一个小的，将来要分家产的。

于是如此这般，这般如此，和孙女讲了其中利弊，孟家姑娘羞答答道："爷爷，我可不可以，温家食，言家宿，一女二夫？"

孟老抽搐。

自此之后，爷孙俩每次看见温、言二少就要抓在身旁，细问两人家中境况，是否有破产的痕迹，温家小姑是否败家，言家小弟是否懂事。

思莞郁闷，谁是你家小姑？

言希挑眉，我家小弟懂不懂事，干你屁事！

可是，这样的话是消退不了革命的烈火、爱情的热潮的。再加上孟老是长辈，思莞、言希虽然不耐烦，但又不好当面驳老人的面子，忍呀忍得差点内伤。

于是，这会儿听到孟老爷子传旨，两人都脸色大变。

言希哆嗦，问孙鹏："狸猫来了没？"

狸猫者，黎瑁也。言少苦思冥想的外号。

孙鹏咧嘴，辛达夷点头。

言希抱头："那啥，我刚刚喝了两杯酒，有点晕，先出去逛逛哈。哎哟哎哟，孙大鸟，你变重影了。"

大鸟者，鹏也。言小少未上学时纠结了三天想起的外号。

孙少冷笑："好好，你尽管去。反正温衡正被那个大小姐批判得鼻子不是鼻子，眼不是眼。"

醉酒状的言少立刻振奋，撸袖子，飞奔："娘的死狸猫，老子跟你拼了！"

辛达夷膜拜："不愧是宿敌！果然知己知彼！"

思莞叹气，无奈，也跟了过去。

这厢，黎瑁姑娘正嫌弃地看着阿衡："温衡，看在你是思莞妹妹咱们未来可能做一家人的分上，我本来不想说你，但是你看看你，连个淡妆都不化，相貌不够却不知道后天补，这么好看的洋装穿到你身上倒显得不值钱。别人看了，不知道的，还以为温家教养不好！"

她看到了言希之前对阿衡的亲密，心中不痛快，故意找碴儿。

阿衡微笑不语，温母见她不停数落着女儿，气得脸发白。这又是哪家的教养，让一个女孩儿这样撒泼！

她虽然恼言希自作主张，但阿衡毕竟是自己的亲生骨肉，想着自己也有过错，不忍心责备，便和公公商量了，思尔那边由他主持着，这边，她和思莞把场面圆过去，让言希和阿衡不致心寒。

这边她正拉着女儿陪着一些故交老友说话，却没想到突然蹦出个愣头青，虽然很陌生，但听着这姑娘说话不三不四，此时却是一点容忍的心都没了。

　　阿衡却一直不说话，慢悠悠的，微笑着，以退为进，只等着妈妈发怒。

　　这姑娘也够有本事了，连妈妈这么好脾气的，都被她惹恼了。

　　可惜，温母还没爆发，言希和思莞已经走了过来。

　　言希脸色有些发红，像是走急了，看了孟家姑娘一眼，平淡打断她的话："孟黎瑁。"

　　孟黎瑁本来喋喋不休，转身，羞羞答答，声音瞬间小了几十分贝："言希，思莞，我爷爷说，让你们陪他聊聊天，喝两杯酒。"

　　思莞看妈妈脸色不豫，偷笑起来。前些日子，孟爷爷还找爷爷聊过，含蓄地说了孟黎瑁的心意，爷爷本来不答应，但母亲却兴致勃勃，一直想看看孟家姑娘是个什么样。

　　思莞笑着介绍："妈，这就是我之前跟你说过的孟黎瑁，孟爷爷的孙女。"

　　温母的脸一瞬间变绿了，避重就轻，勉强开口："你们孟爷爷不是让你们陪他喝酒吗，在Ａ座，过去看看吧。小希酒量差，少喝点。"

　　言希含笑点头，说着好，和思莞、孟黎瑁一起离开，从头至尾，目光却未在阿衡身上停留一秒。

　　阿衡面上也没什么波澜，微笑着看他们离去。

　　温母脸色稍霁，带着阿衡，给各家敬酒。阿衡能喝几杯，虽然彼此并不熟识，说话却很得体，因此宴会的气氛一直很好。

　　温母却有些不赞同，低声吩咐女儿："去把你哥喊过来，让他帮你喝点。你还要考大学，喝多了伤神。"

　　阿衡看了Ａ座，思莞正给一位老人敬酒，言希伏在桌上，看情形似乎有些醉了。

阿衡正要说好，转眼，一杯酒外加生日祝词又来了。

等她喝完，说完客套话，回完礼，转眼，思莞、言希都不见了人影。

阿衡怕他们喝多了乱跑，就出去找人，看了楼梯、走廊，四周都没有见人。

侍应生忙着上菜，问了，都说没看到二人。

阿衡望向窗外，天色有些昏暗。天气预报，下午有一场大雪。

兴许是去了洗手间吐酒？阿衡想着，往七层里头走。

越走越远，越来越安静。

窗外，天色渐暗，大雪将至，远处的热闹喧哗，似乎被厚厚的黑色幕帘隔了两重天。

阿衡有些迟疑。她站在洗手间前，并未听到任何声响。

里面，应该没有人。

阿衡思索着要不要进去看看，走近一步，明灿灿的吊灯却啪地灭了。

有人摁了开关。

"言希，思莞？"阿衡低声询问，想着是两人在和她恶作剧。

转身，却被拥入一个温热的怀抱中。

黑暗中，站着一个人，身躯模糊，样子模糊，只有一双眼睛，迷迷糊糊的，带着氤氲的桃色和醉态。

他摸索着她的脸庞，一点点的，眉毛、眼睛、鼻子、脸颊，软软的指尖，带着酒气，却冰凉刺骨。

阿衡打了个寒战想要挣脱，却被他抱得更紧。她几乎不能呼吸，只能听到他的心跳声，一下下，缓缓的、有力的。

他开了口，平淡而尖锐的声音："你是谁？"

阿衡不作声，知道这人喝醉了，没了理性。

他摸到她的长发，轻柔滑过指腹："女的。"

阿衡哭笑不得。

而后，他埋在她的发间，深深吸了一口气，喃喃："怎么和阿衡的气味一样？"

阿衡抽搐，想说一声："言希你别闹了，喝醉了就做个乖宝宝，不要胡闹乖乖听话知道吗？"

话没出口，黑暗中，那人擒住她的后颈迫着她抬起了头，低头，急风暴雨，吻了上去。

她傻了，还没反应过来，那人却辗转着，舌头舔了她的唇，诱惑着，温软的带着香醇的酒气。

阿衡羞恼，不能成言，怕大声喊叫坏了言希的名声，只是死命地推他。

那人舌尖舔过却笑了，眯着眼，低头使劲吮吸起来。

阿衡急得满头大汗。那人的指在她腰间，却越攥越深，固执地骄傲着不放手。

他心中一团火热，有种滚烫的欲望无法排解，渴求着，想要撬开她的齿。他的右手握住了她的黑发，柔软的，像绸缎一般的，却镶嵌着一只只怒放的……蝶。

冰冰凉凉的，水晶。

那是他为阿衡所绾。

他一瞬间松了手，脸色惨白。

Chapter 56
一切前因皆是果

阿衡知道言希清醒了,又想起依他平时的小孩性格,肯定要纠结个没完,眼神一黯,攥住他惊惶后退时的衬衣袖口,踮脚,又将唇覆上。

言希全身都僵硬了,腰抵在洗手台上,睁大漂亮的眸子看着她想要开口,阿衡却横了心,双手攀附在他的颈上,微凉的唇温,吻得更深。

她没有了退路,在彼此唇舌中,推杯换盏,酒意更深。

少年的瞳孔紧缩,眼中是她的影。

阿衡的眸光山明水净,微微掩了眉眼,迅雷不及掩耳地把他使劲推开。在黑暗中,她跟跟跄跄跑到洗手池前,装出极明显的呕声,用手快速抠喉咙,反胃了,一阵呕吐,把刚刚喝的酒吐了出来。

那少年打开了灯,看到阿衡已经吐得昏天暗地,脸色红得发烫,洗手间的酒味,一瞬间变得很重。他上前拍阿衡的背,阿衡却被口中残液呛住,猛烈地咳了起来。

言希把她扶起来,阿衡却软软地瘫在他的怀中,双眼半睁,脸色绯红,醉得什么都不知晓了的样子。

少年拧开水龙头,用手接了水,微微叹气:"阿衡,张张嘴。"

阿衡迷迷糊糊呓语了一声，乖乖张了口，就着他的手吸了水。

"你乖哈，漱完，吐出来。"言希轻轻拍着她，哄着她把水吐了出来，拿干净的纸巾帮她擦了嘴。

阿衡眸中精光乍泄，又垂了头，喃喃嘟囔着醉话。

言希心中五味杂陈，他知道阿衡确实是醉了，否则平时那么冷静的一个人是不会主动亲他的。可是，又觉得自己对阿衡做出这样的事，即使是醉了，也无法原谅。

这是阿衡，不是别人，不是用"酒后乱性"四个字就可以全然概括，不是用一场恋爱就可以光明正大的亲吻。

如果阿衡当时没有醉，知道是他强吻了她，依她的性格，这辈子都会和他有隔阂。

说不定，逮住哪个可以冷淡的机会，就老死不相往来了。

于是，他心中似乎庆幸她是醉了的。

他惴惴不安，只想着自己占了阿衡的便宜，绕了一大圈，却没想到自己也是被阿衡占了便宜的。

"言希，你没事吧，吐酒了吗？"洗手间外，是思莞清晰的嗓音。

"我没事，阿衡喝醉了。"言希把阿衡扶了出来，思莞睁大了眼睛，有些吃惊。

"怎么醉成这个样子？阿衡不是挺能喝的吗？"

言希摇头："不知道，应该是喝得太多了。我带阿衡先回家，你跟阿姨、爷爷说一声。"

思莞望着窗外："下雪了，她这样醉着很容易感冒。先把阿衡扶回去休息一会儿，等她醒了再走。呃，她刚刚不是吐了酒吗，散了酒气，很快就能醒。"

Chapter 56 一切前因皆是果

窗外，鹅毛般的雪花已经扑天袭来。不过才些许的时间，有什么东西，似乎改变了。

言希心中烦躁却面无表情，平淡点了头，扶阿衡回去。

思莞想要帮忙，言希却不着痕迹地皱了眉，揽着阿衡，走得更快。

思莞微笑，他的眉眼又是平时的温煦绅士模样，似乎不久之前和言希针锋相对的那个人，并不存在。

阿衡闭着眼，有些伤脑筋，到底什么时候醒来时机比较恰当。言希这么瘦，她担心自己的地心引力过大，一不小心把他压回地表。

她又重新回到嘈杂的人群中，筵席的气氛依旧热闹融洽，不睁开眼，依旧清楚。

言希把她交给了妈妈，妈妈握着她的手，手心很暖很暖。她絮叨着："阿衡怎么醉成这个样子，早知道这孩子逞能就不让她喝了。不过思莞你也是，只顾着和孟老喝酒连妹妹都不知道帮衬着。"

思莞哭笑不得："妈，不是你吩咐让我好好陪孟老的，妹妹醉了怎么全怪我？"

温母也恼："我怎么就生了你们这两个死心眼的，让你去陪酒你还真从头陪到尾啊！阿衡也是，一杯接着一杯，谁让喝都傻着脸去喝。"

阿衡听着听着，笑了，撒娇似的揽住了母亲的脖子，把头抵在她的颈间："妈妈妈妈妈妈……"

温母心疼了："看把孩子喝的。阿衡，是不是胃里难受，跟妈妈说，妈妈帮你揉揉。"

阿衡笑，眼角几乎泛了泪："妈妈，我可难受可难受了，你抱抱我，我就不难受了。"

温母愣了，胸口疼得厉害，像是有人把她的心剜走了，又还了回来，伤痕却永远无法痊愈。

她笑了，那笑容真温柔、真好看："好，妈妈抱，妈妈抱抱我的小阿衡。"一瞬间，女儿似乎变得很小很小，没有她的呵护就无法生存的羸弱。

第一次，她觉得自己这么残忍。

同一席的孙家伯母却羡慕了："蕴宜，你真是好福气，家里有个姑娘就是贴心。"

温母却红了眼眶，声音有些难过："我的阿衡很好，可我待她却不够好。"

孙家伯母愣了，半响，才笑："这是哪里的话，一家人又有谁待谁好不好的说法，你当母亲的，主意拿正了，对孩子们不偏不倚就够了。"

温母想了想，心中越发惭愧，看着女儿，目光又怜惜了几分。

侍应生端了一杯醒酒茶，温母喂女儿喝了，阿衡就坡下驴，发挥了醒酒茶的神效，"醒了酒"。

孙家伯母爱笑，望着不远处和自家儿子打闹、整个筵席分寸都拿捏得极好的言希，表情暧昧地看着阿衡："蕴宜，你还愁什么，儿子这么好，女婿又这么优秀，就等着享福了。"

阿衡红了脸，想起了言希刚才的荒唐，嘴唇发麻。

同桌的还有一个是跟孟家交好的夫人，摇摇头，得意地开口："蕴宜，我看你还是让阿衡少和言希来往，孟家的姑娘看上他了。孟老爷子一向对孙女百依百顺，肯定答应，你们家别到时候面子上弄得不好看。"

温母连同孙母脸色都不豫了，听听这话，好像别人都怕了他老孟家似的。

温家孙家是一个院子里的邻居，本来关系就好，孙母又有些看不惯这些人巴结孟家的嘴脸，淡哂道："这话就不中听了。事情总有个先来后到之分不是,小希和阿衡从小就定了亲,那孟姑娘又是什么时候冒出来的。再说了,言老和温老是什么关系,和孟老又是什么关系,谁亲谁远还指不定呢!"

言老和温老是一辈子铁铮铮换帖的亲兄弟,孟老是文职出身,平时一股子酸气,俩将军都看不上眼。

那位夫人知道孙母说的是实话,讪讪地岔了话题。

俗话说,三个女人一台戏,N个女人电视剧。尤其,当这一群女人都是有学识、有见识的,这个戏,就更有深度以及广度了。

阿衡听得津津有味,想起父亲带她下茶馆子的时候,一些说快板相声的隔壁城先生。

本来大家明讽暗骂各家丈夫政敌家眷杀人完全不见血,语言高雅情节跌宕起伏相当和谐的宴会,却突然冒出了一个不和谐的因素。

孟黎瑁孟姑娘是也。

阿衡纳闷,这姑娘,怎么跟背后灵似的,说飘就飘出来了。

她指着阿衡,情绪激动,生气地说:"温衡,你和言希到底是什么关系,为什么大家都说你们俩有奸情?"

阿衡一口水喷了出去,姑娘,"奸情"是这么用的吗?

当然,所谓大家,就是指唯恐天下不乱的以孙鹏为首的无数曾经遭受言希摧残的小少爷们。

孙鹏笑眯眯地拉了纠结在"老子竟然亲了自己的女儿,这个算不算乱伦,算不算算不算"这种艰深伦理问题中的言少:"言希,你小老婆正在挑战你大老婆的权威,你是预备维护正室的尊严,还是坚定地抛弃旧爱只爱新欢?"

言希望向远方,立刻吐血,飞踹一脚:"孙大鸟,你他妈就没事儿找事儿吧,老子早晚灭了你。"

孙鹏无奈："我也不知道为毛,一看到你丫笑,我就浑身难受。"

言希郁闷："本少什么时候笑了?"

孙鹏双手拧他的脸颊,继续笑眯眯的:"你刚才红着脸,傻笑半天了,当我瞎啊?"

言希吐口水,打掉他的手:"妈的,你丫手怎么还是跟小时候一样贱!小时候就爱捏老子的脸,丫的有病呀有病呀!"

翻白眼,转身,大步走向阿衡所在的那一桌。

话说,孟家姑娘一脸痛心疾首:"小姑娘,你醒醒吧,你是配不上言希的。虽然思茏和言希是好朋友,但你也不能靠这个去勾引言希呀。你听我说,勾引来的幸福不是真正的幸福。"

阿衡却抿唇微笑着,对孟姑娘开了口:"孟小姐,你渴不渴,说半天了。"慢悠悠地递了杯水。

孟姑娘抱着水咕咚咕咚,抹嘴继续:"你到底听没听懂我在说什么啊?我说这么半天了,你榆木脑袋啊!"

阿衡笑了:"孟小姐,你很可爱,和言希很像,也很般配。"

阿衡忽然觉得有些冷,身后飘来哀怨的声音:"阿衡,她哪里跟我像……"

转身,歪头,是言希。

阿衡左手掐右手,把脸上瞬间的热烫给掐了下去,呵呵笑了:"喝水时都能发出声音,这个,很像。"

言希做贼心虚,不敢看阿衡,却有些怯意地在桌下握住阿衡的手:"你酒醒了?"

阿衡觉得指间冰凉,是言希偏凉的体温,微微皱了眉,轻轻回握:"刚刚又喝酒了?"

那样温暖、柔软的手。

言希觉得自己似乎有些恋手的癖好，从很久以前，他对阿衡的手就无法抗拒。不会非常漂亮，但手指很长很细，牵手的时候，有些细细的茧子磨砺他的手心，但是，温暖得难以抵御。

众家伯母看到了，似笑非笑的，一脸八卦。阿衡轻咳，拉了长裙袖角的白绢，遮住两人的手。

孟姑娘不淡定了："温衡，你你你，怎么能非礼言希的手！"

阿衡无语凝噎，火速收手。

众伯母翻白眼：人小夫妻那叫情趣，这孩子到底哪来的二百五！

言希抽搐，对着孟姑娘，皮笑肉不笑："孟爷爷好像喝高了，狸猫你要不要去看看？"

孟姑娘昂头："不要，我爷爷让我来找温衡问清楚你和温衡什么关系的，不问清楚我是不会回去的。"

然后，她又想了想，羞答答地说："你让我走也行，不过，你也要和我牵手。"

言希脸彻底绿了。

阿衡抱头。温妈妈问："阿衡你干什么？"

阿衡想说妈妈你要对言希的唾沫做好预防措施，话音未起，言少爷已经爆发："孟狸猫，你以为自己是谁呀，要老子牵你的手？你丫还真拿自己当回事，给你三分颜色，准备开染坊了不是！你再这么多废话，信不信老子一脚把你踹到地球对岸让你和非洲土著牵手，牵牵牵牵，一次牵个够！"

狸猫怒："那你为什么牵温衡的手？"

然后，言希吼了一句话，让众家长辈当饭后笑料嘲笑了一辈子："老子牵自己媳妇儿的手，还要跟你丫商量啊！"

阿衡狂扁某人。

言希泪流满面:"媳妇儿,啊不,女儿,我不是故意的呀,你原谅我,大家都说你是我媳妇儿,然后我听得多了,一时条件反射就说漏嘴了……"

阿衡继续狂扁。

言希号:"阿衡,我真的没有想过乱伦,你相信我!"

阿衡停顿三秒,继续狂扁。

很久以后,那人笑得狡黠天真:"阿衡,你不知道,那一天,我喝醉酒,亲了你。"

阿衡,那是我的初吻呀,不是第一次的初吻,而是,为未来的夫人而珍藏的初吻。

所以,如果你找了别的王子,他没有我好,你该怎么办?

他比我好,那,我……又该怎么办?

Chapter 57

撕掉时光一日日

2001年的春节，温父军中事务繁忙，又没有回家过年，只是托人给两个女儿带了生日礼物。

思尔收到的，是一本收录着许多珍贵钢琴曲的乐谱和一串华彩夺目的珍珠项链；阿衡的，则是一管湖州紫毫笔和一方端砚。

那紫毫笔中的紫毫，取材是软细犹坚的野兔项背之毫，笔杆则是翠竹泡药去糙烤干制成，握在手中，莹润生温；而这方端砚，天然形成，有许多水纹和天青，隐隐小桥流水的姿态，却带着硬气生了傲骨一般，十分雅致冷谲。

阿衡爱不释手，温母却有些奇怪，笑道："这看着不像你爸的风格。"

过了几日，温父来电，才知道，这两样东西是他托人找来的，据说还是以前主人的心爱之物。

阿衡有些忐忑，夺人之好，不好吧。

温父大笑，并没有说别的，只是语气有些神秘也有些得意，让她爱惜着用才算不辜负旧主人。

阿衡应允了，思尔瞥见阿衡的礼物，连日来臭着的脸缓和了几分。

笔墨方砚，不算什么值钱的东西。

阿衡却对这两件生日礼物喜欢到了心坎，整天抱着傻笑嘚瑟，甚少理别人，比如，某个在生日宴上踩雷的人。

言希泪汪汪，女儿你看这里呀看这里我在这里，落寞地站在阿衡身后，放了小的飞天虎，点捻，吸引此姑娘的注意。

嗖，啪。

阿衡微微一笑，视若无睹，淡定走过。

在一旁挖坑埋鱼雷准备吓路人的辛达夷反而被吓了一跳，探了黑乎乎满是灰的脑袋，鄙视之："言希，你丫能不这么幼稚吗？"

"我高兴，你咬我啊。"言希撸袖子，点鱼雷，直接扔坑里，继续屁颠屁颠泪汪汪地追着阿衡跑。

砰，轰。

辛氏达夷长埋此坑，出师未捷，长使英雄泪满襟。

于是，此人已死，有事烧纸。

第三年了。阿衡数日子，撕日历。

高考越来越近，好像一个坎，你过了虽然没啥，但是你不过总觉得比别人少点儿啥。

言希每天看物理书、化学书看得几度想从家中二楼跳下去，就此与世长辞。

阿衡眯眼，探向窗外，目测距离速度风向阻力，微笑着对言希开口："跳吧跳吧，没事儿，死不了，连残废都悬。"

言希握拳，做坚定状："毛主席说，人虽然都会挂掉，但是我们不能像鸡毛一样没有骨气地被肯德基美帝国主义丢弃，要像泰山一样压倒物理、化学、高考三座反动派大山；毛主席还说，言希，既然你生得如此光荣，死也要死得伟大！所以，阿衡你放心，我是不会寻死的！"

辛达夷：……

Mary：……

阿衡：……

　　教室前方，黑板上挂着倒计时牌，离高考×天。每一天来到学校，当你偶尔忘记日子脑中空白的时候，不经意看到黑板上又少了一天的倒计时牌，那种冷汗倒流蹉跎了时光的感觉难以言喻。

　　每一个人都很匆忙，阿衡却很平静，她的生活一向井井有条，节奏从高一到现在就没有变过。所以大家加倍勤奋的时候，她还是平时的样子。

　　倒是温母觉得阿衡、言希都要高考了，时间紧张，心疼孩子用脑子，每天变着花样地煮补汤，什么鸡汤、鸭汤、骨头汤、乳鸽汤、猪脑汤……就没重过样。

　　思尔比两人晚一年，上高二，思莞比两人早一年，正是大一，都暂且被温家搁置了，一切都顺着阿衡、言希的意。

　　所以，温家姑娘、言家少爷，心情舒畅，人整整胖了一圈。

　　小虾如愿以偿考上了西林，高一的小少年还有了些懂事的模样，没有整天缠着哥哥姐姐撒娇，可是，吃中午饭时，是一定要去阿衡他们教室一起吃的。

　　小少年很固执，很理直气壮："阿衡姐、言希哥是我的家人，家人是要在一起吃米饭的。"

　　言希斜眼："那就吃你的米饭，别哈喇子都流在我的排骨上。"

　　小虾眼泪汪汪："哥，你是不是不疼我了，是不是不爱我了？不要啊！你不疼我不爱我我会心痛而死的。"

　　阿衡嘴角抽搐："小虾，你们班文化节演莎士比亚？"

　　小少年沾沾自喜："不是昂！我们原创的话剧！我演被班花抛弃后重

新振作然后又被校花抛弃的男主角。"

……

孩子,你这个不叫男主角,至少路人甲,至多炮灰……

阿衡撕日历,算的是三年的时光;班上撕日子,算的是七月的某一天。两者,本来没什么共通,辛达夷却怀疑她得了考前忧虑症。

和肉丝嘀咕,肉丝只是翻白眼:"你丫以为产前忧虑症啊,看清楚这人是谁,能得考前忧虑症?辛达夷你开涮老子呢!"

笨蛋,不知道缘由就别瞎猜。

高考前半个月,学校做了一份志愿调查问卷。大部分应届考生选择的基本都是B市和S市,一个首都,一个首富,老师校长都十分满意。

言希很纠结,是B市还是S市?B的话,这辈子都在家门口混,很没面子啊;S的话,生活习性相差太大,老子恐怕吃不习惯。最后,随手画了B。

看阿衡,却是空白卷面交了上去。他知道,她不习惯操纵命运,顺流而下随水东西,才是阿衡惯见的态度。于是笑了笑,也就由她。

他不知道,宠一个人应该是怎样的态度。宠着纵着阿衡的同时,却始终羡慕着阿衡对自己的态度,不温不火,不腻不淡,像极她做的排骨,让人上瘾,欲罢不能。

他却始终无法做到。往往,近之生忧,远之却生惧。

然后,教室中的那些倒计时的纸张,撕得零零碎碎,终于走到了终点。校长先生在大礼堂,考前总动员,表情激昂,汗涸湿了衣服。

众生或迷茫或赞同,或补觉或做题,或神游天外或挖鼻孔,人生百态。

Chapter 57　撕掉时光一日日

先生最后,口干舌燥,巍巍颤颤,说了一句:"你们,离校吧,好好准备。"

人生百态立刻万众一致地欢呼。

他们交换彼此的考场,阿衡和辛达夷分到了一个学校,和言希、陈倦都在不同的学校。

万幸,离家都不远。

七号、八号、九号三天,温老派了车,温母跟着,送两个孩子去参加考试。

温母在车上啰唆了一路,很是紧张了一把:"准考证、身份证带了吗?2B铅笔带了吗?橡皮呢,你们俩带齐了吗?"

言希撒娇:"姨,我带了,我和阿衡都带了,什么都带了,你不用担心。"

温母继续杞人忧天:"你们俩渴不渴,热不热?这天也是的,七月份,怎么这么热!"

话说,七月不热,什么时候热……

少年的考场离得近,先下车。

言希本来不紧张,被温母说了一路,下车的时候小抖了一下。

回头,挥手,微笑,说再见。

阿衡打开了车窗,手中握着一个瓶子,抠开,开口:"言希,张嘴。"

言希张口:"啊?"

阿衡迅速把手中一粒绿色透明的东西塞到他口中。

言希吓了一跳,闭嘴,口中却是不断分泌的津液,凉凉辣辣的薄荷香,脑中瞬间清醒许多。

是薄荷糖。

"好好考。"她微微笑了，眉眼很温柔安静。而后，摁了按钮，玻璃窗缓缓合上。

"言希，如果可以的话，我想，和你上同一所大学。"那声音很小，像呓语，却又清晰地在他耳畔。

言希，如果可以。

九号，考完的那一天，大家都疯了，这一堆儿搂着猛啃，那一窝抱头痛哭，话颠来倒去，就那几句。

"老子不容易啊，呜呜呜呜，等咱上了大学，一定一天交一个女朋友还没人敢说你早恋！"

"老娘不容易啊，呜呜呜呜，对了，数学第三题，是选C吗？"

连辛达夷和Mary这样平时没有给过对方好脸色的主，都抱着转圈圈了。

言希道："阿衡阿衡，我们也抱着转几圈吧？"

阿衡道："话先说清楚，是你抱着我转，还是我抱着你转？"

让你抱我，你那小身板儿，可能吗？让我抱你，那就更不可能。

于是，俩人大热天跑到鲁家面店，两碗牛肉面吃得哧溜哧溜汗流浃背，就算是庆祝了。

然后，俩人齐齐缩到空调屋里等成绩，重新开始过颓废日子。

言希唉声叹气："好无聊啊、好无聊。"

阿衡拖地，拖把戳了戳四仰八叉躺在地板上装尸体的某人："往旁边躺躺。"

言希"哦"，翻身，继续唉声叹气。

阿衡瞄了眼挂历："成绩不是说明天出来吗？"

言希点头，打哈欠："准确地说，是今天晚上十二点。"

阿衡皱眉："但是，爷爷应该会提前给高考办公室打电话问成绩吧？"

话音刚落，电话已经响了起来。

言希、阿衡四目相对。

"咳，你去。"

"你去。"

"阿衡，你长得可好看了。"

"你还长得可帅了呢。"

"你美得天下无敌。"

"你帅得宇宙第一。"

"你去。"

"你去。"

"……"

"……"

"……阿衡，我害怕。"

"我也是。"

"那不接了吧。"

"嗯。"

铃声响了很久，终于停止。

阿衡沉默了许久，问他："你怕什么？"

言希望着天花板，开口："我怕的东西多了，我怕看错题涂错卡，我怕字写得太漂亮考官欣赏不了，我怕辛苦很长时间什么都得不到，我怕所有的人都走远了而我还留在原地不动……"

阿衡看着他，微微垂头："你知道的，这场考试，我不会为了谁，故意写错，或者少考多少。"

"这话，真的残忍。"言希把头埋到抱枕中，低声笑开，"既然这样，那你又害怕什么？"

阿衡轻笑："我也不知道。"

怕我考得好的时候，你考得不好；怕我考得很好的时候，你只是一般的好；怕我故意考得不好的时候，你却意外地发挥得很好；怕我真的考得不好的时候，你却真的考得很好。

这么多排列组合，你要听哪一种？

哪一种，让我们更快地找到另一种生活的契机，彼此都成为生活的棋子，连所谓亲情，也变得淡去。

喜欢一个人的时候，每每听到对方只是随意的问话，可到了你的心中，重重的，似乎就有了暧昧的时机。回答了，便可以挑明心思，便可以逼问他好或是不好，便可以把所有重负压给他，作为你暗恋的时光的报复。

她如果没有说，我也不知道；如果她说，我害怕，以后不能和你在一起。

如果……

如果她不是很喜欢很喜欢他的话，想必，就能说出口吧。

Chapter 58
很喜欢很喜欢你

言希想起什么,笑了:"大不了,把'高干子弟'四个字坐实了。"就是考不上合意的学校,还有一个好爷爷在那儿顶着呢。

阿衡沉思:"这样,也好。"

她语气平静,却吓了言希一跳。依阿衡平时的迂腐固执,似乎是以身为靠祖荫的纨绔子弟为耻的,却不想,这姑娘今天竟会说出这样的话。

那少年目光潋滟,不作声。

然而,心中有一些东西,尘埃落定。

半分钟后,电话铃声又起。阿衡接了电话,不知道对方说了什么,她的眸光沉沉浮浮,紧抿着唇,表情无甚变化。

"怎么了?"她挂了电话,他问。

阿衡凝视窗外,半晌,嘴角才含了笑:"言希,爷爷说,虽然你考得不如我好,但已经是极好。"爷爷轻易不夸人,这个"极",含金量不小。

于是,命运给我们创造了最好的天时地利。

言希半晌没反应,看着阿衡,愣了:"那你矫情什么呢!"冲上前抱着她,笑了起来,唇咧成了心形,"阿衡阿衡,我们要一起上大学了。"

他说"一起",她的眼睛益发温柔好看起来。

"言希,你不反悔?"她问他。

少年笑,连日来的忧思倾泻了,朝后倒在地板上,闭上眼懒散地问她:"反悔什么?"

阿衡想了想,觉得自己糊涂了,怎么问出这么没头脑的话。

"也没什么。"大概是高兴坏了,想得太多。

阿衡、言希、辛达夷、陈倦四人,成绩均超出了第一批次录取分数线许多,志愿报得好,一个好大学是没问题的。尤其是阿衡,第一次考了西林第一,还是这样的情形,前途光芒耀眼。

领了志愿表,回了温家请教长辈意见,温家瞬间炸开了锅。

这厢,温老喜滋滋地指着志愿书上金晃晃的B大:"这个不错。"他是抱着这样的想法,孙子Q大,孙女B大,全国最高的两座学府,这辈子就算被掘了祖坟腰杆依旧粗壮。

温母含蓄并随意地指了指有名的F大:"其实,这个也行。"进B大,状元就悬了;进F大,学校虽然次B大一些,但状元没跑的。去年没当成状元的妈,让她很是伤感了一番。

"Q大吧,还是Q大好,我熟悉环境,阿衡去了有人照料。"思莞瞄了言希一眼,知道言希的成绩虽然上Q大悬,但爷爷手里每年还有几个推荐名额呢,怕什么。

他这个,叫曲线救国。

思尔看着各怀鬼胎的家中老少,冷笑:"你们是不是把爸爸给忘了?"

众人装作没听见,三派吵得火热。

"B大好,B大伙食好校品好学风好。"

"F大好,F大人人聪明,进去的就是蠢材出来了也是天才,听说搞传销贴广告的都不敢进他们学校，怕被骗。"

"Q大好，Q大闹事少谈恋爱少，连跳楼自杀率都在逐年减少，最关键的是如果不好，你们为毛让我上！"

……

第一回合，不分上下，脸红脖子粗了，两老愤愤去喝水，一少酒窝僵硬揉了半天脸。

转眼，看沙发，空空如也。

"这俩人什么时候走的？"思莞纳闷，怎么没注意。

思尔笑："你跳楼自杀的时候。"

思莞囧："啊？"

思尔撇嘴："你说你们那学校跳楼自杀率逐年减少的时候。不过，哥，你吹牛不嫌牙疼啊？前两天自杀的那个敢情不是你们学校的？"

思莞讪讪："那个不是跳楼的嘛，是跳水自杀来着。我也没撒谎。"

是，跳楼自杀的逐年减少，跳水投奔屈原的逐年增多。

辛达夷是家中独子独孙，被辛家老少念叨了一天，借着尿意从一楼卫生间翻窗遁走，和阿衡、言希集合。

"咱们happy去吧。"辛达夷自从成绩出来，就过得凄凄惨惨，三姑八大姨，每天轮番轰炸，哎哟，我们达夷就是争气，恨不得一人抱着啃一口。难为达夷小孩个性，在长辈面前既憨且乖，忍呀忍的，差点憋出便秘。

"去哪儿？"言希也是闲得发慌。

辛达夷豪气地开口："走，咱唱K去，老子请客，我三姑奶刚给的红包。"

阿衡想起言希唱歌的情形，抽搐："就咱们仨？人……少了点。"

没人跟自我感觉良好的这厮抢话筒，她的耳朵恐怕不用要了。

辛达夷一想也是，出去玩就是找乐子的，人越多越热闹。

"那叫上思尔、思莞、孙鹏一道？"

阿衡想了想，微笑："Mary 一个人在家很无聊，也叫上他吧。"

辛达夷本来不乐意，但是想到阿衡一般不开口主动要求些什么，实在难得，点点头答应了。

若问他，和陈倦是不是朋友，他势必会摇头；但是问，是不是敌人，他兴许，犹豫几秒钟，还是要摇头。

对陈倦的感觉太微妙，虽然看彼此不顺眼，但是由于两年的同桌三年的同学关系，却能轻易想到"陪伴"二字。

那人的人品做派风格爱憎，他统统不喜欢，不停地批驳不停地反对，连自己都纳闷那年的一见钟情怎么会来得如此毫无章法。

兴许，当年年纪小。

QG 是一家很有气氛的 KTV，很亲民的风格，每晚人都爆满，来来往往，极远处都能听到鬼哭狼嗥。

辛达夷请客，一众人上了三楼的包间，走楼梯，脚下都一震一震的。

阿衡从来没来过这种地方，心中好奇，朝闪着变色灯光的廊间看了看，隐约有人影依偎着，却被言希挡住了视线。

少年脸微红，阿衡明白了几分，移了目光，正巧对上了思尔。这姑娘看着她，目光发冷，有着说不出的别扭。

阿衡叹气，她和思尔，一辈子都要这样吗？

孙鹏看到了，笑眯眯地揉了揉思尔的长发："小美人，你又郁闷啦？"

思尔翻白眼："谁郁闷了？"

孙鹏笑得更大声，眼睛亮晶晶的："连翻白眼都和你哥这么像。"

思莞捶他："少污蔑人，我什么时候翻过白眼？"

Mary 笑得眉眼风光明媚，整天见糊涂人，总算出个聪明的了。

孙鹏转眼，看到肉丝，笑得极是斯文败类："这位美女从没见过，姓甚名谁，芳龄几何，成家否？"

Mary 装作满面桃花红，抛了个媚眼。

辛达夷抖了抖身躯，不客气地推了 Mary 一把："你丫个死人妖，能不恶心人吗？几百年前的丝巾都扯了出来，围脖子上也不怕长痱子！"

陈倦淡定，暗地踢他一脚，耳语："我长痱子我买痱子粉我乐意，你要是搅散老娘的桃花运，信不信老娘这辈子都缠着你？"

辛达夷哆嗦，但是想了想，还是咬牙横在孙、陈二人之间，挡住了两人的视线。宁可让这死人妖缠一辈子，也不能让他去祸害自家兄弟。

此人非男非女，杀伤力……太大。

孙鹏笑了，斜歪在言希身上看戏。

言希推他，不动。继续推，又不动。斜眼，张嘴，白晃晃的牙，准备咬。

服务生拿房卡开包间的门，孙鹏低声戏谑："言少，您先歇歇嘴，我讲一件事，说完再咬也不迟。"

本来包厢外灯光就极暗极暧昧，众人未看到两人的小动作，鱼贯而入。

孙鹏拉着少年走到走廊尽头的暗角，言希皮笑肉不笑，问道："说吧，什么事？"

孙鹏面上是极怅然的表情，轻轻开口："有人让我问你，是否还记得四年之约？"

言希有些迷糊，四年，四年，是什么，已经遥远。

蓦地，记忆的深处，一双星光流转、凝滞了冷绝的黑眸，平平缓缓，铺天盖地。

少年笑，眉眼淡去了许多生动："现在他在维也纳，还是美国？"

孙鹏面容有些狡黠邪气，上手，恶作剧地捏言希的脸："昨天给我打电话的时候，他的手机号码已经换成了国内的。"

他已经……回来了？

少年愣了，没顾得上脸上的疼痛，若有所思，半晌，垂眸，浅淡地笑："回来就好。我和……阿衡、达夷他们过几天，填报好志愿，给他接风洗尘。"

孙鹏松手，看到言希白皙的脸上被他掐出的红色的印痕，有些讪讪这人怎么不还手，拍拍他的肩："他现在大概没空见你们，正整理证据，准备把林若梅培养的势力一举击垮。"

言希皱眉："林家的人在陆氏已经如此猖獗了吗？"

孙鹏摸摸下巴，正经了脸色："倒也不是，陆老爷子在那儿顶着呢。怎么着外戚也只是狐假虎威罢了。只是你知道，陆流一向守信，他说四年就一定是四年。"

当年，陆父早亡，陆流年幼，林若梅接掌了陆氏大权，为了更好地控制公司，换了一批元老，各个部门都安插了娘家的人，处处压制陆家人，一时间，林若梅和陆老爷子关系闹得很僵。而后又因为陆老和孙子感情深厚，怕儿子受公公影响疏远自己，狠了心把陆流送到国外留学。近几年，林家、陆家两派为了争权，在陆氏更是斗得你死我活。

言希想起什么，平淡地开口："陆流怎么对林若梅的？"

孙鹏想起陆流之前对付亲生母亲的手段，干净、残酷不带任何感情，实在是很奇怪，只含混地说了句："他掌握了公司的董事会，还没有下最后结论。"

言希头抵着墙壁，指缝是墙粉极淡的色，黑发在光下闪着幽紫，一动不动，时光似乎在他身上风化了，许久许久，开了口，语气终于释然："孙鹏，你也替我转达一句话。"

"什么话?"

"言希有言希的恩怨,陆流有陆流的恩怨,我是我,你是你,两不相干。"

言希转头,细碎的目光,沿着一隙,投向包厢,浮散的光影下人形模糊,看不清,那个微笑的谁,凉月昙花一般,却似乎,已经很近很近了。

一刹那,黑白的电影。

那眸中,分明的温柔。

言希、孙鹏回到包厢的时候,思尔正和阿衡在角落说着什么。思尔看到言希进来,唇角一丝笑容,一闪而过,却俨然示威。

阿衡抬眸,看到了两人,微笑,轻轻颔首,晃了晃手中金色的液体。

十块一杯的大扎啤。

孙鹏瞄了言希一眼,脸上是很同情、很同情的表情,言希翻了翻白眼,挤到众人之间坐下。

思莞正纠结着眉毛、便秘着脸、极深情地唱着《我爱你你却爱着他》,眸光几度哀怨地转到言希身上,众人抽搐。

思莞便秘完,大家刚松一口气,屏幕上又显示了"路人甲"三个字,正问是谁点的,Mary 已经极悲愤地抱住了话筒,开始号:"……我是你转头就忘的路人甲……我这个没名没姓的路人甲……"

一到"路人甲"三字,就对着言希吼,吼得言希心肝直颤。

这厮,大概也知道了陆流回国的消息。

孙鹏不明就里,佩服得两眼冒星星:"言希你也太牛了,这样的极品美女和你也有一腿啊?"

言希不客气,帆布鞋踹到孙鹏脸上:"我和你还有一腿呢!"

孙鹏斯文的面孔笑眯眯的:"我倒是欢迎,就怕阿衡回头跟我急。"

忽而，这人想起什么，饶有兴致地对着言希开口："哎哎，你说，阿衡知不知道，你知道她喜欢你？"

包厢中音响声音很大，如果不是坐得近的彼此，根本听不到对话。

言希愣了，背向后缓缓地放松，整个人全部的重量投到沙发中，唇角微扬，淡淡的，似有若无的笑。

他们一群人在KTV闹到凌晨，歌没唱多少，啤酒却灌了一肚子。Mary拉着阿衡对饮，喝了快一整桶，拦都拦不住。最后，俩人醉得东倒西歪。

街上已甚少有出租车。大家思忖着离家并不远，便想着走回去算了。俩醉孩子，大家轮换着背也就是了。

言希却不同意，情愿走得慢一些累一些，也坚持一个人把阿衡背回家。

她在他的背上，乖得不像话。

"言希。"这姑娘说醉话，小声地喊他的名字。

言希瞥了她一眼："笨，喝这么多酒，不知道难受吗？"

"言希。"她喊得很认真，轻轻地扬起，缓缓回落的音。

言希。

言希无奈，嘴角浮了些许的笑意，目光变得温柔清亮："这样简单的心思，还以为全天下只你一人藏得深，别的人都不知道。"

连"言希，我喜欢你"这样的话都不敢说的傻孩子。

这么傻。

她忽然哭了，在他背上抽泣，豆大饱满的泪珠，全部糊掉在他的衬衣上。

"言希……思尔她说……你对我好……你对我这样好……是为了让我逼着爷爷解除婚约……这样……你就能和陆流在一起了……"

Chapter 58　很喜欢很喜欢你

言希身躯微颤，瞬间，眉眼隐了情绪，默默地继续背着她，向前走。

"言希……思尔说你喜欢陆流……很喜欢很喜欢……比我喜欢你还喜欢……

"她说……卤肉饭喊的不是卤肉……是我误会了……它喊的一直都是陆流……是你教它的……"

这姑娘一直小声地哭泣着，憋得太久，声音变得喑哑，她小声地，连失去了意识都在隐忍。

"言希……你……后不后悔……说要和我……一起……"

他说，阿衡阿衡，我们要一起上大学了。

一起，很远很远的一起，一起上学，一起放学，一起吃饭，一起看动画片，一起牵着手，向前走。

四年前，陆流离开的时候，送给他一只笨鹦鹉。他教它任何话，它都不会说，只懂得喊"陆流"二字。这二字，其实是陆流教它的。

这只鸟比金丝雀强不了许多，喂了药，他便是放它自由，它也无法离去多远，只能长长久久地待在他身边，提醒着他，世界上还有一个人，叫陆流。

他微微叹气，皱了眉，眼波清澈，平淡地开口："阿衡，虽然我并不清楚，你们口中的很喜欢很喜欢是多喜欢，可是如果，你能再等一等，等着我，我想要，和你在一起。

"我想要，试着，很喜欢很喜欢你。"

Chapter 59
第三陌是七宗罪

那一条路,他背着她,走了不知有多久。

前方,嬉笑欢歌的那些熟悉的面容,也终究,在凌晨的雾色中,成了灰色的布景,像极他每每在相机镜头中定格的魂。

背上的这个人,待他这么好,似乎也只是年少的一个回忆,如同,陆流;如同,林弯弯。

没有差别。

一不留神,对他失望,继而,放手,远去。

就算他说,我想要很喜欢很喜欢你,也没有用。

于是,这样的想法,是他很久之后,能想起的对阿衡、对那年最后的印象。

她在他背上,两个人接触的皮肤,只剩下,体温逼出的汗水。

父亲给她打了电话,提供了自己的意见。

这通电话是她早上醒来时接到的,她迟疑了几秒,说:"爸你让我再考虑考虑。"

宿醉之后,喉咙很干,头很重。阿衡拿着志愿书,边翻边揉太阳穴。

Z大吗？很好的学校，坐落在H城，离乌水很近。

啪，鲜艳艳的鼻血滴在了书上，阿衡捂着鼻子跑到卫生间。喝酒喝得太多，天干物燥，似乎特别容易流鼻血。

她用水洗鼻子，红色的血被水冲淡了，仰头，拍额头。

睁开眼，看到的却是言希的一双大眼睛。

阿衡吓了一跳，想要低头，却被他制止。

"不要动。"他皱眉，指很凉，轻轻拍着她的额头。

"怎么会流鼻血？"少年嘀咕着，"我听别人说，只有小孩子才会自己流鼻血。"

嘴唇很干，起了皮，她舔了舔，却有一丝血腥气，沮丧："我下次，再也不喝酒了。"

喝醉了，副作用无穷大。

头疼流鼻血还算小事，只是，听一些不该听的东西，然后，信一些不该信的事情，就不好了。

"言希，思尔昨天跟我说了一些话。"阿衡慢吞吞地，"她说——"

"不用信。"他平淡地开口。

"嗯？"

他望着她鼻子下留下的淡淡的血渍，掌心贴在她的额上，微凉柔软的触感，清晰地又重复了一遍。

"不是我亲口告诉你的，不要，相信。"

"哦。"

顾虑到言希的成绩，阿衡想着还是报T大算了。综合类的院校，文理水平很平均，言希对偏文的东西兴趣浓一些，她则是一心想学医。

在在的病，始终是她心中的一根刺。

和他说了，少年鼓腮："我听说 T 大食堂做的排骨很难吃。"

她瞟他："B 大的排骨倒是好吃，你怎么不考个高考状元？不上不下的成绩，还这么多废话。"

少年含泪："T 大就 T 大！不过阿衡我先说好，我是绝对不住学生公寓的，我要回家吃住。"

"好吧好吧，回家，我给你做排骨。"她看着他，笑容宠溺。

她说："言希，但愿，你不会吃腻。"

他笑："阿衡，那是排骨呀排骨呀言希最爱最爱的排骨。"

听到这句话，忽而，有些心动。

最爱最爱。

从他的口中，多难得。

她似乎一直想尽办法，在自己所拥有的空间，对他倾尽所有。只是这空间，不知够不够成全他的自由。

她是，会做言希最爱最爱的排骨的阿衡。

不是，最爱最爱的阿衡。

报志愿的最后一天，是他的生日。

他和她填好的志愿表交叠在一起，放在了玻璃茶几上。那是他们经常在一起写功课的地方，很好的角度，可以偷瞄几眼电视。

她说："言希，等庆贺完你的生日，我们就去交志愿表。"

他点头，干脆的一声"好"。

那一日，几乎所有的朋友都到了。很大的蛋糕，鲜艳怒放着向日葵，被他们当成了玩具，几乎全部砸到了他的身上。

他笑得无辜而狡黠，睁一只眼闭一只眼，由着他们闹。

"言希，你还是和以前一样，不堪一击。"

清淡如流水的嗓音，大家转目，门外站着一个少年，远远望去，像是一整块的和田白玉，细笔写意，流泽无瑕。

　　"陆流。"陈倦怔了，站起来，放下手中甜腻的蛋糕，像个手足无措的孩子。

　　"好久不见。"那少年淡淡颔首，眸子看向众人，是微敛的古井潭水。

　　无喜色，无怒色，无不端持，无不和容。

　　陆流，这就是陆流……

　　这是阿衡第一次见到陆流。

　　许久之后，才知道，这个人，是她生命中，除了言希之外，最大的浩劫。

　　他目光没有斜视，走向言希，在室内的光线中，右手中指指骨上有一处，闪着冷色的银光。

　　Tiffany。

　　那人瞄过言希的右手，白皙，空空如也。抬起他的下巴，居高临下，淡淡问他："我给你的戒指呢？"

　　与对众人和蔼清淡态度完全不同的对峙敌意。

　　言希甩掉那少年的手，抹了一把脸上的奶油，却只能看清那双漂亮的大眼睛："扔了。"

　　少年的目光墨色流转，他薄唇微抿，摘掉右手的戒指，那样一个冰冷的东西，随手递给了阿衡："初次见面，温衡。小小的见面礼。"

　　铁灰色涸蓝西装的袖角，和田玉色的手，高贵华泽的指环。

　　她微微抬头，眼睛却忽然痛了起来。

　　好痛。

　　他们喝了许多酒。

阿衡觉得很闷，走出去透气。回廊上却站着两个人。

粉色的、洇蓝的。

弥漫着雾色的声音，穿不透。

"如果你没事，跟我回美国。"

"给我一个理由。"

"林若梅交给你处置，怎么样？"

"她和我的恩怨，你无权插足。你和她的恩怨，我没有兴趣。"

"你入戏太深，演过了。"

"跟她无关。"

"言希，不要拿温衡挑战我的底线。没有用。"

"我说了，跟她无关。"

"如果是因为思尔，你身上何时有了当'好兄长'的天赋？"

"我爷爷的嘱咐，要照顾她到十八岁。"

"她的生日是冬天，已经过了很久。"

"……我和阿衡自幼有婚约。按她希望的方式爱她一辈子，让她平安欢喜，是言家和我欠她的。"

"言希，你还会爱吗？这笑话不好笑。"

"不爱，至少也不提前放手。"

他们在玩一个传话的游戏。

许多人。

第一个人说出一句话，耳语传下去，到最后一个人，公布答案。

如果和第一人说的不同，要找出究竟从哪一个人开始传错，这个人，要罚酒。

思尔和她坐在一起。她附在阿衡的左耳，轻轻滑过的嗓音，像绷紧的琴弦，带着快意和戏弄："告诉你一个秘密，温衡。我姓言。"

阿衡微笑，凑在达夷的左耳，轻轻说了一句话。

达夷是最后一人，有些迷糊地公布答案："不是你亲口告诉我的，我不信。"

思莞讪讪："怎么差了这么多。我最初说的，明明是'欢迎回来，陆流'。"

言希站在不远处，他静静看着她，脸色苍白。

阿衡微笑："是从我这里传错的。"

她端起玻璃杯，喝下罚酒。

那样缓缓慢慢，漾开温柔。

黛山明水，笑意漫天。

陆流走进言希的家，轻车熟路。

卤肉饭落在那少年的肩头，激动地喊着："卤肉卤肉。"

陆流，陆流。

陈偌的眼中，是悲伤；思莞的眼中，是……绝望。

她说："哥哥，你不要这个样子。"

她第一次，喊思莞哥哥，轻轻捂住了他的眼睛。

却是，这样的情景。

下午五点，是交志愿表的最后时限。

她给陆流煮了一杯咖啡，那香味，浓郁中是微妙的苦和甜。

然后，她带了两份志愿表，向学校跑去。

一路上，有许多巷道小路，一条永远有许多行人的商业街，一个旷久待修的广场，这似乎是她和言希一同走过的三年，全部的回忆。

她抬眼时，广场上几乎锈了的大钟，快要走到尽头。

跑到时几乎喘不过气,失了重心,她推开办公室的门,那么响的声音,把班主任郭女士吓了一大跳。

"阿衡,选好了吗? Q大还是B大?"

"老师,还有空余的志愿表吗?"

阿衡,阿衡,你还有别的选择吗?

为何,不归来。

从哪里开始,在哪里终结。

她去机场送言希。言希的癔症,要到美国做彻底的检查。

他背着红色的旅行包,一如当年带着她离家出走的模样。

他说:"阿衡,你乖乖在家,等着我,知道吗?"

她摘去他的墨镜,踮脚,亲吻他的眼皮。

曾经有一个男子,这样吻过她。

"言希,不要忘了回家的路。"

她微笑,对着他,最后一次。

言希,没有我在家等着你,不要,忘了回家的路。

那一年,日历,终于撕到尽头。

Chapter 60
何人何时在何方

Z大医学院女生宿舍208寝室如同往常一样热闹。

"然后，凤凰出了国，乌鸦被嫌弃，踹下了枝头。"

"然后呢？"五双眼睛，在黑暗中齐刷刷地看着下铺。

"然后，没了。"软软的声音。

"喊。"五个人又同时缩回脑袋。

"不愧是小六讲的故事，很好很没意思。"某一人打哈欠。

"我还以为乌鸦会彻底抱住梧桐树，死也不被其他凤凰踹下去。三流剧本三流导演三流演员，除了美少年一坨尚可观，其他演员Pass。"某一人点评。

"介个好感伤好感伤，乌鸦跟凤凰，好感伤的爱情哟。"某一人捧心。

"楼上的注意，下次别用方言，尤其是天津话装林黛玉。"某一人淡定。

"嘛！天津银儿，不让用天津话，介还让不让银活！"捧心的立刻捶床板，落了楼下淡定的某人一脸的灰。

然后，楼下的开始爬楼，一阵打闹，胳肢胳肢，憋笑，床板快被震塌。

对床上铺，打哈欠的幽幽开口："我数一二三，你们两个再闹，连床带人一起扔出 208。"

对床下铺,点评的嘿嘿坏笑了:"我热烈拥护大姐。"

捧心的僵硬了,淡定的则轻咳:"六儿讲的故事还是不错滴,起码教育我们,跨越种族的爱没有好下场。完毕,小五补充。"

靠近门口的那张床上铺,被称作小五的某人看了看床头的电子表,眼睛亮了:"别吵了,你们讨厌!DJ Yan 的 Sometime 开始了,你们要不要听?"

被称作大姐的那人往毛巾被里缩了缩,懒懒地开口:"你姐一把年纪老胳膊老腿的,早过了追星的年纪,不比你们小孩儿有时间有精力。"

其他人也都打着哈欠翻了身,毫无兴趣。

小五郁卒地戴上耳机,却听到下铺轻轻叩床板的声音,转身,小六双手扒着床板,歪着脑袋,笑呵呵地看着她:"五姐,我也想听。"

小五眉开眼笑:"哎哎,还是我们阿衡知道好歹,还是我们小六可爱,来来,快到五姐的怀抱中来。"

我们一起 Sometime。

有时候。

B 市。

他到 Cutting Diamond 的时候,刚好是夜晚十一点。

B 市最有名的夜店——切割钻石,准确定位一下,就是只要花得起,就能获得一切快感的地方。金碧辉煌,璀璨靡丽。

他随手把车钥匙扔给了侍应生——像是新来的,面目很清秀,以前没见过。

"先生,您是要停车吗?"

这人不认识他,显然的。

Chapter 60　何人何时在何方

他点了头，大步向前走，右手提着的篮子晃动得很厉害。

"先生，您等等，现在地下车库没有车位了。"

小侍应有些为难。

迎面过来一人，是常见的侍应小周，拿过小侍应手上的红钥匙，挥挥手，喝退了他。

"言少，新来的，不懂事儿，您别见怪。"小周赔礼，躬身，"还放老车位，跟陆少、辛少挨着？"

言希有些不耐烦："随便。"

小周笑，讨好："您总算到了，刚刚几位公子都等急了。陆少让我下来接您。"

他点头，把右手中的篮子递给小周，小周接过，篮子中却忽然伸出一个小脑袋，毛茸茸的，像条毛巾。

"哟，好漂亮的狗。言少养的？"小周笑道。

他漫不经心，边走边叮嘱："它这两天便秘，别喂肉。"

小狗哀怨，呜呜地用小爪子扒篮子，泪眼巴巴的。

他转身，细长的食指轻轻挠了小狗的下颔，似笑非笑："我不是你娘，这招对我没用。"

小周奉承："这狗真有灵性，真聪明。买时要花不少钱吧？"

"菜市场捡的，不要钱。"

小周的脸僵了一下，随即笑开："言少真爱开玩笑，这狗一看就名贵得很。"

言希平淡地开口："小周，你预备转 MB 了，是不是？"

小周脸上的笑挂不住了："言少，小的长得丑，干不得那个。"

Cutting Diamond 会定期选一批 Money Boy，一般都是一些被生活所迫，加之长相优质的年轻男孩，经过训练，以满足那些想要尝鲜的有钱男人的猎奇心理。

言希淡讽:"这么巧舌玲珑会哄客人开心,用不用我跟你们老板推荐一下?"

小周噤声。

言希坐电梯到了七楼 VIP 区,刚推开门,就见偌大的房间里,四个人坐四边,呼啦啦摸牌扔牌,于是黑线,扭头就走。

辛达夷探头:"哎哎,美人儿你去哪儿?"

孙鹏笑了,拾牌:"回来回来,没想让你打麻将。"

陈倦摸牌,扔出去一张:"言大少,丫学学打麻将,能死不能?"

陆流抬眼,也笑:"他认牌都认不全,怎么学?"

言希走过去,瞪着大眼睛:"我怎么不认牌了?"

陆流也随和,修长的指捏着雀形的方牌,敲了敲桌子:"这是什么?"

言希愣了愣,大骂:"这不是……小鸟吗?陆流你侮辱老子 IQ!"

一桌四个笑喷了仨。

咳,孩子,虽然它长得像小鸟,也确实是只小鸟,但它真的不叫小鸟叫一条。

孙鹏:"哈哈,言美人儿,快到哥哥这儿来,你真是忒可爱了,我教你。"

言希黑线:"你们继续,当我没来过。"抬脚,转身就要走。

陆流拽住了他,摁到一旁椅子上,眉眼流转了星光:"至于嘛,兄弟间开个小玩笑。"

言希挥手:"行了行了,就你们几个,有话快说。我做节目快累死了,这会儿只想睡觉。"

辛达夷纳闷:"言希,你这么缺钱吗?哥几个,陆流都没你忙,一会儿电台 DJ，一会儿 T 台走秀。"

言希挑眉："钱多不烧手吧？"

Mary 勾了勾唇："倒不是这个道理，关键是你言大少，不是最烦人多的地儿吗？"

孙鹏双手摆成塔尖状，一张清俊的脸，笑起来带了三分邪气，暧昧地看着他："对了言希，前两天，从楚云家里走出的陌生俊俏男人是你吧？报纸上可是写着，身形疑似 DJ Yan。"

言希不咸不淡地开口："你们都太闲了，吃饱了撑得是不是？"

辛达夷挠头："楚云，谁啊？"

陈倦拿葡萄扔他："笨死你算了，连楚云都不知道。就那个王牌美女主播，网络普查，B 市男人最想要得到的女人。"

辛达夷恍然："哦，36D 的那个，想起来了。"

陈倦直接拿麻将砸。

辛达夷愤愤："你疯了是不是？"

陆流抬眼，问言希："没动真感情吧？"

言希冷笑："老子就算动真感情也没什么吧？"

陆流淡笑："本也没什么，只是记者再纠缠下去，怕是连你的身家都抖出来了。楚云是什么样的女人，你比我清楚。"

言希心烦，还没开口，手机就响了，铃声是 Sunmin 的 *The Rose*，很是动听，倒是和说话的气氛有些风马牛不相及，显得滑稽。

言希走了出去，接电话。

返回时，他脸色不怎么好看，大眼睛瞥了陆流一眼，皮笑肉不笑："你什么意思？"

陆流拿起桌上的红酒，晃了晃，淡淡地问他："什么？"

"陆氏秋季的发布会，模特怎么找到我身上了？"言希不耐烦了。

陆流淡笑，面上没有波澜："我昨天圈了八个人，形象都不怎么符合，董事会有人递上一个建议，说是 DJ Yan 不错，让我好好考虑。"

孙鹏凑上去看了眼企划案，若有所思："优雅、棱角、高傲、魅惑，企划案的四个主题都占了，是不错。"

随即，桃花目含了笑，低头啜了啜红酒，又抬头："言希，不妨一试。"

陆流醒了新酒，倒入高脚杯，分给众人，又执起酒杯一一轻碰，唇角无笑，目光却含了三分笑意，到言希时，淡淡开口："我干杯，你随意。"

言希挑眉，仰头咕咚，红色的液体顺着微红的唇流入喉，颈间白皙，映着鲜红，有些刺目。

陆流望着他，目光深邃了，古井微波，瞬间倾城。

Chapter 61
云想衣裳花想容

一班班长李小胖和颜悦色:"温衡同学这次考试又退步了,真是可喜可贺,同志们鼓掌。"

哗哗,如潮的掌声。

"这孩子真牛,只一年,硬生生从年级第一滑到年级七十,非我医学院一般人能及也。"

"啧啧,这速度,这效率,快赶上'神三'了。"

"嘿嘿,有阿衡,我觉得我这次退步二十名还是可以忍受的嘛。"

众人扇凉风,手搭凉棚作壁上观看戏状。

温衡窘。

小胖站在讲台上,和颜悦色地狞笑:"孩子,还记得我们院怎么分的班吗?"

温衡答:"成绩。"

小胖再问:"咱们是几班?"

再答:"一班。"

小胖龇牙,俩小眼笑成一条缝:"今天出成绩,赵导办公室二、三、四、五、六班那帮兔崽子可都夸我了,说好好的年级第一都被我培养成了年级七十，多人品多功劳，一般人干不出这事儿。"

温衡点头："是挺不容易的。"

小胖掩面："你太堕落太无耻太丑陋太残忍了，我都不忍心看了。"

温衡："全靠班长教得好。"

小胖泪流满面："我都是变着法儿地教你们怎么欺负细菌宝宝，从切割人肉纤维中获取快感，什么时候教你这个了？"

众人呸。

李小胖你不要脸。

李小胖你很不要脸。

李小胖你绝对不要脸。

李小胖掏耳朵，装作没听见："好了好了，这次班会到此结束，没考好的抱头唱国歌，考好的下次考不好再说。重点研究观察温衡同学，必要时对其监督谴责，下次在街上卖场、KFC、MC等地看到此人卖笑，拖回来群抽之。"

阿衡泪："小胖你不能这个样子，你是不知道没饭吃没衣服穿的辛苦，全亚洲有多少儿童挣扎在饥饿线上，我打工都是为了养活自己，班长！"

小胖揪孩子小辫儿："把你老公卖了吧，顾学长值不少钱呢。"

阿衡淡定，摇头："不要，麦兜说绝对不出卖自己的鸡，所以，我也不能出卖自己的人。"

门口有人笑着鼓掌。

阿衡扭头，一群白大褂，大五的一帮老孔雀。

所谓老孔雀，就是年过婚龄还小姑独处，跟低龄学妹相处时处处散发风骚气息的男人们。

"阿衡，这话我可得跟飞白好好学学，让他听听。"说话的是顾飞白的好友。

所谓顾飞白，则是她的未婚夫，她父亲连同顾家大家长钦定的。

高三暑假，父亲特地回家，把她带到H城相亲，然后，貌似顾飞白涵养很好，虽然对她很是不耐烦，虽然看见她高挑着眉装没看见，两人还是被父亲以及顾飞白的伯父敲定了婚事。

说起来，阿衡也很头疼，这个顾飞白，其实就是之前满面青春的小白同志，谁晓得两年不见，就长成了这副模样：打着Z大天才校草的名号，左手奖杯，右手手术刀，嘴里念着演讲稿，脚下，还不忘漠然地踩过一封封粉红情书。

实在是让阿衡的脑容量CPU难以瞬间接受。

两个人感情一般，比起天天闹分手的好一些，比起天天在宿舍楼前抱着啃的差一些，算是老实本分的类型。但是，由于顾飞白无时无刻不是一张没表情的脸，所以，两人的相处模式，在外人看来，难免有女方过于主动的嫌疑。

"南极不是一天融化的，师妹节哀。"恰有一人坏笑。

"革命尚未成功，小嫂子继续努力。"又有一人附和。

阿衡抽搐："多谢师哥教诲。"

最后一人拍脑门："噢，对了，阿衡，飞白今天在实验室跟进张教授，大概晚上十点才能结束。他让我跟你说一声，晚上不能跟你一起吃饭了。"

阿衡呵呵笑："好，知道了。"

她晚上七点打工，其实也不怎么有时间见顾飞白，只是两个人习惯了一起吃晚饭，不见时总要和对方说一声，算是恋人间的一种默契。

晚上是在一家面包店打工，一个普通的小店，装潢普通，味道普通，偶尔厨房还会拿出做坏的蛋糕，所以，只有口福不错。

一个小时七块五。

也就是从夜间七点到十点，能挣二十二块五。大概，维持三天饿不死的程度。

爸爸说，阿衡，做个好医生吧。

然后，如果没有经济来源，第一年勉强靠着奖学金活，而今年又确凿没有奖学金还想当医生的情况下，咳，基本是个不容乐观的情况。

想得奖学金，就要好好学习；好好学习，就要有充裕的时间；但是害怕饿死，就要出卖时间；可是没了时间就代表学不好；学不好又想在人才比苍蝇还多的 Z 大得奖学金，基本白日做梦。

于是，恶性循环导致了今天的挨批斗。

阿衡看着店里零星入座的客人，闲得想拿苍蝇拍拍蚊子。

店长是个中年阿姨，孩子考上了大学，在家闲着没事儿干，就开起了饼店。因为阿衡和她家孩子年纪相仿，所以多有照顾。

阿衡说："阿姨我们改革吧，把店面扩充一倍，装上十个八个保温柜，然后请一级饼师，做很多好吃的面包挣很多钱。然后阿姨你每个小时多发我两块钱。"

阿姨羡慕："年轻孩子，能做梦真好。"

阿衡窘。

快下班的时候有小情侣投诉，说慕斯蛋糕不新鲜，颜色看着不正。

其实呢，这个情况基本是不可能存在的。饼屋只有一个孤单单的保温柜，但是最近又坏了，所以基本上每天做的慕斯蛋糕不超过二十块，卖完则罢，卖不完的都进阿衡肚里了。新鲜不新鲜，她最清楚。

阿衡奉命去勘察情况，盯着蛋糕看了半天，颜色是挺别扭，淡黄色的蛋糕上多出杯盖大小的猩红色。

看了小情侣一眼，她呵呵笑："小姐，您看，是不是您口红的颜色？"

Chapter 61　云想衣裳花想容

人小姐不乐意了，拍桌子："我用的是欧莱雅的唇彩，名牌，绝对不掉色！"

那先生讽刺："算了，跟她讲什么欧莱雅，穿成这样，知道欧莱雅是什么吗？"

阿衡低头，减价时买的白 T 恤、牛仔裤，还有饼屋阿姨专门做的工作围裙，她回头，笑："阿姨，他说你做的衣服不好看。"

本来阿姨矜持优雅，不稀得和一般人一般见识，但她最恨别人说她女红厨艺不好，此二人占全两项，焉能不怒火大炙？一阵骂街荤话，把小情侣骂得抱头鼠窜。

然后，其他客人也顺道被吓跑了。

阿姨一甩鬈发，豪气万千："小温，老娘今天骂得舒服，关门回家。"

阿衡看表，九点半，提前半个小时，欢天喜地。

她在学校门口的烧卖店买了一笼牛肉的和一笼油糖的，顾飞白每次看到这个烧卖店总要从店头盯到店尾，再冷冷地不屑地来一句："不卫生。"

其实，阿衡想说，他如果不是想吃，完全不必这么麻烦的。

然后，送到实验室，顾飞白的工作大致上已经结束了，看到散着热气的烧卖，又是一句"不卫生"，执着地用高傲冷淡的眼睛盯着袋子看了半天。

阿衡笑。

"吃吧。我问过老板了，馅儿是今天下午才做好的，应该没问题。"阿衡把袋子递给他，然后看了一眼手表，微笑道，"宿舍快熄灯了，我先回去，你也早点回家。"

转身，却被顾飞白拉住了衣角。

"稍等。"顾飞白难得主动，从白大褂口袋中掏出一把糖果，"伸手。"

阿衡乖乖伸出手。

"今天张教授家得了一个小孙女，发的喜糖，我酒精过敏，你拿走吧。"顾飞白淡淡解释，把糖放进她的手心，唇角有了难得的笑意。

阿衡定睛，是酒心糖。她脸有些红，小声开了口："我会吃完的。"

郑重的，温柔的。

言希戴着耳麦，淡粉色的 T 恤，手指轻轻指了指耳朵，玻璃门外监听室里心领神会，稍稍调高了声音。

"DJ Yan，你还在听吗？"耳机里传来怯懦悲伤的女声。

"李小姐，我在听。"言希平静开口，"你说你高考三次失败，父母对你失望透顶，而你本人也没有活下去的勇气了，想要跳楼，是吗？"

"对。你可能不知道，我是说，DJ Yan 似乎一切都很顺心，在电视上曾经看过你的访谈，年轻、俊美、才思敏捷，恐怕不会了解我的痛苦。高考只是导火索而已，更加让我不安的是，我发现自己越来越透明，看着四周，总有一种错觉，全世界都看不到我，我找不到自己存在的价值。"

"活着已经悲伤到无法言喻，连勇气都荡然无存了吗？"言希轻轻问她。

"是。"那女子颤抖着开口。

"那就跳下去吧。"少年垂头，平淡开口。

旁边的导播急了，直跳脚，一直对着言希打手势。

言希抬头，把指放在唇间，微微笑了，示意他安静。

电话另一侧，那女子凄然开口："连 DJ Yan 也认为我这样的人是孬种、渣滓、社会的负累，是吗？"

"走或者留，活着或者死亡，都只是你选择的一种方式，我无权干涉。"

少年声调平缓，却在言语间带了冷漠："或许，从高层跳下，你才能

Chapter 61　云想衣裳花想容

感觉到自己对全世界的恨意得到昭彰，才能使灵魂得到救赎。你的父亲母亲才应该是世界上最应当遭到谴责的人，他们生下了你，却不能在你高考失败之后一如既往无私地爱着你，只是想着怎样逼死你，然后年纪老迈、膝下凄凉心中才舒服，是不是？"

对方声音忽然变得尖锐："你凭什么说他们爱我？！你凭什么说我死了他们会晚景凄凉？！他们看着我的眼神，让我觉得我根本不应该存在在这个世界上！我宁愿自己从楼上摔下，活不得死不去，让他们后悔一辈子！"

言希笑了："对，然后他们会继续养你一辈子。"

那女子愣了，许久，哽咽了："你凭什么这么说，到底凭什么？"

言希平淡开口："凭你觉得全世界看不到你。"

"为什么？"

"如果，不是曾经在他们那里得到巨大的爱，如果不曾觉得自己是世界的中心，又怎么会在遭到挫折后如此伤心？"

"可是，没有用的，他们不会再相信我，不会再爱我。"那女子手掌撑着面孔，低声哭泣。

"林小姐，你觉得，一直爱着你如此艰难吗？"言希轻轻揉着眉心，低笑，"为什么不能相信他们？或者，觉这爱太过艰辛，实在无法忍受，那不如选择一个无懈可击的契机，去一个无人认识你的地方重新开始，再来审视，这份爱究竟是弥足珍贵，还是画蛇添足？"

那女子终究号啕大哭，雨过天晴。她说："DJ Yan，我想要好好继续爱我的爸爸妈妈，我想要继续。"

言希愣了，继而微笑，锐利的眼神温柔起来。

他说："你很勇敢，很了不起。"

节目终于结束，言希抱着杯子狂喝水，抬眼，却看到窗外有人轻轻叩着他面前的玻璃。

是陆流。

他笑了："言希，你真能忽悠人，爱不爱的，你又懂多少。"

言希摊手："我倒是想劝着她体验一把跳楼的滋味，让她下辈子都不敢再提这两个字，关键电台不干，他扣我工资，这事儿就麻烦了。"

陆流穿着淡蓝色的休闲装，少了平常的练达早慧，面容倒是呈现出少年的清爽干净。

他说："走，言希，我请你吃饭。昨天和客户谈生意，到一家法国餐厅，那家排骨味道不错。"

言希说："你等我。"

然后他飞速窜到隔壁办公室，夸着幕后工作人员，唾沫乱飞："哎，姐姐，姐姐你今天可漂亮了，今天气色真好，我们小灰没有烦你吧，它可坏了，要是欺负你了我帮你拍它哈。"

一帮 OL 被哄得眉开眼笑："没有没有，小灰真的好乖，没有烦我们。"把狗篮子递给他，又附带了几包酱肉干。

陆流笑："言希你真行，把办公室当成你家混，狗也专门找了美女保姆，放家里不行吗？我记得你对狗毛过敏，什么时候爱狗了？"

言希说："我在塑造爱狗的新好男人形象，这狗只是个道具，你没看出来？"

小灰委屈，呜咽。

言希大眼睛瞪着它，小毛巾又缩回了篮子。

吃饭的时候，言希狼吞虎咽地沾了一嘴酱汁，看得陆流频笑："言希，你怎么还跟小时候一个模样，我走了四年也没见你改。"

言希吐出骨头扔给小灰，皮笑肉不笑："陆流，这个排骨实在不怎样,你的品位真的下降不少。"

陆流垂头浅咬了一口,肉香在舌尖化开,于是笑了:"言希,并没有什么不妥。"

言希挑眉:"酱味太浓,肉太生,薄荷叶串了味,盘子太小。"

陆流淡淡扫他一眼:"是你平时吃的排骨太廉价。"

Chapter 62
微笑着容易一天

208寝室长于无影半夜迷糊着跑厕所，却看到墙角一隅的台灯还亮着。看到是阿衡，伏在板砖一样厚的医理书上，微闭眼睛，口中念念有词。

无影笑了，蹑手蹑脚走过去，只听到软软糯糯的声音："唾液淀粉酶、淀粉、麦芽糖、腮腺、颌下腺、舌下腺、咽喉、食道、胃、小肠、大肠、残渣、粪便……"

她轻轻捂住阿衡的眼，阿衡吸吸鼻子，闻出了无影的气息，微笑，轻轻搂住她，声音很轻很轻："姐，从楼上摔下来，没有风声，没有自由，也没有美感，只有粪便失控，脑浆迸裂。"

无影笑阿衡："背书背傻了吧你。"

阿衡说："今天 DJ Yan 劝阻了一个想要跳楼的女孩，我只是想说，DJ Yan 如果知道医理，肯定不用说这么多废话。你不知道，他舌头都快打结了。"

无影无语："你能不能别跟小五混，天天抱着收音机死守，当人粉丝，加人 Fan Club 的，盲目脑残到极端。没看出那个男人已经想出名快想疯了，整天访谈走秀，恨不得每天在全世界面前晃三晃。"

阿衡点头："大姐你总结得太精辟了，他简直不放过任何暴露自己的

Chapter 62　微笑着容易一天

机会。上次卫生巾广告，就月月舒，我经常用的那个，一晃而过的路人甲看着都像那个囧人。我们当 Fan 的也觉得好不容易好丢脸的呀。"

无影说："那你们俩还每天巴巴守在收音机前，看着寒碜人。"

阿衡小声打哈欠："都说是他的 Fan 了。"

无影笑："这也矛盾，谁家 Fan 整天说自己'爱豆'坏话。"

阿衡合上书瘫倒在下铺，埋在枕头中，含糊地开口："我是那种会在别人面前装作不知道 DJ Yan，可是无论他做了什么都会很快知道，然后很鄙视他的 Fan。"

无影抽搐："你确定你不是他仇人？"

阿衡扬起小脸："错，我爱他，这个世界我最爱的就是他。"

无影抓头发，爬床，鄙视："你拉倒吧你，昨天上党课还说最爱共产党呢，一眨眼就变人了，党知道了该多伤心。"

阿衡："……"

最终，平稳的呼吸，伴着窗外无忧的蝉鸣，好夜，无梦。

九月底，经常挤在院门口叽叽喳喳看着她们一脸崇拜的大一小孩子少了很多，阿衡忽然有些寂寞。然后想起去年，自己似乎也是这个样子，像个陀螺一样地跟在大家身后，一窝蜂地满校园跑来跑去，人仰马翻的，真的很闹。

那时，也像现在，晚霞明媚，有几乎触不到的风。

她笑着说："飞白，我好像无端感伤了。"

两个人并肩走在长长宽阔的街道上，吃完晚饭，真是消化的好去处。

顾飞白看她一眼，并不说话，把手插入了口袋中，指隙从白色软布中凹下，修长的轮廓。

忽而，想起什么，他淡淡开口："我把学费打到你的卡上了，不用把心思放得太重。"

阿衡讷讷:"我已经快攒够学费了……"

她有些挫败,总是无法理直气壮地站在他的面前。

似乎,只要是和金钱挂钩的事。

顾飞白淡淡开口:"不是我的钱,大伯父的意思。你有什么话,和他说。"

语气十分理智。

阿衡是聪明人,自动噤声。

气氛,还是尴尬起来。

好一会儿,阿衡轻轻戳戳他的手肘,小声开口:"顾飞白,你怎么总是这个样子?谁又没有招惹你,一句话,都能把人噎个半死。"

顾飞白冷冷瞥她,面无表情。

阿衡仰头,眼睛含笑:"别生气了,再生气,我可喊你了。"

顾飞白拨拉掉孩子爪子,继续面无表情地向前走。

阿衡把手背到背后,轻轻绕到他的面前,可怜巴巴:"小白啊,小白,小……白。"

顾飞白从她身旁绕过,装作没听见,走啊走,继续走。

阿衡小跑,跟上,微微无奈地皱了远山眉:"顾飞白,你得寸进尺……啊,你笑了笑了,你竟然偷笑,真……卑鄙。"

顾飞白伸出手,指纹削薄,轻轻握住那人的,唇上挂着淡淡的笑:"子何许人,咬定青山,竟不许人笑?"

阿衡微笑,温软了眉眼:"顾氏贤妻,迟了六年,可否?"

她准备等毕业了,再和顾飞白结婚。而医学院,要修七年。

顾飞白背脊挺直,白皙的脸颊有一丝红晕,淡淡颔首:"准。"

Chapter 62　微笑着容易一天

　　言希接了陆氏的 Case，走秀前期，还需要一套平面宣传。搭档的，是个同龄的少年，长相并不算十分好看，但是面部轮廓十分柔和，奇异的温柔清秀。

　　言希觉得眼熟，想了想，是了，那一日在 Cutting Diamond 见过的小侍应，还被小周训斥过一顿。

　　他看到他，诚惶诚恐，低头鞠躬："言少。"

　　言希平淡开了口："这里没有言少，喊我 DJ Yan 或者言希都可以。"

　　那人轻轻点头，有些腼腆，微笑了，露出八颗标准的牙齿："你好，DJ Yan，我叫陈晚。"

　　言希脱去外套，漫不经心地问他："谁选的你？"

　　陈晚弯了眉，软绵绵的笑意："陆少。他说，DJ Yan 需要一个陪伴的背景。"

　　言希解衬衣扣子，垂头，额发掉落了，半晌，随意开口："出去。"

　　陈晚愣了："啊？"

　　少年似笑非笑："我换衣服，你还要继续看下去吗？"

　　白色衬衣下，是一大片光洁白皙的肌肤。

　　那人脸红，忙不迭关上门。

　　摄影师请的是隔壁岛国传说中的业界第一人，整天叽里呱啦的，鼻子长到眼睛上，身后小翻译走哪带哪。

　　饭岛大师叽里呱啦，叽里呱啦。

　　言希："丫能不能说人话？"

　　叽里呱啦，鼻孔，叽里呱啦。

　　翻译殷勤地拍马屁："饭岛大师让你们表现得再性感一点儿。"

　　言希郁闷："还怎么性感？老子衬衣被他扯得就剩一粒扣子。"

　　饭岛跳脚，叽里呱啦，呱啦啦。

翻译说:"我们饭岛大师说,言希你的表情太僵硬了。"

言希翻白眼:"老子不是卖笑的。"

饭岛愤愤,扯幕布,使劲踩,叽里呱啦。

翻译也鼻孔:"哼,从没见过这么不专业的 Model!"

一旁的策划快疯了,抹脑门子上的汗:"唉唉,我的大少爷我的言少,您就纡尊降贵给这小鬼子性感一把成不成?咱们这个场景已经费了十卷胶卷了,言少,再不成,Boss 会炒了我的。"

言希挑眉,手比暂停:"他说解扣子我解扣子,说嘟嘴我嘟嘴,说媚眼我媚眼,你还让我怎么着?"

言希脱了手上的白手套:"老子今天休工,有什么让陆流亲口跟我说,你们好好侍候小鬼子。"

转身,朝更衣室走去。

陈晚手中抱着个饭盒,低着头,跟在言希身后。

言希冷笑:"你丫跟着我干吗?"

陈晚脸微红,小声开口:"言希,你一天没吃饭了。"

言希微愣,转身,站定,眯眼看他。

"所以呢?"

陈晚轻咳:"我来之前,在家做了点儿吃的,你要不要吃些东西垫垫胃?"

言希掂过饭盒,普普通通的饭盒。

然后,打开了,普普通通的米饭,普普通通的菜色,唯一看着诱人些的,就是几块散发着香味的红烧排骨。

他笑了,颔首:"谢谢。"

拿着筷子,夹起排骨,咀嚼起来。

然后,那味道,不肥不腻、不甜不咸,重要的是,可以一口咬下的一根骨的上等小排。

他习惯的吃法。

陈晚有些局促地微笑:"味道怎么样?"

言希说:"很好吃,你费心了。"

然后,眼睛笑得弯弯的,大大的孩子气的笑容。

"不如,你每天都做一些,怎么样?"

Chapter 63
生活本来的模样

Z大医学院大二，每周三上午一般是医学原理课，四节连上。任课的是院里要求最严格的李教授，虽然是位女性，但医学水平之高，足以让全院上下恭恭敬敬地喊一句"先生"。

当然，这两个字，用在日常对话中，还是相当有喜感的，但是一帮接受现代教育的年轻学生，看到李女士，却似乎死活只敢用"先生"二字了。

她瞧上眼的学生不多，大多数成了业界数得着的精英医师。还有一个没毕业的，就是Z大公认的天才顾飞白。

她说顾飞白二十岁完全有能力完成七年连读，结果，顾飞白去年本来准备申请提前毕业的，却不知道因为什么原因，留了下来。

医学院手上功夫利落，嘴上的也不含糊，八卦了很长一段时间，万众一致，还是意味深长地把目光瞄向了阿衡。

八成是小姑娘小肚鸡肠，怕未婚夫年轻貌美被医院狼女给生吞了，能多拖一天是一天。

毕竟，想撞豪华冰山的破烂泰坦尼克多得是。

李先生知道这件事，对得意门生颇有微词，上课时也留意了阿衡许久，觉得实在是个平凡的孩子，心中更加失望，但是总算因为顾飞白存了提拔阿衡的意思，对她要求很严格。

偏偏阿衡是那种适合天生天养的人，揠苗助长反倒压力过大。

课堂临时提问，阿衡又没有答出来。

李先生却没有斥责，只是把她喊到办公室，微微感叹："飞白常常对我说，你年纪再轻些的时候，对药理熟读到连他都想一较高下的地步。可是，你今日种种表现却让我觉得，伤仲永并不只是戏言。难道女孩子幼时聪慧，长大竟然只能成为死鱼眼珠吗？"

阿衡嘴角微涩，却硬生生笑了出来，眼睛明亮亮的："先生，我尿急，想上厕所。"

"算了，你去吧，以后课堂上，我不会为难你了。"李先生一声长叹，脸色难看，挥挥手让她离去。

阿衡胸中憋闷，藏着什么，见人却笑得愈加温柔。

回到寝室，她默默地从床下拖出一个皮箱，然后，走到卫生间，锁门，坐在马桶上，一待半天。

出来时，继续笑眯眯。

寝室二姐挑剔，看着她的皮箱，皮里阳秋地开了口："里面到底藏了什么，遮遮掩掩，都一年多了。"

小三也爱热闹："就是，小六，到底是什么嘛，让姐姐们瞧瞧。"

阿衡微笑："我第一次打工换来的东西。"

不喜说话的小四也从书中抬起头，颇有兴味："什么？"

阿衡蹲下身子，又把皮箱放了回去，淡淡开口："没什么，一张车票、一套衣服，和……一块木雕。"

小五在床上晃着腿："这组合奇怪。车票、衣服、木雕，完全不是你这种古板思维能发散出来的嘛。"

大姐无影笑："阿衡第一次打工做了什么？"

阿衡把背靠在冰凉的墙上，眉眼轻轻笑开："你们知道有些灵堂吧，孝子贤孙哭不出来，就会请一些人披上孝衣掉眼泪，哭一个小时五十，可贵了。"

"有那么多眼泪吗？"她们好奇。

阿衡说："所以，哭恶心了，这辈子大概只剩下笑了。"

她跪在别人父亲的灵前，哭得撕心裂肺，抬棺椁的时候，还死活抱着不准人抬，那家儿子、孙子都讪讪地拉她："过了，喂，过了。"

她松手，十个手指，甲缝间都是鲜红的东西。眼睛肿成一条缝，隐约看着像红漆。

买车票的时候，售票员接过钱，吓了一跳："你这孩子，杀人啦？"

她茫然，蹭蹭手指，才发现满是血印。然后，抱着她唯一的皮箱，看着满眼熙攘的人群，卑微到发抖的语气。

"阿姨，给我一张车票，求你。"她说。

真的只能是最后一次求人了。

因为，已经失去了那个叫作尊严的东西，别无选择。

于是，谁还记得有没有一个那样好看的少年，有没有妄图走进他的心中。

那场风花雪月，终归没触及生命的底线罢了。

还以为，是命运让我们摩挲彼此的掌纹。可是，现实证明，不是我们掌纹太浅，那么，应该是，命运不够强大吧。

那一天，阳光呛人，火车站比起三年前，早已面目全非。

她匆匆逃离。

Chapter 63 生活本来的模样

策划说，我们陆少说了，性感的组照最后再拍。

然后，翻译得我们饭岛大师不吱声了。

事实证明，有钱的是大佬或者老大。

其实吧，很多人有仇富心理，天天想着陆氏那小少爷吃饭怎么没噎死喝水怎么没被淹死开车怎么还没出车祸。

于是，除了本文忠实的 BG 派，陆少的仇人依旧一大把一大把的。

可是我们言少呢，我们言少不一样啊，之所以能打着 DJ Yan 的招牌满世界招摇撞骗，却没人查他祖宗八辈，主要是他老子、他老老子虽然没有他这么高调，但是所谓言党却还有大把人前仆后继乐此不疲地塞钱给报社电台。

妈的，丑闻啊。

一个大少爷整天在电台劝人别自杀、别离婚、每天两杯蜂蜜水不会便秘，这是什么效果？

于是，他丢得起人，言党还要不要脸了。

李警卫打电话警告言少爷，人言少爷说："这么着吧，想要老子不丢人，你们给我五千万我自主创业，然后我有钱有女人牛了出名了就和陆流小丫的 PK 去，保证不丢言家的脸，怎么样？"

李警卫心疼了，捂电话，扭头："言帅，看把我们家孩子寒碜的，直勾勾地嫉妒陆家。"

言老说："我是清官，有权没钱。"

言希窘。

挂了公共电话，言希回头，拍拍陈晚的肩说："我借你的硬币明天再还。"

今天真不巧，手机没电了。

陈晚在一旁微笑，看着他，眉眼越发清秀，轻轻开口："言少真信任我，不怕我对媒体暴露你的身份？"

言希说："你会吗？"

陈晚摇头："当然不会。"

言希似笑非笑："真是好孩子，看来好孩子都长一个样儿。"

陈晚说："你是不是觉得我很古板？"

言希向前走，缩着肩，瘦骨伶仃的样子。

"没有啊，老子最喜欢好孩子，见一个爱一个，没要求没意见，说什么信什么，真乖。"

陈晚怔了怔，然后轻轻转了话题："不要喂小灰太多骨头，它真的容易消化不良。"

言希走向外景停车场的酒红色 Ferrari 跑车前，把里面的狗篮子递给他，大大地笑了。

"给，好孩子，交给你养了。我们在一起合作走秀是要三个月吧？三个月后还我。"

陈晚愣了。

"你这么信任我吗？"

言希啼笑皆非："我有理由不信吗？"

然后，打开车门，扯掉蓝西装，扔到后车座上，踩油门，打着方向盘，放着聒噪的摇滚，轻点纤长的指，绝尘而去。

明天见。

小灰泪流成海。

该死的，说卖就卖了，没娘的孩子就是根草，还是狗尾巴草！

陆氏秋季发布会，T 台走秀的时候，美女主播楚云被台里派出来抢新闻，看到言希，捂着小嘴窃笑。

Chapter 63　生活本来的模样

言希穿着西装，休息空隙，却很没有形象地蹲在T台上，大眼睛俯视台下的女人。

"喂，楚云，你笑什么？"

她说："言希，幸亏我知道你平时什么德行，否则，真想把你抢回家。"

言希："你拉倒吧你，连饭都不会做，抢老子回家想饿死老子啊？"

楚云和言希是在做访谈节目时认识的，楚云当时说客套话称赞言希，说："真出乎意料，DJ Yan长得真像是PS出的美少年。"

言希挑眉说："楚主播真爱开玩笑，您能PS出我这样好看的人？"

一句话，楚云咬碎了银牙，但两人外形很搭，经常会一起主持一些节目，渐渐地也熟悉了起来，算是说得上话的朋友。

前些日子，言希去楚云家拿台本串台词，被狗仔偷拍到，上了头条。

《疑似DJ Yan的年轻男子深夜出入楚云香闺，五小时直击！》

一个美女主播，一个新贵DJ。

两人正是红得发紫、风头无两的时候。

毫无意外，双方的拥护者掐的掐、骂的骂，一时间网上血流成河。

言希抽搐地在电台上解释，我和楚云只是朋友。

楚云笑着在节目上解释，我和言希只是好朋友。

因为口供不一致，网上又一阵疯炒，最后，还是言希接了陆氏的Case，才把公众的注意力转移。

这会儿，两人聊开，旁边的记者都嗖嗖地支起了耳朵。

不巧，陆流走了过来，淡笑着对楚云开口："楚小姐是贵客，应当多提意见。"

楚云笑："不敢不敢，陆氏的发布会，一向完美，今天有DJ Yan助阵，更是如虎添翼。"

陆流伸手，把言希拉了起来，拍拍他的肩，动作自然熟悉："DJ

Yan 确实很好，但是事实上我们这次想推出的主打并不是他，而是辅助的 Model 陈晚。"

然后，他微微含笑，淡然道："DJ Yan 太骄傲了，平常并不爱提携新人，这次我花了很多工夫，才说服他带陈晚。"

陈晚站在不远处，眉眼清纯，眸光温和，好一番温柔美少年的模样。

台下，记者一片哗然。

Chapter 64
生命中不可或缺

Z大。

"没什么可以阻碍。"

寝室二姐杜清打着哈欠,坐在阳台上,鬈发微偏在夕阳中,一大片慵懒的暖。

"什么?"阿衡关上窗,把日记本小心翼翼地合上,放在椅子上,阳光直射。

"你和顾飞白啊。"

杜清笑,小酒窝淡淡的:"一个B市,一个H城,一千六百六十四公里,还能凑到一起,真是天定良缘,没有什么可以阻碍。"

阿衡脸红:"这个事,主要吧,和我爸有关。他高三暑假时带我来过H城玩儿,是飞白的父母和伯父招待的。然后,他们算八字,算命的说我和飞白是命定姻缘。再然后,两家就提起了婚事,呃,飞白也没什么意见,这事儿……就成了。"

杜清把发埋在膝盖上,说:"他能有什么意见,他想了多久费了多少心思……也娶不到我们小六这样的好姑娘不是。"

阿衡看她,轻轻地问:"你怎么了,和男朋友吵架了吗?这么失落。"

杜清生得漂亮,有很多男生追求,但性格孤傲,和男生交往基本上不超过半个学期就厌了。问她拉手有没有心跳,拥抱有没有感动,亲吻有没有小鹿乱撞,没有没有,答案一律是没有。于是寝室的人都说完了完了,性冷感了。

杜清反问:"男朋友有这么重要吗?"

阿衡汗:"有时候其实真不怎么重要,虽然他可能秀色可餐,但你咬他两口也不管饱啊。"

杜清笑得前仰后合:"庸俗,真庸俗,我怀疑你和顾飞白那种人在一起有话说吗?"

阿衡抱着日记本轻轻贴在脸颊上,呵呵笑开:"那很重要吗?我们在一起,能够永远不分开,就够了。"

杜清问:"你的永远有多远?"

阿衡说:"永远到有一天,他跟我说'温衡,我真的无法忍受你了'。"

杜清说:"你这么理直气壮,不过是因为他很喜欢你。可是有时候,喜欢不代表不会背叛,背叛不代表你能容忍,你能容忍也不代表他能继续容忍你的容忍。"

阿衡微微抬头,夕阳下,杜清的面容,一半冷的一半暖的,暧昧不清。

忽然,杜清手机的信号灯亮了起来,没有铃声,只有震动。

杜清喜欢给每个朋友设置不同的铃声,除了陌生号码,很少见震动的情形。

阿衡没有手机,经常用宿舍里的电话。杜清设定的宿舍号码的铃声是《傻瓜》,她说:"我们小六又傻又呆,是我的小傻瓜。"

她从膝上拾起手机,粉色的Nokia,和一款黑的是情侣款,不知道是哪一任男友送的,想必上了心才继续用了下去。

"喂。"杜清的面容全部缩到了阴影中,看不清表情。

"你凭什么问我在哪儿？我跟踪她，是啊，我跟踪了，怎么着？我朋友都说，杜清，你怎么输给了这么个人？我还嫌丢人呢。

"你知道我好啊，我不好，我要是好，也不会在高中同学聚会上，被人指着鼻子嘲笑了。

"你怕她听到？放心，她听不到。就是听到怎么了，还记不记得你当年怎么跟我说的？'如斯佳人，似水美眷'。看到她现在的德行，不知道你还能不能联想到这八个字。

"呵，我笑话你？我正经告诉你，这么个人只要在你身边，别说我，笑话你的多着呢。

"你受不起这么个如花美眷！"

杜清的言辞一反平时的凉讽，变得激烈而刺骨。

阿衡静静听着，觉得无聊，轻轻打开窗，吹乱的长发抖落了日记本扉页中的第一片四叶草——她费心在苜蓿草丛中找了很久才找到的。

那日，十月底，风正大。

言希在记者发布会上说："陈晚人真的很温柔，学习能力很强，说话很风趣，做饭也很好吃，真的，我从没吃过这么好吃的排骨，你们要多多支持。"

辛达夷坐在台下低声："这话我听着怎么这么耳熟？"

肉丝："你不是一个人。"

记者们笑："DJ Yan 和陈晚感情真的很好啊，很少见你这样夸人的。"

言希摊手："我也不总在你们面前不是？"

陈晚笑，低着头，西装下微微露出的皮肤纹理细腻匀称，延伸到白衬衫下，一副温柔无害的模样。

只是，看向言希，眼睛慢慢变亮。

陆氏服装设计一向简约大方、讲求细节，线迹的明暗、光影的对比、空间的塑造，都有着极难淋漓诠释的特色，因此模特方面的选择一向十分棘手。

陆流说了，陈晚是主打，所以，化妆师头疼了，言希那么一个长相出众的人，怎么才能被五官只称得上清秀的陈晚压住？

言希说："没关系，你们把我的脸往暗处处理，巧克力色和褐色的粉底三七调配试一试。至于陈晚，怎么干净怎么弄。"

言希走的第一部分，白色的风衣，黑色的手套，黑色的靴子，染成栗色的半长发，微卷，遮住了眼睛，只剩下鼻和唇褐色的轮廓。大卫一般的雕塑，疏离而性感，走过的步伐，皮靴踏过凉如水的大理石，似乎听到了秋日踩在落叶上的声音。

同一组的其他 Model，也是相同的风格，白、灰、黑、咖啡是主色调，健康阳刚、肌骨分明，却带着冷淡禁欲的味道。

台下的女人含蓄不说话，却脸红心跳。

所谓男色，就是撩拨了你绷紧得可以走钢丝的神经，却让你感觉他尚在天边，有时候，跟女人的贞操似乎有着异曲同工之妙。

第二部分，走的是陈晚的主场，恰恰相反，黑色的双排扣大衣，银色的吊链，白色的手套，白色的靴子，干净得看不出毛孔的细腻面孔，薄得看出粉色的唇，黑发下光洁的额头，纯洁而神秘，神甫一样的姿态，从现场电子屏幕中出现。

跟着的其他同台者，纯白的妆容，白发白唇，冰雪般无法消融，却偏偏奇异地化出骨子里的温柔热情。

台下记者频频点头："这个新人确实让人耳目一新，但是比起 DJ Yan 会不会嫩了点，插上翅膀装天使，老把戏了。"

Chapter 64　生命中不可或缺

　　第三部分，加快了节奏，紧凑了脚步，没有间隔，言希和陈晚带领不同的两列，衣角飞扬，目光交错逆向，台下观众目不暇接，只是满眼的标准身材，分不清人，只能靠衣服认出言希和陈晚。

　　陆流双臂环抱，站在远处，淡笑。

　　穿着西装戴着眼镜模样斯文的男人轻轻开口："陆少，今天的发布会看来要成功了。"

　　陆流淡然道："陈秘书，你出现得太冒昧了。你知道，在言希面前，我不会再保你了。"

　　那男子深深看了台上一眼，微微鞠躬，离去。

　　忽而，让人目不暇接的模特们停止了，时间沙漏破碎了一般，隐了所有撩人的气息，只剩下安静和冰凉，假人一般。

　　言希和陈晚错身，面朝着相反的方向，站在两侧。

　　言希平淡开口："转过来。"

　　陈晚微愣，轻轻转身，那男子如同海上繁花的盛开，踏靴而来。

　　台下的观众屏住了呼吸，直至言希白色的风衣与陈晚相触。

　　那样近，几乎碰到鼻子的距离。

　　他从没有近距离看过言希，即使面孔上是这样厚重油腻得遮盖了所有的妆容。

　　但是那双眼睛，却近得不能再近，带着深深的倦意和疲惫，失却了细腻温柔的东西，只剩下粗糙的锐利和几乎原始得无法掩饰的纯粹。

　　无论他长得多么漂亮，这也只能是男人才会拥有的眼睛。

　　言希张开右手，扯掉黑手套，白皙的五指从自己的面庞上滑过，然后，残破了妆容，近乎祈祷的方式，单膝跪地，双手，揽住陈晚的颈，压下，然后，右手微凉的指，轻轻覆在那双干净的面容上。

　　他站起身，转身，拉起白色的连衣帽，撑起背脊，静静走过。

靴声,渐远。

离开了这舞台。

音乐声起,机械化的男人们恢复了动作,像是一切没有发生过,人潮中的你和我,素不相识,冷漠衣香。

陈晚走到 T 台正中央,抬起脸,早已不是天使的模样。

飞扬流动的"L",褐色的一个字符,干净锋利,刀疤一般,干涸在唇角。

陆氏的"L"。

蹂躏了纯洁的战栗,诡异得妖艳美丽。

这男人的温和怯懦,消失殆尽,只剩了棱角和魅惑。

陆氏秋季发布会的主题。

于是,掌声雷动。

结束后。

陆流却扔了拍摄的胶片,淡淡吩咐:"让电台推迟播放,最后一部分裁掉重拍。"

助理唯唯诺诺,通知了言希。

言希笑:"OK,你是老板,你掏钱,把钱打到我账户上,怎么拍都行。"

陆流揉眉头:"言希,不要把你的天才用到商业上,这不适合你。"

言希说:"你觉得什么是适合我的?"

陆流仰头,靠在椅背上,落地窗外,天空很蓝很蓝。

"自由,热爱,信仰,生命,敬畏,疯狂,天真。每一样都好,真的。"

言希说:"这些东西,列在阿姆斯特丹凡·高博物馆,一张门票,你随时参观。"

陆流望着天空，笑："我七年给你的东西，三年就被别人掏空。言希，你真傻。"

言希说："陆流，你小时候真的可可爱了，看到你，就会不由自主地想笑。"

穿着银蓝西装的那少年缓缓坐直身子，缓缓开口："三个月，只有三个月。言希，我给你机会，看清自己。"

Chapter 65
只是一条旧时路

Z 大。

她常常和那个被称作未婚夫的男子散步。

顾飞白看着另一侧的男男女女,女的站在高高的窄台上行走,牵紧的手,随时掉落的身躯,完全信赖的姿势。

他说:"这不安全。从生理的角度,如果有障碍物砸过来,人本能地会躲。"

阿衡微笑:"障碍物,什么样的东西才是障碍物?"

顾飞白淡然道:"你不妨试一试。"

阿衡呆,她说:"我要真是你的障碍物,然后你还不管我,我摔残了怎么办?"

他躬身,伸指丈量了下,笑:"不试也罢,确实高了些。"

阿衡呵呵笑,看着顾飞白,微微叹气:"你呀你。"

她穿着的白色帆布鞋,踩在了高高的栏崖上,伸出了双手,低头含笑了,温柔地看着他。

这个冷淡的男子,还只是个少年,在爱与被爱中忐忑不安。想象着欲望的强大,却总被理智定下终点。

她说:"飞白,你看着,我能一条路行走得很好。"

真的,每一步,都在靠近你。

可是,我不敢说,你不能不管我。

她垂下柔软的指,纳入他的手心,然后看着远处不断掉落的枫叶,行走在高台上。

她不动安然,顾飞白削薄着指纹,却慢慢浸湿手心。

她笑:"你真的,很怕把我当作障碍物啊。"

他的表情,真像是在一步不能错落的悬崖,只是,一不小心,不知是谁粉身碎骨。

顾飞白看着她,目光有了不忍,一瞬间,又隐下,平静无波。

她却只看着脚下。

顾飞白微微偏头,叹气:"你的平衡能力很好。"

阿衡无奈:"这也是本能,在危险的境况,人总有维持自己安全的本能。"

他静静看她,开了口:"我是不是应该把这个归结为我们互不信任?"

阿衡从他手中收回手,张开双臂,小小地吸了吸鼻子,低声:"那你知不知道,如果我不牵你的手,平衡能力更好。"

给你的东西,你永远看不到;你想要的,又不是我可以给的方式。

来往的单车,在枫树下穿梭,天色渐暗,目光模糊。

他说:"一辈子都这样吗?你说得多冠冕堂皇,你,我,我们。"

阿衡说:"你想要为了爱情成为哲学家吗?飞白,你的愿望是世界一流的外科医生。"

顾飞白看着天边,背脊挺直,冷了面容:"温衡,你不过是,没有勇气成为我生命中的唯一阻力。"

然后,她脑海中浮现出很多很多的画面,甜蜜温馨折磨到心都是痛的东西。

她快捉不到自己的呼吸，手脚有些冰凉："飞白，我不能成为你的阻力，你知道，这不可以。"

他转身，叹气，轻轻把她从高台上抱下，裹入怀抱，面容赤裸在秋夜中，淡淡开口，眼中有了极浅的泪光："温衡，我迟早把你扔到天桥上，不再看你一眼，终有一日。"

她上大学，初到 H 城的时候，总是迷路，打公共电话，顾飞白说你站在天桥上别动啊，知道吗，天桥。

噢，天桥呀。

然后，她趴在天桥上，乖乖等他来到。

那时，他拿着雨伞，第一次看着她笑了出来，说："怎么和我想的差别这么多？"

他想象中的温衡，他想象中的，是个什么样子？

阿衡回忆起旧事，也不好意思，低头笑了。

她说："顾飞白你在威胁我。"

顾飞白说："我威胁你多少次，让你回忆起我们的初见，你还不是依旧故我。"

阿衡咳："小白啊小白，真的真的不是你还是小白的时候吗？"

顾飞白收紧怀抱，小小温柔了语气："真的真的不是。"

辛达夷说："妈的，一到冬天，我都不乐意出门，冻死人了。"

Mary 无语："现在才十一月中，你能不能别这么夸张，鸭绒袄都套上了。"

辛达夷吸溜鼻子，下巴示意不远处低头行走的言希："你怎么不说美人儿，看看那身行头，啧啧，毛衣、保暖内衣、围巾、帽子，不知道的还以为南极探险队队员儿。"

言希扭头,手中握着一杯热咖啡,嗤笑:"你媳妇儿那是心疼你,怕你热死了,关我毛事?"

大姨妈囧:"你说肉丝?他是我仇人来着,再说他一人妖,怎么就成我媳妇儿了?"

肉丝怒:"你就是变成女人我还不见得看上你呢,别说你一男的。"那个"男"字,咬得死紧。

大姨妈:"你整天跟我过不去,老子说什么了吗?简直莫名其妙!"

陈晚低着头笑。

辛达夷阴沉了脸:"言希,这孩子谁啊,没见过。"

他在发布会上见过陈晚,但是心里对这帮子兄弟的钩心斗角腻味到心烦,故意拿话噎言希。

言希倒是没有大反应,平淡地开口:"噢,陈晚,这是我兄弟辛达夷,那个,我弟媳妇儿Rosemary,美国来的,和你一个姓。"

辛达夷、Mary脸又绿了一回。

"你们好,我是陈晚。"

陈晚有礼貌地打招呼,声音很小,笑起来很腼腆。

辛达夷挑着浓眉,冷笑:"陈晚是吧,我跟你说,你什么都像,就是说话不成,应该这么着:你们,好,我是,陈晚。怎么结巴怎么来,说完,保准言希看着你能绕指柔。陆流?温思莞?谁把你教出来的,真他奶奶的不专业。"

陈晚的脸,唰地变得苍白。

肉丝也笑了:"你的表情也不过关,你模仿的那位,可是从来都只会温柔地看着你笑,笑笑笑,一直笑。只有旁的人欺负了某人,记住,一点儿也不成,只有那时候,才能变脸,知道吗?要用破烂得寒碜人的京话骂人,或者拿着凳子直接朝人脑袋上砸。你得有这觉悟才行。"

陈晚表情更加难看,垂着头,不说话。

言希把手插进口袋中,平淡开口:"你们还有完没完了,陈晚是我请出来的,有什么不乐意的地儿冲着我撒脾气。"

Mary笑:"陆流教出来的人,什么时候这么好相处了?言希,你没心没肺得让人失望。不过是因为一丁点得寂寞……"

言希的眉眼有些倦意,淡然道:"今天 Case 结束,我只是请你们出来吃顿饭,如果觉得这饭吃不下去,滚。"

辛达夷说:"言希,是不是只要能填补你的寂寞,什么人都可以?以前,对陆流是这样,现在,对阿——"

言希没等辛达夷把下面的字吐出,就把手中的易拉罐砸了过去,冰凉了面孔,冷笑:"是,什么人都可以,只要老子看顺眼,成吗?"

罐中咖啡色的液体溅到了辛达夷胸口上、头发上、脸上,甚至下颌,不停滴落着,看起来狼狈至极。

辛达夷咬牙,气得发抖:"言希,我是你兄弟,你就为了这么个来路不明的人!"

陈倦也恼了:"言少一向这么随性洒脱,我们下里巴人,欣赏不来您的好脾气。"随即,拉着辛达夷,掉头就走。

言希面无表情,继续向前走,陈晚不停道歉:"对不起,都是因为我,我不知道会变成这个样子。真的抱歉。"

言希一直不停向前走,并不答话,忽而,想起什么,转了头问他:"你喜欢吃小龙虾吗?达夷他们都爱吃的。"

陈晚微愣:"去哪里吃?"

言希说:"Avone 吧,环境不错。"

陈晚笑:"我还以为你要带我去吃排骨。"

言希摇头，浅笑："那个是我的心头好，不能勉强别人。"

Avone 还是同从前一样，经理李斯特依旧是那副德国绅士的模样，看到言希，很是热情有礼，瞄了陈晚几眼，表情反倒不自然。

言希把菜单递给陈晚，随意对着李斯特开口："我的还是老样子。"

陈晚微笑，有些腼腆，小声开口："是不是我点什么都可以？"

言希愣，瞬间，点头，笑："是，什么都可以，你随意。"

李斯特弯腰，问少年："言少，啤酒呢，您不去挑一瓶？"

言希瞟他一眼说："不用了，反正 Fleeting Time 八成也被你们小老板喝了，他回来都多久了。"

李斯特表情有些尴尬。

陈晚笑眯眯："我还是想要尝尝这里的排骨料理，取取经。"

言希说："不用了，这里的排骨没有你做的好吃。"

然后，他对李斯特平淡开口："给他上一客鲜奶焗龙虾、一客法国蜗牛，薄荷面中少放香辛，最后拿一瓶七〇年的红酒。就这样。"

李斯特点头，临走，又看了陈晚一眼。

陈晚笑，眸光温柔："你喜欢我做的排骨就好。"

言希点头说："喜欢，喜欢得不得了。我从小到大吃过的排骨，没有一个人比你做得更让我喜欢。"

那个温柔的少年温柔开口："言希，我喜欢你。"

"嗯？"言希没听清。

陈晚说："言希，我说，我喜欢你。"

言希眯眼，脱下外套，取下围巾，搭在臂上，平淡开口："然后呢？"

陈晚愕然，像是没有预料到言希的反应，硬着头皮说："言希，我可以照顾你的日常生活，每天做你最喜欢吃的排骨。"

言希大笑:"所以呢?你想做我的厨师?你看到了,我工薪,现在还在念大学、攒老婆本,所以抱歉没有闲钱请你。"

陈晚的表情难以置信,他说:"你很喜欢吃我的排骨。我不要名分,只要你能和我在一起。你明明喜欢我,你帮了我这么多,连T台走秀都可以为了我做配角,这对你来说,难道还算不上喜欢?"

那个少年低了头,细长的指若有似无地抚着小臂上灰色的围巾,黯淡的色,老旧了个不堪。

"如果你说的这些就是喜欢,我想我只是喜欢你的排骨、陆流的钱。"

陈晚的思绪有些混乱,受到打击的样子,莫名加了一句:"没有道理的,连小灰都喜欢我。"

言希皮笑肉不笑:"它只是个畜生,懂得什么?"

然后从皮夹中拿出一沓钱,递给他:"这些天我们小灰多谢你的照顾,三个月了吧,明天我开车接它回来。"

陈晚愤愤,把钱又甩了过来:"言希,我从没想过要你的钱。我只是喜欢你,你明白什么是喜欢一个人吗?"

那少年无动于衷:"哦,你想要的是陆流的钱是吗?那咱们俩一样,不必伤和气。"

然后他又笑了:"至于喜欢一个人,抱歉,目前角色空缺。"

陈晚黯然了神色:"果然是陆少估计错误了吗?他说如果他的七年换算成三年,那么那个人的三年用三个月足矣。"

言希说:"他不过是想让我意识到,无论男女,言希要抛弃一段过往重新开始多么容易。"

陈晚苦笑:"可是我是真的喜欢你,我会做你喜欢的排骨,会照顾你喜爱的狗,会让你有所依靠,会让你破例,会让你心软。"

言希淡淡看他:"你说漏了,还有,这张脸,会让我觉得长得真像。"

陈晚说:"我输了,就是一步废棋,只要有钱,陆少能打造出第二个第三个像我这样的棋子。"

那少年拿出手机,拨打一连串号码,递给陈晚,说:"真感谢你这么多天给我做了这么好吃的排骨,还有照顾了小灰。请你代我跟陆流说一声,如果他真的这么无所不能,我求他,拜托他,能不能帮我把人找回来?

"如果不能,就停止一切,一个消失的人,无论生死,跟我都再无关系。"

Chapter 66
忽远忽近的洒脱

Z大。

寝室，小四问了："阿衡，你男朋友要是外遇了，你准备怎么办？"

阿衡说："飞白是好孩子，不会外遇。"

小四笑："拜托，你别搞笑成不成，就顾学长那张脸，倒贴的多着呢。前天校花还打听他分没分，你这点姿色，可真自信。"

阿衡："那好吧，我装作不知道然后捉奸在床，抓住他们咬两口，学景涛大叔咆哮，为什么，为什么要这么对我？天哪，有没有人告诉我，我到底做错了什么？"

大姐无影翻白眼："就你这点儿出息，看见顾飞白那小媳妇样，还捉奸在床，不好心帮人把门带上就不错了。"

阿衡："大姐你别诅咒我，好恐怖的呀。"

这厢寝室小五哀号："阿衡，我不活了，咱们家男人和楚云真谈了！她娘的，36D真这么好吗？我多爱你啊，自从你代言月月舒我就没用过别的牌子，你怎么说跑就跟别的女人跑了？"

阿衡扭脸："你怎么知道的，不是说绯闻吗？"

小五跳床，抱着阿衡软软的小身板使劲儿晃："毛呀！我刚刚从坛子高层那里套到的消息，说俩人已经谈了小半个月了，被跟拍了好几次，次次都拉小手索热吻，墨镜鸭舌帽，酒红法拉利满 B 市地兜风。呜呜呜，我不活了，那个女人有我爱你吗？"

阿衡说："你冷静，他们说不定是朋友。"

小五掰孩子小脸："你拉倒吧，你冷静，你哭什么？"

阿衡拿袖子蹭脸，一看没眼泪，才吼："谁哭了？我没哭！"

小五继续号："行行，你有出息，你没哭，我哭了成不成？我的男人哟，你就这么缺母爱吗？找个 36D 的……"

阿衡说："你应该祝福他，楚云挺好的，真的，长得漂亮，你看人嘴多小鼻子多挺眼多大啊。好吧，你别瞪我，虽然没他眼大，可是楚云有的他也没有啊。"

小五吧嗒掉眼泪，哀怨："是，他没 36D。"

杜清套上呢子大衣，低头，蹬高跟鞋，问阿衡："六儿，你们那饼屋叫什么来着？"

阿衡从小五熊抱中挣扎出来，喊广告词："欣欣西饼屋，一流蛋糕师，给您品质的保证。二姐，你多光顾啊。"

杜清笑了："什么乱七八糟的。"

转身，关了门。

顾飞白有一整天的实验，所以晚饭是阿衡一个人吃的。已经到了十二月份，饶是暖和的南方，气温还是大幅度降了。

听说，B 市落雪了；听说，B 市很冷很冷；听说，B 市人天天躲在家里涮羊肉都没人出门，傻子才大半夜开跑车兜风呢。

于是，那个法拉利敞篷的跑车带着楚云时到底有没有合上顶盖，冻感冒了有人管没？

他说，我答应你，永远不生病。

阿衡扑哧笑,呼出的都是寒冷的气息。吸吸鼻子,小脸埋在毛衣中,走在十字街头。

好吧,我终究还是把话题转向你。

可是,你谁呀你,我都快……记不得了。

所以,滚开。

终于,她还是选择了粗暴狼藉的方式,对待一大段模糊的记忆。

走了一路的寒冬,咒骂怨恨,一段段,全部化作凉风灌进肚子,到了蛋糕店打了一个大大的喷嚏,方好。

蛋糕店前是一个长梯,旧的招牌摇摇欲坠,新的招牌靠在远处的玻璃窗下。她想起阿姨对她说过,以前的招牌太旧了,要换个新的。

她对阿姨说:"阿姨,怎么不换完?旧招牌这么悬着,掉下来能砸死人。"

阿姨说:"我也不想,刚刚施工那几个吃晚饭去了,说等会儿就回来换。"

阿衡笑:"等会儿,我搭把手帮忙递工具。"

阿姨小声:"不成,你得招待客人。半个钟头前来了一对小年轻,哎哟,你不知道,长得可真是标致,点了两杯咖啡,看着特养眼。"

阿衡探了脑袋,看见一个白毛衣的挺拔背影,错开的另一侧,是个鬈发秀眉的姑娘。

那样的熟悉,朝夕相见。

"那姑娘挺爱吃甜的,我给你留的布丁蛋糕她也点走了。"

阿姨笑,走到远处,擦拭新招牌。

阿衡不说话,静静地站在透明的玻璃后。

那姑娘似乎看到了她,微笑着扬扬眉,漂亮的眼波中,莫名的挑衅。她

Chapter 66 忽远忽近的洒脱

冲着背对着阿衡的那个男子，嘟着唇撒娇："你喂我，你不喂我我不吃。"

阿衡双手在玻璃上压下了指印，指腹和冰凉的玻璃贴合，变得苍白。

那男子伸出手，指纹削薄，小小透明的勺子，黑色流沙的巧克力，慢慢送到那人的唇角。

那人却站起身，轻轻低头凑在他的唇边，轻轻一吻，笑得越发顽皮。眼角蔓延的东西，像一把剑。

他不防备，后仰，喊了一声："卿卿！"微微带着宠溺的冷淡语气，高了三度熟稔不自知的温柔。

卿卿，杜卿卿。

开学时，杜清说："大家好，我叫杜清，小名卿卿，敢负天下为卿狂的卿。"

七律中没这句啊，哪来的敢负天下为卿狂？

她笑靥如花，说："别说这句，卿卿本来也是没的，只是有个笨蛋，小时候学说话时，只会念叠字，便有了卿卿。有了卿卿，方有为卿狂。"

阿衡恍惚，脑中忽而想起，许久之前，也有人伸出那双手，指纹很淡很淡，他说："温衡，这两个字，从姓到名，都是我的。"

可是，卿卿呢，卿卿……呢？

卿卿是谁的？

忽而转了身，开了口，受伤的表情："阿姨，你说你要给我留布丁蛋糕的，阿姨，你昨天说过的。"

那样子，真像个不懂事的孩子。

可是，顾飞白，爱穿白衣的，有洁癖的，每天背脊都挺得很直，她连他的背影都怜惜感动到想要时刻拥抱的顾飞白，在不懂事的时候，也曾经说过："温衡，你不必爱我，就是从下一秒开始，二十二时八分三秒，你也晚了整三年。"

那是去年秋天的晚上,他喝了一些酒,莫名其妙,说了很多很多的话,这一句,最清楚。

他耿耿于怀的一些东西,是她费心思索绞尽脑汁却茫然一片的东西。

她看着那两个人,突然,渺小,痛苦。

阿姨忽然凝滞了手上的动作,表情变得惊恐:"小心!"

阿衡看着她:"什么?小心什么?"

抬眼,旧招牌从天而降,砸下,直直的。

然后,无法逃离的距离,铺天盖地的灰尘和锈迹的味道。

她用手去挡,却只闻到鲜血的味道,只听到骨头断裂的声音。

倒在血泊中,阿衡头脑中一片模糊震荡。心跳,呼吸,那么大的声音,似乎终止比继续还容易。

睁眼,却没了天空。

她想:我真是乌鸦嘴。

她想:我是不是要被压死了,被一个画着大蛋糕的招牌?

忽然,她很想哭,记不得顾飞白,记不得二姐了,大声,疯了一般:"阿姨,阿姨,把你的电话给我,我要打电话!"

撕破了喉的声音。

不过短短几秒钟,她觉得大把的灵魂从身体穿过,透过乌黑的金属牌子,挣脱了个彻底。

当所有的重负移开,只剩下顾飞白的眼睛。他的面孔僵硬,白色的外套垫在她后脑勺的伤口上,双手固定。

她从他眼中看到自己面庞上的鲜血沾在黑发上,还有那双几乎涣散的眼睛。

多可怕。

顾飞白面无表情,他说:"你给我撑住,远不到死亡的程度。"

死没有这么容易。

顾飞白掏出手机，120三个数字却像一个世纪那么遥远。

他在颤抖。

阿衡看着他手中的东西，眼角，忽然颤落了，泪水。

好想，再说些什么。

什么话。

高中时英语老师说，Phone是远处的声音。那时，上着课，她缩着身，把电话放在耳边，为难地开口："你乖，乖，听话，我马上回家，拿着七连环，不要抱小灰，痒痒，知道吗？"

那边，是沉默，沉默，无休止的沉默。

可是，她知道，他一直在乖乖地点头，乖乖地笑开。

于是，远处的声音，多远多远。

思念忽而从心脏榨出了血液，却一直流不出，她痛哭，抓住了顾飞白的白色毛衣。

她说："能不能把电话给我，然后，飞白，我不敢伤心了，行吗？"

他吸入了冷风，剧烈地咳了起来，满身的冰冷。他说："为什么，我听不懂你在说什么？"

她看着他流泪，那目光是无力，直至绝望。

他眯眼看着远处驶来的救护车，没了表情。他说："你终于，成了我的眼中钉。"

多深，多痛。

轻轻地把手机放在她的手心，是凉是暖，是春暖花开，是寒风千里。

只剩下十一位数字在她脑中盘旋，像个空白的世界，却扭曲了空间、时间。

是不是拨打了，就触到时光的逆鳞，回转，重新开始？

然后，独角上演，一场黑色喜剧。

多可笑。

时光只是一层纸，浸湿模糊了的字迹，揉烂了，塞进心中的防空洞。

抬眼，看着顾飞白，她轻轻松了手，什么，坠落在地上。

她说："算了。"

算了。

蜷缩在地上，婴儿的姿势。

终于，失去了意识。

B市。

圣诞节。

窗外好雪到夜。

电台每到特殊节日都会做一些新鲜的节目，展现出不同往日的元素，类似年底的台庆，只不过，那个大联欢，这个小联欢。

于是DJ Yan的Sometime也跟着改版，从一个人的知心变成两个人随意的聊天，观众想问什么，可以通过编辑短信发过来。

言希看着楚云，很是无奈。

"怎么又是你？老子到哪儿做节目都能看到你这张脸，肿眼泡厚嘴唇贵宾头，我能不能申请换人？"

楚云咬牙："言希，你还真拿自己当盘菜，要不是台长说今年节目收视要创新高，你别以为我就乐意看见你。"

言希看着演播室里华丽的圣诞树和颜色缤纷的气球，仰头，细长的手挡眼："妈的，这还是老子的地盘吗？Rubbish！"

楚云笑："你真是偏执的怪物，活这么大，简直是造物的奇迹。"

言希也笑:"节目做完,出去喝一杯吧,我请你。"

楚云歪头:"你不怕狗仔乱拍?"

言希大笑:"不自由,毋宁死。"

楚云摇一根手指,放在粉唇边:"言先生,恕我直言,你的自由,过了头。我们是公众人物,神秘是基本职业操守。"

导播远处晃镜头:"我说两位腕儿,该开始了。"

Ready？Action！

言希一个人做节目习惯了,身旁忽然多出一个,还时不时抢你话把儿,揭你短,真真拱了一肚子火。偏偏那人惹恼了他却一脸无辜:"朋友,你生气了吗?对不起啊,我不是故意的。"

他无奈地揉眉,终究还是保持了绅士的风度,一笑而过。

有小观众发短信说:"哥哥姐姐,感情真好真好。"末了,电子屏幕上,大大的坏笑。

言希嗤笑,对着耳麦点评短信:"喂,小丫头,想多了。"

然后又来了短信,说:"DJ Yan,我喜欢你喜欢得不得了,你怎么就跟36D暧昧了呢?我们寝室一妞,说她在世界上最爱你,就因为你和36D在一起,结果经受不住打击牺牲在蛋糕招牌下,骨折了好几处,好惨的！"

楚云尴尬,小声嘀咕:"36D,不是说我吧?"

言希淡晒:"这个世界最爱我的人,绝对不是她。尾号4770的朋友,让你的室友好好养伤吧。"

楚云笑:"你怎么这么笃定?"

言希低头,调整耳麦,淡然道:"那应该是一个自卑到懦弱的人,永远不敢说,这个世界上最爱我。"

楚云愣了,许久,干笑:"你的语气,好像真有这么一个人。"

言希说:"你有没有听过一个故事。很久以前,有一个很高很高的巨人,身躯足以覆盖一整个城市,无意间,却爱上了一个美丽绝伦的公主。"

楚云不屑:"是不是,那个巨人其实是被巫婆下了咒语的英俊王子,等待公主的解救,然后 DJ Yan 只是用巨人自喻?"

他低了声:"抱歉,不是,巨人是天生的。你不可否认,这个世界就有这样的例外。事实上,他爱公主,爱得无法自拔,却没办法拥有,只有把公主吞入肚子。"

楚云勾起了兴趣:"然后呢?"

言希的语气变得嘲弄:"然后公主说'这里好黑',巨人把太阳月亮吞进了肚子;公主说'这里好冷',巨人把一整座城堡吞进了肚子;公主说'我很寂寞',巨人把鲜花、湖泊、小兔子、软缎带都吞进了肚子。公主每一天要求不同的东西,巨人永远满足她。

"可是那个公主啊,是个永远不知足的公主,她说:'你这个丑陋的人,要把我囚禁一辈子吗?'

"巨人是个傻孩子啊,他说:'你待在我的肚子里,暖暖的,我很喜欢很喜欢你,我们永远在一起不好吗?'

"公主大骂:'你真自私,这个世界,不只有你喜欢我。'

"巨人很伤心,他觉得自己做错了,剖开了自己的肚子,把公主放了出来。"

楚云:"啊,那巨人呢?"

言希冷笑:"其实,这只是寂寞的公主,一厢情愿做的一个美丽的梦。事实上,一觉醒来,这个世界,既没有那样的巨人,也没有那么深沉干净的爱。"

Chapter 67
我没有那种力量

阿衡觉得自己做了一个梦。

似乎,是陈旧得泛着黄色的从前。

她病了很久,其实只是一个小感冒,却就那样拖着、突兀着,丢却了生气。

搬回温家,只用了两个小时。杂物、书本、一直养着的仙人掌,那些东西移了位置。

似乎,又回到初到 B 市时的样子。

妈妈和思莞坐在她的床边,伴着她,说了很多话。

妈妈说:"你不知道啊,你哥小时候淘着呢,就爱爬树,戴着你爸给他定做的小盔帽,离老远都能看到树上多出一个西瓜头。"

阿衡轻咳,然后笑:"妈妈,我小时候长得很呆,常常被大人扔到戏台子上,然后跳那种小朋友都会的拍拍手、跺跺脚,吸引外来的游客。"

思莞揉她的头发,笑出小酒窝:"阿衡,等你病好了,我们全家一起去瑞士滑雪,苏黎世河畔这个时节最美。"

阿衡温和了眉眼:"好,等我病好了。"然后,昏昏沉沉没有了日夜的睡意却不见消止。

爷爷请了很多有名的大夫，气急败坏，不明白小小的感冒，为什么拖了整整一个月？

那些人众口不一，最后，只有一个老中医说了八个字：忧思过重，心病难医。

她很疲惫，不停地咳嗽，笑了："心病不是病，我只是有些困。"

Z大的录取通知书被母亲放在她的书桌上，看着她，"喜"字藏了很久，说不得。

电子邮箱里堆积了许多信件，来自美国，Delete，全部删除。

思尔半夜偷偷趴到她的床边，眼神那么倔强，冷笑着："我不可怜你，我瞧不起你。"

她睡眼惺忪，揉眼睛："尔尔，我很困，真的，让我再睡一会儿。"

隐约，有一双大手，温热的掌心，粗糙的指线，海水的味道："阿衡，这么难过吗，很想哭吗？"

她想，爸爸，连你也回来了。

然后，又陷入死寂。

阿衡真正睁开眼睛的时候，恍如隔世，身旁坐着一直低头翻书的白衣飞白。

这人，本不应相识。

自嘲了，果然，时光不待人。

她笑："飞白，我做了一个梦，转转眼，已经过了两年。"

顾飞白说："你偷懒也偷了好几天，圣诞节都过了。"

她扶着床柱试图站起来，手臂和头却痛得厉害。

顾飞白皱眉："你别乱动，医生说要静养，没有脑震荡都是万幸。院里已经帮你请了假，大伯父过会儿来看你。"

Chapter 67　我没有那种力量

阿衡腿脚有些僵，坐回床沿，咋舌："顾伯伯什么时候回来的？"

"你住院的第二天，二百码的军车飙回来的。"顾飞白帮她揉腿，淡淡开口。

阿衡低头忏悔："我有错，我是罪人。"

他的指僵了僵，瞥她："你都看到了吧，那天。"

阿衡："什么，我看到什么了？"

"我以前跟你说过，我有一个从小长大的好朋友，就是杜卿卿。"他顿了顿语气，没有表情。

阿衡缩回腿，笑呵呵："飞白，我现在，不想和你说这个人。"

顾飞白绷着脸："我只和你解释一次，过期不候。"

阿衡吸鼻子，拍床："我今天还就不听了！"

顾飞白气得脸发白："你……"

她板着小脸唬他："顾飞白，你记不记得以前那个算命的怎么对我说的？"

顾飞白愣了，想了想，张口："冰人月娘，一北二南，二南妙善前种姻，一北遇孤后生劫，是不是这个？"

阿衡把脸埋在手掌上，呵呵偷笑了："这是上卦，还有下卦二十字：清和无心，明纵两念，明而福慧双寿，纵则孤泊半生求。"

顾飞白见她没有生气，松了一口气。

她笑："人通达了，才容易长寿，不是吗？你不知道，生命一点点从身体里流失有多可怕。所以，有些事不必现在说，我还能消化。"

病房的门被推开，一个高大的生着星点白发的男人走了进来，他的眼眶很深，身上有着浓重的烟草味。

"顾伯伯。"

男人看到阿衡，惊喜了眉眼："丫头，你总算是醒了。飞白，喊医生了吗？让他们帮阿衡全面检查。"

顾飞白语气不咸不淡："头皮虽然磕破了，但是脑子没变聪明；胳膊虽然骨折了，但是她睡觉时我睁眼看着，应该没什么事儿。"

男人笑骂："格老子的，让你看顾着你媳妇儿还委屈你了，不就两天没睡吗？老子执行任务时几天几夜没睡的时候海了，什么时候跟你一样了？就不该让你爸带你，早些年跟着我，也不至于一肚子酸腐书生气了。"

顾飞白目不斜视，一本正经："关键我没日没夜地熬，也不见得有人感激。"

阿衡歪头，笑，把枕头堵在他的脸上："我感激你，我感激得不得了，我以身相许成不成？"

顾家大伯笑："这个感谢不诚意，做我家的媳妇早就板上钉钉，丫头太狡猾。"

笑闹总归笑闹，顾伯父还是让那少年亲自去了医务室一趟，同医生商讨阿衡的病况和出院日期。

顾家大伯很久未从军中回来，和阿衡拉了很长时间的家常，无非是顾飞白有没有欺负你，钱还够用吗，在学校学习吃不吃力，要是吃力的话还是不要去打工了……话语含蓄，却说了个明白，顾氏未来媳妇如此寒酸拮据，看着不像话。这话，大抵是从顾飞白的父母口中传出的。

阿衡点头："我知道。"

顾伯伯叹气："其实你不必介意花我寄给你的钱，那些……"

欲言又止。

阿衡想起了什么，低头，有些话还是说了："伯伯，您同我妈妈、爷爷他们联系过吗？"

"联系过，你妈妈、爷爷身体都很好，你不必挂心。"

阿衡额上微微沁了薄汗，声音越来越小，语气却带了认真："伯伯，

Chapter 67　我没有那种力量

我给我爷爷织了件毛衣，还有妈妈的一件披肩，能不能……"

男人拍拍她的肩，无奈，一声长叹："好，凑到我给你爷爷元旦备的礼单中，一起寄过去吧。阿衡，不要怪温家做得绝，有些事情不是你一个小孩子能想到的，等到以后，你就清楚了。"

阿衡抬头，看着白色空洞的天花板，没了意味地微笑："是我自己逃出来的，我怕整晚睡不香，我怕做不得理直气壮之人，我怕……偿命。"

与人无尤。

与温家无尤。

B市。

言希跺了跺脚，褐色的靴子在雪地上踩出深浅不一的鞋印。敲了敲保姆车的玻璃，哈气中有人推开了窗探出头，看到这少年，纳闷："言希，你怎么不上车，不是最怕冷的吗？"

言希微微抬头，笑："楚云，帮我个忙成吗？"

楚云惊吓："你先说什么忙。"

言希说："没什么，就是元旦那天跟我一起吃顿饭，别人要是问你跟我什么关系，我说什么你别否认就行了。"

楚云恍然："哦，你让我扮你女朋友。"

言希弯了眼睛："这姑娘，真聪明。"

楚云眼睛溢了水色潋滟，托腮："凭什么呀，我一黄花大姑娘，落你身上，名节都没了。"

言希："Chanel 的冬季套装、Fendi 的皮包，干不干？不干拉倒我找别人去。"转身，长腿迈了一大步。

楚云："哎哎哎，言先生，你怎么这么不懂幽默，不就吃顿饭吗，做朋友的一定两肋插刀。"

言希叹笑，扭脸，围巾下的大眼睛黑白分明："楚云，你真是见风转舵的极品，前些日子还有人跟我说让我注意你呢，说你精明得太狠。"

楚云拨拨黑发，眨眼："我不精明吗？"

言希鄙视："其实，我一直以为，你是靠脸和 36D 混的。"

楚云假笑："DJ Yan 过奖了，我哪有 DJ Yan 实力派，您从来不靠您那张脸混，和我们这些靠胸混的更是不可同日而语。"

言希："最近这年头，女人嘴都这么毒吗？"

楚云抚额："你了解女人吗？别拿你那双大眼睛瞪我，好吧，我换个说法，你从小到大接触过同龄的女孩，喜欢过接吻过守望过失恋过吗？"

言希从厚厚的口袋中掏出手机看时间，平淡地转移话题："快录节目了，我先走，元旦那天我开车接你，十点钟，期待楚主播的美女风范。"

1月1日。

当言希的跑车开进大院儿，楚云开始尖叫："啊啊啊啊啊啊啊啊，言希，我们为什么会来这种地方吃饭？这里不是……不是我上次采访军界要人们的地方吗？"

言希："你上次采访的谁？"

楚云啃指甲："辛云良、孙功、越洋电话的言勤，还有，呃，温慕新。"

言希："哦，我们就是去温慕新家吃饭。"

楚云："千万别告诉我你是温慕新的什么人。"

言希淡淡摇头："我不是。"

楚云拍胸脯压惊。

言希："我是言勤的孙子。"

楚云继续尖叫："啊啊啊啊啊啊啊啊，那些狗仔死哪儿去了，平常老娘有个风吹草动他们黏得比 502 还'2'，为毛这么大的一个地雷没本事排查出来——"

Chapter 67　我没有那种力量

言希踩刹车,看着眼前的白楼,眯了眼:"到了。"

楚云很受打击:"不用你说,我上次采访来过。言希,我还是走吧,我上次得罪这家的丫头了,这次上门不是找打吗?"

言希笑:"你对温思尔干什么了?"

楚云泪:"我就说她长这么凶,和她妈妈一点也不像。"

言希关车门拔钥匙,低头,淡然道:"有什么可恼的,像了,才有鬼。"

他已经有近两年没来过这里,平常回家,宁可绕一大圈,也不从温家经过。

圣诞节那天,温思莞打电话他掐了,对方又打,继续掐,继续打,最后烦了,接通,问:"你想干什么?"

温思莞说:"言希,我爷爷让你元旦去我家吃饭。"

"我说过我这辈子都不想再看见姓温的。"

温思莞沉默了几秒,轻轻开口:"不止你,还有陆流、达夷、孙鹏。"

"那又怎么样?大联欢?抱歉,你找错对象了。"

那人顿了顿,也冷漠了语气:"那就拿回你忘在温家的东西。如果有可能,带个女人,我不想看见我妈如坐针毡的样子。"

忘在……温家的东西?他怎么不知道。

楚云拽着他的袖口,小声嘀咕:"喂,我去真的没关系吗?妈呀,你让我骗革命先辈,我不敢……"

言希抽搐:"楚云你可以装得再无辜点,Chanel、Fendi,一二三,站直,气质!"

于是,某人扮观音圣女状,笑得如沐春风。

摁门铃,半天才有人开门,是思莞。容颜俊美,眉眼清朗,还是以前的样子，无甚大变化。

他看到言希和楚云，手插到裤兜中颔首让身："进来吧。楚小姐是吗，上次见过了，请进。"

言希换了鞋，取下围巾搭在臂上，身后跟着楚云，走了进去。

客厅还是照旧的热闹，老人们下象棋，年轻的打麻将算点数，厨房里，不甚清晰的女性的交谈声，想必是温母和张嫂。

言希恍惚，这里仿佛什么都没变。

楚云戳他："喂，你抓围巾抓这么紧干吗？快破了。"

言希低头，向日葵早已经不清晰，但明灿灿的色，比回忆还让人难堪。

"言希来了。"陆流笑，推了牌走了过来，看到楚云，表情淡了三分，"楚小姐，这是？"

言希说："哦，忘了跟你们说，我和楚云谈朋友了，趁着大家都在，带过来给你们看看。"

孙鹏转牌，似笑非笑。辛达夷直接从椅子上弹了起来，眼瞪大了一整圈儿。

楚云不说话，得体羞涩地笑。

温老和辛老停了动作，站起身，审视这姑娘。

温老温和地问言希："你爷爷知道吗？"

言希摇头，得体地回答："还没来得及告诉爷爷，先带给温爷爷、辛爷爷看看。"

辛老点头："是个伶俐的姑娘，很好。"

说完，无了话。

一帮小的，各怀鬼胎，也不作声。

顿时，气氛有些尴尬。

温母听到言希说话的声音，从厨房走了出来，看着言希，眼圈红了：

Chapter 67　我没有那种力量

"你这个孩子，这个孩子，怎么这么久，没有……"

言希拥抱了温母，笑："上了大学，做了一些兼职，时常抽不出时间来看阿姨。"

温母点头说："阿姨都知道，小希长大了，开始懂事儿了，是好事。"

转眼，定睛在楚云身上，看这姑娘容颜明媚、活泼跳脱，和……她完全不同，只道言希定是放开了，身上的重负也减轻了许多，和蔼地拉着楚云问长问短。

思尔坐在麻将桌旁，冷冷地喊了一声："妈。"

温母却像没听到，十分喜欢楚云的模样，忙着招待楚云。

思尔站起身，看了言希和身旁的女子一眼，默默上了楼。这样的言希，这样的妈妈，统统都不是她认识的样子。

思莞替了思尔，继续和三人打麻将，呼呼啦啦，恢复了热闹的气氛，好像什么都没发生过。

言希坐着陪楚云看电视，楚云低声："你和陆流他们一早就认识？"

言希"嗯"了一声，电视上正在播广告，他却聚精会神。

这姑娘觉得屁股硌得慌，起身，原来坐在了一件蓝色披肩上，针脚细腻，干净温柔的感觉。她觉得自己身为言希的女友，为了对得起 Chanel 和 Fendi 必须拍马屁了，堆了笑脸："阿姨，您的披肩真漂亮，在哪儿买的，眼光真好。"

温母扫了一眼，轻描淡写："朋友捎的，不值什么钱。"

言希眯了眼，指尖僵了，想要去触披风，楚云却转手递给了温母，只余他，抓了满手的空气。

吃饭时，一帮少年郎为了逗老人开心，装傻的装傻，装乖的装乖，什么顺耳说什么。

楚云乖觉，顺着老爷子们的意思讲朝鲜、越南战场，一段段往事回忆得热血沸腾，二老被灌了不少酒。

温老红了面庞，比平时的威严多了几分和蔼："甚好，这姑娘比我家姑娘强，说话做事极周到，小希眼光很好。"

言希面无表情："是，很好很好。"

思尔却插嘴，打断了言希的话："爷爷我怎么比不上楚主播了？"

温母拍拍她："大人说话，小孩子插什么嘴，吃你的饭。"

桌上，有一盘红烧排骨，言希咬了一口，微微皱眉，又放下。

他们几个也喝了不少酒，推杯换盏，少年心性，总要比出个高下。

言希借口逃了出去透气。

枯伶的树枝旁，那个窗口紧紧闭着。他曾经仰着头，日复一日地大喊着，似乎，下一秒窗就会打开，探出一个脑袋，趴在窗台上，笑容温暖："你，吃饭，了吗，言希？"

除了他的名字，那个人多强大，从未说出完整的句子。

再仰头，却再也没有……那样的人。

散了酒意，言希又走了回去。楚云看到他，笑容一瞬间变得安心。她趴在他的耳边，轻轻开口："你去了哪里？"似乎借着酒意，一瞬间就亲近了很多很多。

言希笑："就是出去走走，你不要喝太多，等会儿我可不负责把你拖回家。"

她挽着他的臂，小小的可爱，摇头："没关系没关系，我可以赖着你。"

于是，这番情景，又落入了谁的眼中。

思莞站起身，微微叹气地开口："你的东西在楼上，张嫂前些天险些当垃圾扔了。"

言希看着他，说："我跟你一起去拿。"身后，赖着那个喝醉了亦步亦趋的楚姑娘。

曾经藏在树荫下的那个房间，原来这么干净整齐。桌上的每一本书都掖得那么平。窗台上的仙人掌，经年已久，养在室内，正是青翠欲滴的姿态。

哪比他，回国时，言家白楼，人去楼空。

思莞从柜子中抱出一个方纸盒，递到他手心："我也是打开了才发现，是……你的东西。"他轻轻叙述。

楚云却好奇地看着这房间："这是谁的房间，怎么除了笔墨纸砚，什么都没有？"

什么都没有。

思莞笑："她不喜欢别的女孩子喜欢的东西。"

言希却抱住了盒子，攥出了深印，低头，轻飘飘了无生气，化了灰的声音："你怎么知道？"

思莞别过脸，唇色惨白。

室内，电话忽然响了起来。

2:00 p.m.。

只响了一声，已被对面房间的思尔接起。

由于供暖，两个房间为了透气门都大敞着，透过对面那扇门可以看到，温思尔接电话的表情很是慌乱。

她说："你怎么打电话来了，不是让你打我的手机吗？"

她说："好，大家都好，你看到访谈了，对，他身体很硬朗。"

她说："好了好了，我现在很忙，先挂了。对了，下次别送那些东西了,这么廉价,他们不会用的。"

她说……她还想说什么,却被人紧紧抓住了腕,转身,却是言希。

那少年喘着粗气,大眼睛死死瞪着她:"把电话给我!"

思尔说:"言希,你疯了,是我同学的电话。"

言希咬了牙:"我再说一遍,给我!"

思尔震惊,看着他,瞳孔不断缩紧,所有的张力,绷紧在神经。

终究,松了手。

他把话筒贴在耳畔,额上的黑发遮住了眼。许久,面无表情地放了话筒。

散落在地上的,是那个方盒子。

一张名为《朝阳》的画作。

一双洗得很干净的白色帆布鞋。

很久很久以前,他穿着这双鞋,拿着伞,走到迷路的她的身边。

"阿衡,我带你回家。"

Chapter 68
我们说的谁和谁

Z大。

"喂,喂……真的是DJ Yan吗?"小五嘀咕,对方却是一阵沉默。

阿衡看着话筒,微笑,模糊了眉眼。

终究,呼吸从鼻息中,丝丝缕缕,转凉。

自取其辱吗?明明是温思尔说妈妈对她思念甚笃,让她拨号码到宅电。

右键,截断,嘟嘟的声音。

小五拍案,笑骂:"好啊你个坏东西,连你五姐都敢作弄,胆儿长肥了不是?"伸出魔爪,拧孩子两颊。

阿衡不反抗,挽住她的臂,呵呵笑:"走了走了,该吃晚饭了,今天元旦,我请你吃好吃的。"

小五望天,摊手:"又是新的一年,我们又老了一岁,奔三了。我这二十年都干了些什么,为毛一点印象都没有?"

时年,2003。

阿衡觉得自己饿了,其实,这只是一种很空虚的感觉反映到腹中,造成的不知道是不是错觉的东西。

她说:"我有印象。我小时候爬过十几里的山路,上初中的时候帮别人作过弊,高中的时候经常做排骨,后来,后来就来到这里了。"

小五干笑:"果然,够无聊。是你的风格。"

转身,想起什么,抬头:"哎,六儿,不对吧,今年过节,你不是该去给你未来公公婆婆请安吗?"

阿衡说:"飞白的妈妈对我太客气了,我去了他们反倒不自在。"

每一次看着她,都生疏得像是看到不得不招待的陌生人。她想说一声,婆婆,我是你儿子要过一辈子,指不定还给你生个孙子的人。

关键,她怕她婆婆再来一句:是吗,你辛苦了,太麻烦你了,这怎么过意得去?

正说着,寝室的门打开了,带进一阵凉风,阿衡下意识地打了个冷战。

那人跺了跺脚,大衣的下摆转了个散开的弧。

抬眼,长长的发。

是杜清。

她关门,门外女孩子们的嬉闹被隔绝了个彻底。那是她们常听到并且彼此享受的,亲密、温柔、玩笑,似乎这辈子你我最贴心。

她看到阿衡,本来柔软疲惫的姿态却一瞬间高昂,像个小小的孩子般的战士。

没有明刀明枪,只是小小挑衅的毒,无从设防,倒到心口,依旧疼痛。

因为,这是你纵着她的下场。

完全接受她的下场。

于是,我可否把它称作……背叛。

阿衡的脸上无了笑意温存,她问她:"你有什么话想要告诉我吗?"

杜清下巴的线条尖锐:"你是要我向你认错吗?可是我一点不觉得有

什么错怎么办？只能说，你的苦肉计胜了一筹。"

她认为那个巨大的蛋糕招牌是一个多么可怕的表露心机的苦肉计。

小五讷讷："你们怎么了，气氛这么怪？"

阿衡和缓了脸色："五姐，你等五分钟，随便找件事，DJ Yan 或者摇滚都可以，不要听我们的交谈。"

杜清把手套扔到了桌上，冷笑："你认为我跟你说的话很脏吗，怕污染了别人的耳朵？"

阿衡坐在了椅上，手抓住了床栏，扭曲成了个怪模样："为什么要骗我？"

杜清一副受不了的表情，嗤笑："拜托，你是谁，我为什么要跟你说？我麻烦你清醒清醒，'被抛弃'的温小姐！"

所以，你只用受宠或者抛弃的哪家小姐来衡量温衡——小六？

柴米油盐酱醋茶，三百六十五天，日日夜夜，她只剩下这个价值。

阿衡大笑："抛弃，抛弃，这词说得真妙！"

一直想不起如何定位自己。对面那个面容精致的姑娘已经把她当作了敌人，即使不久之前，她们咬着同一块甜甜圈吃得满嘴都是奶油，笑得嘴角都挂着月亮。

心中有什么东西，顷刻之间，坍塌。

杜清指插入发，淡淡开口："你还要什么措辞？不是已经认定自己受害，我十恶不赦，俯首认罪才最合适。"

阿衡说："你的眼中只有两种选择，你和顾飞白或者我和顾飞白。可是，抱歉，我要的是你的选择，顾飞白，还是，我？"

杜清笑，眼中的迷茫一闪而过："这有什么区别？你明明知道，我从来不会选择你。很久以前你就应该知道吧，我的手机、电脑、信用卡，密码统统都是飞白的生日。"

她走到阿衡的面前,轻蔑的笑容:"忍这么久,不辛苦吗?懦弱、无知、扮可怜,除了这些你还会什么?顾飞白只是个,心太好的男人。"

阿衡走了过去,捂住了她的眼睛:"能不能不要用快要流泪的眼睛对我说这些话?我不想哭。"

她说:"我可以像街上被生活经久折磨失去了教养的女子一般,对着你吐口水,扯乱你的头发,告诉你,你是这个世界上最没有本分的人,肮脏、污秽、坏人姻缘,应该打入十八层地狱,对着你用尽世间最恶毒的诅咒。可是,这丝毫不能证明我不懦弱。"

杜清推开她,倒退了坐在床上,阴影遮住了眸,凄凉地开口:"这只是个道德的惩罚,顾飞白,我绝不放弃。"

"我们打个赌怎么样?我离开一周,设定完全合理的理由,你留在原地,这么一块的空白完全由你填补。只有一次机会,如果顾飞白选择了我,你失败了,放弃。"

杜清嘲笑:"不继续表演你的姐妹情深了?前戏做完,婉转曲承,最后一句话才是重点。"

阿衡轻轻开口:"怎么,你觉得这是一种不可能的挑战吗?"

杜清躺倒在床上,鬓发铺散成满满的花朵,绽放。她说:"我接受。"

这厢,小五戴着耳麦,被摇滚震得头皮发麻,看到阿衡凑过来的面孔:"什么,六儿,你说什么?"

阿衡笑,摘下她的耳麦:"我说,对不起啊五姐,不能陪你吃晚饭了,我要回一趟B市。"

"多久?"同样的说辞说给顾飞白,他的声音却有些冷淡。

"七天,大概。"

然后,顾飞白说:"坐飞机吧,我送你到安检。"

Chapter 68　我们说的谁和谁

他拿着手机，郑重其事地拍了照。然后，狠狠地拥抱，带着不安："就七天，晚一秒，我把你扔到天桥上。"

她笑，轻轻拍他的背，小声安抚："飞白，你不要再时刻预谋把一个女孩子往天桥上扔，我随时都可以不要你的。真的，我也有骄傲的。"

顾飞白捧着她的脸，无奈，笑开了："别说你的骄傲，就是你，都是我拾回来的。"

多久之前，曾经接到那一通电话。

时间，地点，空洞，男声。

然后，切断了电话。

他跑到天桥上，看到魂牵梦萦的女子，抱着那样大的一个箱子，满手干涸的血迹，失去了灵魂的模样。

像是上帝的恩赐。

她认出他，别过脸，预谋着一次擦身而过。

他却攥住了她的腕，带着咬牙切齿的痛意："温衡，他们都说你是我的未婚妻，你还认不认账？"

他们，多少人？三个，两个，一个？将来，现在，还是……曾经？

那样嚣张的话语，却是卑微到了骨子里的语气。

他憎恨自己为了一个女人抛弃了自己的尊严，却无法不做出让步。

那时候，抱着她，深切的情意，无法再顾及她是否还有力气按着才子佳人的话本，细水长流地深爱上一个人。

只知道，在她看不到的身后，天桥另一端的雨中，藏着一个雾色的黑衣男子，苍白着面庞，干净的大眼睛，随时可能倒下的痛失。

他知道，如果自己抱紧了这姑娘，这人只能永久地藏在晦暗中，像遭人践踏的影，再无回寰的余地。

从此，余生。

B 市。

言希和楚云的绯闻甚嚣尘上，一月初达到小巅峰。

原因不是某某杂志某某报社跟拍了什么言某某楚某某在一起的夜生活，那个是炒过的冷饭，不新鲜了。

这次不一样，这次，言希、楚云被邀主持一档音乐节目。楚小姐走台没走好，高跟鞋太高踩住了长裙，差点走光。DJ Yan 反应那叫一个迅速，抱住了她，西装一遮直接往后台走。

然后，台下，万千观众。

于是，DJ Yan 你还想抵赖不成？首都观众一人一双眼。

楚云说："抱歉，今天这么不专业，连累了你。"

言希无所谓："你不可能每天都专业，专业人终究还是人。"眼下却是略微的青影。他为这一场音乐盛宴准备了三个工作日。

她揉着脚踝，问他："为什么想起做 DJ？不太……适合你。"

言希从化妆间找出化瘀的芦荟胶递给她，微微俯视："政客？外交官？那是父辈走过的路，不可能一直继续。"

楚云笑："可是，知道别人怎么说吗？整个 B 市只有 DJ Yan 一个了吗？连卫生巾都要代言。"

言希不置可否，示意她继续。

她说："你的性格，还不至于让自己每天忍受这些冷嘲热讽吧？"

室内暖气很热，言希解了衬衫的第一粒纽扣，平淡笑开："那又怎么样？你被狗咬一口，难道还要咬回去吗？"

这姑娘忽然凑上前，漂亮的眼睛直直地盯着他的双眸。

言希微微皱眉，有些不悦，她却轻轻开口："言希，你眼中有一块很大的黑洞。"

言希轻笑，陷入身后的皮椅中，与她隔开正常的一段距离："楚云，不必拐弯抹角,你到底想知道些什么?你知道,被人当作一块时刻惦记着的蛋糕,滋味并不怎么好。"

楚云眨眼,目光狡黠:"你为什么非要这么固执地出现在全世界面前,遭到嘲弄和侮辱,依旧如昔?"

他望着化妆间柔和的白灯光:"初衷记不得了,现在只是惯性。"

楚云想起什么,恍然:"是因为那个房间的主人吗?温家,那个多出来的房间。"

她脑中开始酝酿,想了半天,许多电影剧情在脑中飞转,咋舌:"难不成那个人是你的初恋,然后得白血病去世了。而你爱她爱得很深,受了刺激,一叛逆,就违背了家里的意愿,做他们最不喜欢的行业?"

言希轻笑:"虽然你说的没有一句正确,但我的确更喜欢这个虚假的版本。"

"为什么?"

言希说:"一个迷失了方向的人,在坟墓中待着,起码,不会乱跑。"

楚云嘴角勾起一抹笑:"言希,你对她似乎只是一种责任。"柔软如水的眼神,望向了他。

她说:"如果你的生活是一出剧目,我觉得,自己似乎可以做女主角。"

言希笑,捏着细长的眉笔快速转动着,询问的语气:"怎么说?"

楚云眨眨眼,伸出纤长的指如数家珍:"你看,你年少轻狂时遇到了那样一个给了你伤痛的女人,封闭了心。多年以后,咳,遇到了我,也就是女一号,然后,我美丽热情善良调皮,重要的是,还带着些女主角都有的小迷糊,渐渐一点一滴打动你的心。喂,言希,你当心啊,我马上走进你心里了。"

言希挑眉,伸直了双臂,敞开的胸怀,骨骼肌理,一寸一寸,伸展。

"随时欢迎。"

Chapter 69
一树一花一菩提

阿衡常常在想,记忆是不是永远不能消退?如果不能,实在是太可怕。这代表着,她将永远无法原谅自己。

那些场景,不断在脑海中回旋。

"阿衡,无论去什么地方,都不可以让你爸乘飞机,知道吗?"那是她的妈妈,很严肃很严肃的表情。

阿衡点头,温柔着眼睛用力点头,她说:"妈妈,我记得了。"

妈妈揉了她的发,忙着收拾他们的衣物,许久,又一次开口:"不许忘,禁令,绝对!对着我再说一遍。"

阿衡看着她,认真地重复,一字一句:"绝对,不可以,让爸爸乘飞机。"像个小孩子初次学习说话,然后,小心翼翼地问,"为什么?"

她的妈妈给了一个拥抱,轻轻,微笑了:"啊,那个呀,你爸爸他——"

父亲却在旁边轻咳,喊了一声"蕴宜"打断了她的话,提起旅行包,拉着阿衡的手,领首,远去。母亲看看他们,连背影都似乎变得暖烘烘。

在她心中,父母站在同一幅画面中深深相爱着,完全属于温衡,似乎只有这一刻了。

她停在墓园的坟前,蹲缩了身体,静静地看着墓碑上的那张黑白照片。俊朗、粗犷、正直、汉子,这个赐予了她生命的男人,深深爱着温姓男女的她的父亲,这是她对他短暂的一生所有的定位。

哦,还忘了一句:被自己的女儿害死的可悲男人。

死了,死亡,这词汇的深刻,同样是他教给她的。

甚至,无法辩驳。

他说:"不许告诉你妈妈,她该骄傲了。这是属于我们父女的秘密,只有我和我的小阿衡才知道的秘密。"

时隔两年,1月8日,她停留在B市的最后一天,未止的寒日又飘起了大雪,天地一片苍茫。

碑文上的字迹,早已在雪中模糊不清,她用手轻轻抹去雪,指尖在凹凸不平的刻字上滑过。

她是无权参与立碑的人,尽管永远躺在这里的人,赐予她温姓。

  未亡人温氏蕴宜

  不孝子温思莞　温思尔

她笑,以为已经是终结,手指移到下一行时,却僵硬了。

孤零零的六个字,漂亮的楷体,尖锐扎人,是一遍遍重复篆刻的结果。

  温衡　言希代书

她酸了鼻子,抱住墓碑,低垂的额贴在那一块刺骨的凉上,干净的袖角沾上雪,骤冷。

她以为,自己只是走了一个转身的距离,放眼,却是一片汪洋恣意的海。

生离别,如果不是离别之时情求不得,那么,我可不可以理解成,离别的时候你我还活着?

不远处传来深深浅浅的脚步声,在雪地中厚重而沉闷。

阿衡撒雪铺平脚印,走到反方向的大树后,前方一排墓碑将她挡了个彻底。

这种天气,来墓园的人很少。她轻轻探出头,看到一行五人的背影。打着伞,雪色中不甚清晰,只辨得出,两男三女。

他们停止了,站到了她刚才站过的地方。

为首的女人收了伞,抱着的花束,放在坟前。她的发髻上簪着白花,带着思念的语气辛酸开口:"安国,我和孩子们来看你了。"身后的那对年轻男女跪了下来,冰凉的雪地,泣不成声。

这样正大光明的悲伤的眼泪,真让人……羡慕。

阿衡看着他们,只记得起无休止的冷漠,似乎,他们离开她时,没有此刻悲伤的万分之一。

沉默的母亲,在她跪在温家门前两天一夜后依旧无动于衷的母亲。

皱着眉的思莞,最后只说了一句"阿衡,够了,妈妈现在不想看见你",便紧紧关上门的思莞。

思尔看着她,眼中带着悲悯,像是看着一只小猫或者一只小狗奄奄一息的生命。她说:"我告诉过你的,不要痴心妄想。亲情、言希、友情,在这个肮脏的大院儿里的,统统不要痴心妄想。我告诉过你的。"从她手中高高落下的,是Z大的通知书。

风卷着雪,绵延狂暴,埋葬了过往,和着哀乐在天边旋转。

风中,远处的声音只剩下单薄的音节,断断续续传入她的耳中。温妈妈揽着站在后排的那一对男女,开了口:"安国,你不用担心了,小希有了女朋友,是一个好姑娘。今天我专程带她来看你,不比咱们的阿衡差,安心吧。"

那一对男女，穿着棕色大衣的黑发少年拿着伞，身旁站着一个娇小身姿的姑娘，死死地拽着他的衣角，俏皮依赖的姿势。

那姑娘调侃："言希，你前岳父都承认我了，这辈子你只能娶我了，知道不？"

言希。

言……希。

阿衡想，这名字，真好听。

两小无猜时，她常常对着旁的全世界的人皱着小脸指手画脚："呀，我跟你说，言希可烦人了，真的，可烦人了。"

是手中握了宝贝，忍不住向全世界炫耀她的宝贝的好，却又害怕别人觊觎改为指责的小小心思。

其实，言希可好可好了。

阿衡低头，吸了吸鼻子，眼中，却有了泪意。转身想要离去，却不偏不倚，一脚踩进了树洞，惊起了在枯枝上做窝的乌鸦，黑压压一片，在雪中绕着树飞转。

阿衡怕引起注意，身体往内缩。所幸，树洞够大。

"有人吗？"是思尔的声音。

渐近的脚步声。

阿衡唇有些干燥，瞳孔紧缩，死死盯着外面。

一双棕色的皮靴，越来越近。太近了，她甚至看得到，这人膝弯处牛仔裤布料的褶皱。

终于，停止。

她埋下面孔，向着黑暗的更深处，用手捂鼻，抑了呼吸。却听到了来人的呼吸，在雪中，微微喘着粗气。

他死死盯着树洞，握紧了双拳。

"言希,是什么?"思尔问。

他完全遮住了树洞,背过身挡住思尔的视线,面无表情,平淡开口:"看不清楚,应该是野兔子的窝。"

"哦,是吗?我最喜欢小兔子,小兔子多可爱。"思尔狐疑,走上前想看个清楚。

阿衡透过微弱的光线望过去,那个少年的大衣看起来,很暖很暖。

他移开,环抱双臂,挑眉:"说不定是黄鼠狼,黄鼠狼也挺可爱。"

思尔变了脸色,远远扫了一眼,黑乎乎的确实看不清,转身,走开。

萦绕在鼻翼的淡淡的牛奶清香,伸手,就能拥抱的熟悉和心安。

阿衡觉得心口堵得难受。

不能动,绝对……不能动。

他握着伞柄静静地站着,看着这树洞许久许久,恍惚间,连大眼睛都变得温柔。终究,他默默放下手中的伞,而后,脱下皮手套,躬身,轻轻放在树洞口。

转身,孤独的脚印,一路前行。

一树一花,菩提树下,擦身而过,站定成佛。这一次,真的真的,我不认得你。

远处,那个娇小的姑娘向他砸过雪球,飞扬的笑脸:"言希,没想到你对小动物这么有爱心。我越来越喜欢你了,怎么办?"

怎么办?

言希抹了把脸上的雪,低头,无所谓地开口:"那就喜欢着吧。"

阿衡回到 H 城的时候,是顾飞白接的机。

他看着她,面色还是平时的平静,但是,眉眼却冷淡了好几分。

他问:"去了哪些地方?"

阿衡想了想,前六天在旅店看书,最后一天上了坟,实在乏善可陈,便简单概括:"随便逛了逛。"

顾飞白看见她手边的伞,淡淡地开口:"B市的雪很大吗?"

阿衡轻轻点头,"嗯"了一声。

他眯眼:"不像你的东西。粉色你不是一向讨厌?"

阿衡轻笑:"一个爱护野生动物的好心人士落下的,我正好拾了。"

顾飞白淡笑:"别人的东西,不知道有没有细菌,怎么能乱捡?扔了吧。"

阿衡愣在原地。

他说:"我能买千把万把,三百六十五日,一日送你一把。这一把,就丢在垃圾箱,如何?"

阿衡皱眉,听着顾飞白的话,似乎带了些挑衅的意味。

"怎么,不舍得扔吗?"顾飞白冷冷地瞥她。

阿衡把伞递给他,淡笑:"扔了吧。随你喜欢,怎么处置都行。"

顾飞白打量她,没有感情的声音:"你呢,你是不是也随我处置?"

阿衡后退一步,眉眼是微笑的,却没有丝毫笑意:"飞白,这笑话不好笑。你知道,我有血有肉,与你一样平等自由,没理由任你处置。"

顾飞白把手插入口袋,低头,半响,却笑:"我想学肥皂剧抱住你,给你一个无法呼吸,随便你死或者我死都很好的吻。可是,温衡,你真无趣。"

阿衡愣,啊,随即,笑开了:"飞白,这不是我们的方式,极快生活节奏的速食恋爱才需要用吻点燃热情。"

顾飞白眼中有着的小光明却一瞬间熄灭,黯淡了:"可是,我们之间连热情都没有。"

他张口，下定决心想说什么，阿衡却微笑，低声："飞白，有什么话你迟些再说，嗯，1月10日零点之后都可以。现在，我很累。"

随着不远处飞机的起飞，轰隆的，盖住了所有的声源。

她看着顾飞白的眼睛，轻咳，脸上浮过红晕，山水的温柔，小小的尴尬和认真。

她说："我真的很适合做妻子。忽略热情，你可不可以再认真考虑考虑？"

Chapter 70
多么可惜不是你

1月9日，H城迎来2003年的第一场雪，游飞如絮，比起春日宴不差分毫，不知是不是养了太多的才子佳人，整座古城做派也是日复一日地念成诗意。

阿衡早上接水的时候不小心滑倒，把水壶打碎了，浇了整条裤腿。她哭笑不得，只得丢了旧的去买新壶。

路上遇到班长小胖正吭哧吭哧地吃包子，看见她，揪了小辫子就问："孩子，复习得怎么样了？"

阿衡："小胖，班长啊，你相信我一次不成吗？我以前真的是好孩子的呀。"

小胖冻得脸通红，抽鼻子，塞包子："你拉倒吧，我信你我就疯了。好了，今儿哪儿也别窜了，跟哥一起上自习。"

小胖是个笑起来脸能挤成包子还带几个褶儿的孩子，心眼儿好又负责任，很受大家爱戴。不过太霸道，在班里是绝对的一党专政，说一不二的主儿。他说阿衡要去上自习，咱孩子就非得去，晚一秒能把你说得没脸没皮今天叛党明天叛国还不给缓刑。

真的，老霸道了。

阿衡于是只能"哦",提溜着新壶跟在小胖身后,晃荡到了自习室。

临近期末,自习室人很多,找了半栋楼都是满满的。最后在五楼总算看见一个人少的,刚想进去,小胖就指着最后一排角落的俩人:"哎,不是顾师兄吗,那个,杜清?"

阿衡看了一眼,点头说是。

小胖纳闷:"他们怎么凑到一起了?"

阿衡笑:"人生何处不相逢,你吃个包子我买个壶都能碰到了。"

小胖嘀咕,倒也是。忽而转念,合门,义正词严:"不行,这个教室不能进,温衡见不得顾飞白。"

阿衡哑然失笑。

温衡见不得顾飞白。这句话是小胖的名言,含蓄地点出了温衡看见顾天才就要随时扑过去的客观囧态。

小胖拍阿衡肩:"你也别黏他黏得这么热乎了,到时候没新鲜感了,心思容易长歪,有你哭的时候。哥是男的,清楚男人怎么想。"

阿衡说:"你哪只眼看见我黏他了?"

小胖拍拍书包上的雪,说:"也不是黏,怎么说,应该是你依赖他,你看不见他你……你就心慌,我跟你说。"

阿衡:"真……一针见血。"

她一直在定位自己对顾飞白的感情,发现喜欢呀爱呀的离自己似乎都太远,可是看不见他,会不自觉地回想起自己抱着皮箱子在天桥上饥肠辘辘的感觉。没有着落没有安全感,真的……很难熬。

于是,逆向思维,B市某野生动物保护协会会员,不知道是不是也是这么想的,真的真的可以确定不是喜欢,却会想起排骨美味的感觉。

小胖说:"你想过将来吗?我让你好好学习跟害你似的。你天天想着怎么多挣一两块钱,少了一两块钱是能饿死还是怎么的。顾师哥能一样

Chapter 70　多么可惜不是你

吗？你不努力一把，以后别说追随人脚步，能把你甩出撒哈拉。就为了一点钱，鼠目寸光，庸俗！"

阿衡低头："真的会饿死。少了一毛都能。"

瘪下去的肚子，以及瘪下去的……自尊。

到傍晚，小胖才伸了个懒腰放行。

阿衡匆匆回到宿舍，放下壶换了衣服，准备去打工的地儿。

杜清已经回来，寝室其他人也都在。大家的表情都有些怪，看着她，欲言又止。

阿衡纳闷："怎么了？"低头，发现床下一片狼藉，原来放大箱子的地方，空了出来。

阿衡环顾四周却没有看见，比画着箱子的大小："我的箱子，你们见了吗？"

寝室小三一向心直口快，憋不住开了口："阿衡，不是说你，这么晦气的东西放寝室，怎么不和大伙儿商量商量？"

阿衡低了头。

她没有家，要放在哪里？

小四淡淡开口："阿衡，这事儿你做得不对。箱子的事且不说，二姐和顾飞白的事儿你怎么不和大家说清楚？她受的委屈可不小，你不能仗着大家疼你就不顾念姐妹情分。"

阿衡看着杜清，伸手，面色苍白："箱子呢，我的箱子呢？"

杜清低头："阿衡，我想通了，飞白我不跟你争了。顾飞白说我比你坚强，离开他还能幸福，可是你不同，你心里一直有很大的创伤，亲眼看着爸爸心脏病病发，从挣扎到死亡……"

谁要听你说这些，我比你清楚。

阿衡看着她，冰凉了血液，吸气时心都是疼的，小刀剜着，一下一凌迟，大吼了出声："我的箱子呢？"

箱子呢？

她茫然地看着寝室四周，书桌、雨伞、水壶、镜子、拖鞋，每一样，都在。

可是，箱子呢？

爸爸呢……

小五不忍心，闭眼，指了指卫生间的方向。

阿衡走了过去，一步步，冰凉的把手，狭小得难以忍受的空间。

地上，零落着她的大箱子。

一张车票，带她到这里来的车票。

一身孝衣，她为别人的父亲哭丧时穿的。

一个木牌子，慈父温安国之位。

常常，无法忍受时，躲在这里，她抱着父亲哭泣。

爸爸，我也很想成为所有人都喜欢的好孩子。可是，要多努力才够？

地板多凉，她们却把你放在地上。

她转身，狠狠地打了杜清一巴掌。

她说："我不会原谅你，永远不会！"

她曾经说："爸爸，我好像多了五个姐姐，她们对我可好可好了。"

蓦然，看着她们，眼中却早已不是痛意。

大大的箱子，来时的那一个，走时，终究，还是那一个。

B市。

1月9日晚，言希有一个节目，是娱乐性质的节目，全方位多层次立体剖析一个人的节目，你几岁还尿床，几岁学会自己便后擦屁股这种事都

Chapter 70　多么可惜不是你

要翻出来，以满足观众恶趣味的节目。

言希骂："到底谁出的馊主意？"

导播无奈："你家 Fans 说了，如果不让你上这个节目，就把台里大大小小十个网站都黑了。"

言希无力："那帮小丫头片子就是太爱我了。"

导播飙泪："爱你也不用黑我们啊！"

言希伸手："台本呢？"

导播一本正经："我们这个节目一向没有台本，主持人只要掌握节目进度和节奏，你随意发挥就 OK。啊，对了，会请两个节目嘉宾。"

言希挑眉："谁？"

导播神秘兮兮："到时候你就知道了。我们节目的宗旨就是制造意想不到的效果。对了，DJ Yan，我记得你会弹钢琴吧，到时候有展现才艺这个环节。"

言希说："大概会录到几点？"

导播嘀咕："现场直播，大概要到 10 号凌晨。"

言希抽搐："我想知道你们节目收视率能有多高，大半夜的都睡觉了，谁看？"

导播说："大概和你的 Sometime 一个收视阶。"

言希："晚上不睡觉的闲人还真多……"

转念，他想了想，说："我先去准备钢琴，今天晚上十点是吗？我准时到。"然后，有礼貌地颔首，告别离开，终于从嚣张的小少年长成了小小绅士的模样。

似乎昨夕，嘴上还说着幼稚心里想着暴力无罪，现在，却终于学会不动声色克制情绪，口中说着"请多指教"了。

时光，真是个可怕的东西。

晚上做节目时，主持人要言希知无不言言无不尽。

言希笑："我三岁的时候偷藏棒棒糖塞到枕头底下，被爷爷吓唬说如果吃了糖嘴里会长虫，虫子会拿着小锤子整天敲牙。那时候我年幼无知，知无不言言无不尽了，结果被爷爷揍了一顿，直接导致我现在对这八个字有阴影。"

主持人讪笑："DJ Yan 真幽默。"

知道他不像其他的嘉宾好拿捏，便收敛了一些，问了些网上普查的问题，喜欢的颜色、动物、食物，难忘的经历，等等等等。

言希一一回答，怎么正经怎么来。

导播急了，直向主持人使眼色，主持人话锋一转，问言希："最近，你和楚云楚主播的绯闻炒得很厉害，是真的吗？"

言希笑，不说话。

主持人好奇："难道是真的？"

言希说："我要是说真的或者假的，节目就没了效果。还不如不说话，你们反而更好奇。"

主持人心里暗骂：妈的，人一个靠嘴混的，要我一个靠脸混的用嘴调戏，不是明摆着悲剧嘛。脸上却笑开了，说："那关于这个问题，我们楚小姐怎么说呢，DJ Yan 的好朋友，陆氏的少东陆流又怎么说呢？"

于是，话题不够，美女俊男过来凑。

言希环抱了胸，看着从另一侧出现的两人，挑高了眉。

楚云一身 Chanel 米色小礼服，刚巧是言希上次送她的。面容不是平时上镜的端庄，反而带了许多活泼随意，五官精致，面容白皙，让人看了心生好感。

至于陆流，蓝色西装铁灰色领带，玉做的人一般无喜无怒，看到他，微微露出些笑意。

Chapter 70 多么可惜不是你

言希倒不怎么介意在节目中，平淡开口："你怎么来了？"语气直指陆流。

陆流修长的双手合成塔尖状，放在下巴上，也是旁若无人的气势姿态："正巧有时间，来看看你。怎么，不欢迎？"

楚云一屁股坐到两人中间，隔了两人的视线，对着主持人微笑："黄主持，可以继续了。"

言希皱眉，伸指轻轻推了推楚云："喂，你不嫌挤？对面不是还有一组沙发。"

楚云低头，眼睛亮晶晶的，声音很小很小，她说："言希，我不怕陆流，真的，你不用担心。"

言希五指抚额，笑了："拜托，这位小姐，你身边的那位是我发小。"

主持人眼镜反光，狡诈了："两位在交头接耳些什么，看起来关系很好。"

楚云笑："我和 DJ Yan 是可以一起喝酒吃肉、看电影、互赠礼物的好朋友，大家不要多想。"

言希："……"

陆流淡淡地笑，双目温和："是，言希经常和楚小姐一起出去玩，常常为此忽略了朋友间的聚会。"

言希抽搐。

楚云看了陆流一眼，假惺惺："也不是啦，我经常会劝他和你们一起玩。"

主持人完全兴奋了："这根本就是交往的情况嘛，果然，两位确实走到一起了。"

言希扑哧："您得出结论也忒快了点儿。"

楚云羞红了脸："言希，你忘了今天，呃，也就是1月9日，是什么日子了吗？"

言希眯眼："什么日子？"

"就是，我第一次见你的日子嘛。当时做节目玩游戏，两人三脚，我们俩一组……"

言希莫名其妙："然后呢？"

楚云笑："然后，我对你一见钟情。"

所有的人都傻了，毕竟是一个娱乐性的节目，没有多少人会拿自己的名声开玩笑。

停顿三秒钟，主持人反应过来，开始恭喜两人，追问言希的感想。

于是，言希还能做什么感想，他说："谢谢楚主播垂爱，我真没想到今天这么有意义……"低头，垂了软软的发，咬牙，"楚云，你丫欠抽不是？"

楚云昂首挺胸："我得对得起你给我的 Chanel。"

陆流玩味，靠在沙发一侧，长腿交叠，看着两人的小动作。

主持人说："难得我们的大美女主动告白，DJ Yan 是否有什么表示？"

言希啊，哦，反应过来，到才艺了，然后说："我弹一首钢琴曲，送给楚云，呃……和我们的纪念日。"

自然，钢琴是早就准备好了的。言希低头看了看腕表的时间，调了琴凳的距离，细长的指掀开琴盖。

他想了想，望了指下的黑白琴键，黑发掩了表情，唇角一抹笑，却带了少有的温柔。

他说："Devotion 的 *My Prayer*。"

温暖细致的琴音响起，一开始，是一段独白：

Dear God,

I know that she's out there, the one I'm supposed to share my whole life with. And in time, you'll show her to me. Will you take care

Chapter 70　多么可惜不是你

of her, comfort her, and protect her, until that day we meet. And let her know, my heart is beating with hers.

（敬爱的上帝：我知道那个我想要与之共度一生的人，她，不在这里了。但是我相信，某个时候，你将会让我再见到她。能不能求你帮我好好照顾她，让她过得舒适，保佑她，直到我们重新见面的那一天。还有，让她知道，我的心与她同在。）

流畅的指，放缓了的嗓音，像是全身心地宠溺了谁，却对那个人无可奈何。

Dear God，那样倾诉的语气，全身心的交付，倾尽了所有的温柔，给了谁的上帝。

停止的符键，微凉的指，顺着的琵琶音，苍白的色。

沉默，空白，舒缓的走向，末途的茫然，窗外皑皑的白雪。

不见止却的呼吸，却又响起，暖了一室的，祈祷。

　　In a dream I hold you close

　　（我常常在梦中紧紧抱着你）

　　Embracing you with my hands

　　（双手拥你入怀）

　　You gazed at me with eyes full of love and made me understand

　　（你用充满爱意的眼神凝视着我并让我领悟到）

　　That I was meant to share it with you my heart my mind my soul

　　（命中注定你将分享我的一切）

　　Then I opened my eyes

　　（但当我睁开眼睛）

　　And all I see reality shows I'm alone

（眼中的真实却是我仍旧孤单）

But I know someday that you'll be by my side

（但我知道总有一天你会出现在我的身边）

Cause I know God's just waiting till the time is right

（上帝只是在等候那个合适的时间）

God will you keep her safe from the thunderstorm

（上帝啊请让她平安，远离风暴）

When the day's cold will you keep her warm

（当天气寒冷，请给她温暖）

When the darkness falls will you please shine her the way

（当黑暗降临，请照亮她的道路）

God will you let her know that I love her so

（上帝啊你能不能让她知道我是如此爱她）

When there's no one there that she's not alone

（即使身边空无一人她也不会孤单）

Just close her eyes and let her know

（只要她闭上眼睛，就能知道）

My heart is beating with hers

（我的心跳一直与她同在）

So I prayed until that day when our hearts will beat as one

（所以我会一直祈祷直到我们心系一起）

I will wait so patiently

（我会一直耐心地等待）

For that day to come

（只为这一天的来临）

Chapter 70　多么可惜不是你

My Prayer，我的祈祷。

他说，我不相信这个世界有上帝的存在，可是，如果真的存在这样一个人，我愿意感恩，卑怜了骨血和骄傲，视他为上帝。

他说，他甚至不必把那个人带到我的身边，只要珍而重之，心存爱怜，我依旧感恩。

长长久久，伸展的肩胛也终究收回。再抬起眼，已经是含了冷漠和距离的眼神，刚才的温柔，荡然无存。

转身，大大的眼睛盛装着强大的灵魂，他看着楚云，含笑，清晰开口："致可爱的 Miss Chu，为了你的一见钟情。"

楚云眨眼："我想，上帝已经把最佳女主角安排在你身边。"

陆流淡笑，看着演播室的挂钟："虽然抱歉，但是我不得不提醒二位，现在是零点六分，1月10日。"

Chapter 71
谁也未能牵谁手

阿衡坐在每晚三十元的旅馆房间中,才觉得肚子饿了。

环顾四周,一件大外套,一个箱子,还有这些日子攒下的一百多块钱,仅此而已。

房间很简单,呃,或者说是简陋,除了一张床、一盏灯、一台破旧的脱落了漆皮的电视,别无他物。当然,三十块钱一晚的地下室旅馆,你还想要求什么?

放下行李,肚子已经开始咕咕响。阿衡叹气,果然,人是铁饭是钢,有吃的才是实惠。想感情,费脑子。

她套上外套,关房门,锁了一下。

狭窄阴暗的廊道上,有几个喝醉了的男人用极快的南方口音交谈着什么,言辞污秽不堪,空气中飘浮着厚重呛人的烟气。

阿衡竖起衣领,把头埋在大衣中避着这几个人,低头从他们身旁快速走过。

路过他们时,其中一个偏高的中年男人打量阿衡,目光甚是不正,操着破烂的普通话开了口:"小妹子,一晚上多少钱?"

阿衡转过脸沉默地走过,并不说话。

到了前台的时候,之前做登记的服务小姐正对着镜子涂口红,看到她,化着浓重眼影的眼睛离了镜面,笑开:"学生妹,莫理那些人,你要是缺钱，姐姐可以给你介绍一些好的。"

阿衡不看那人的脸，含混打了声招呼，推开玻璃门走了出去。

外面，尚下着雪。

阿衡打了个哆嗦，手插进口袋，戴上连衣帽，迎着雪，朝不远处的小超市走过去。

买了两包碗装的方便面，走到收银台的时候想起什么，她又折回拿了一瓶啤酒放在怀中，稍稍安了心。她扫了一眼，还剩一块快要过期的奶油蛋糕，心中有些酸涩，犹豫半天，还是拿了起来。

离开宿舍时，虽然会骂自己做事不稳妥，但这样的雪夜，除了自己，似乎没有别的可以依靠的人了。

她无法面对杜清，甚至，顾飞白。

终究，还是落了被人可怜同情的下场。

顾飞白无法离开她，不是她所想的对感情痛苦的切割，对两个人的彷徨抉择，而是，同情心泛滥的结果。

她可以赚钱交学费，可以养活自己，可以狠下心买好看的衣服站在他的身旁与他匹配，却无法阻止一个失了势的女子再也配不上他的社会地位的事实。

这只是现实。

她曾经咬牙狠心告诉自己，绝对不要主动放手，来之不易的幸福。

可是，万花筒中的幸福不叫幸福啊，那是一块块拼凑起来的碎玻璃。

回到旅馆的时候，那群男人已经不见，留下一地的烟蒂。想来是从外地来H城找工作的人，临时居住在这里。

阿衡松了一口气，摘下帽子，掏出钥匙准备开门，却忽然被人从背后捂住了嘴。

阿衡瞬间流了冷汗,耳畔传来中年男人带着喘息的声音:"一夜五十,做不做?"

阿衡使劲摇头。

那人吐了一口痰,大骂:"妈的,小婊子,别敬酒不吃吃罚酒。老子观察你半天了,不就是个出来做的穷学生,大半夜跑出来,想赚钱就别立牌坊!"

阿衡挣扎着想喊人,却不能发出任何声音,使劲掰那人的手,那人却越捂越紧。

见她反抗,那人拽着阿衡的头发推开门,粗暴地把她往屋里拖。

阿衡被他拉得跌跌撞撞,在黑暗中,满脸的汗。摸索到塑料袋里的啤酒,抓起,朝门上使劲儿砸去,酒瓶的破碎声惊动了整个旅馆。

那人知道阿衡要引人过来,恼了起来,用力扇了她几个耳光,把她摔倒在地板上,然后慌乱逃走。

阿衡扶着门口的木桌站了起来,打开灯,鼻子一阵热,黏稠的红色液体滴了下来。

不远处,传来啪啪走过的脚步声和一溜的骂街脏话:"大晚上,吵什么,作死啊!"

是前台的服务小姐,她看到碎了一地的啤酒瓶和阿衡凌乱的衣服、红肿的脸,微扬眉嘲笑:"怎么,学生妹,价钱没谈妥?"

阿衡面无表情,看着她,鼻血从指间缓缓流过。

服务小姐无所谓,低头清扫啤酒瓶,语气轻佻:"你们这些大学生比谁都装得清高,看不起我们这些人,到了背地里却什么脏事儿都干得出来。你觉得妓女脏,告诉你,妓女还不觉得你们干净呢。"

阿衡不吭声,走到对面的公共洗手间,清洗鼻子。

Chapter 71　谁也未能牵谁手

服务小姐探了个脑袋，看着阿衡，笑："是个有脾气的，你怎么不把瓶子朝他脑袋上砸？"

阿衡说："我没有身份证，只有暂住证。"

那人一愣。

阿衡继续开口："所以，我不能进公安局。"

手上的血迹洗淡了，阿衡看着清水，眼睛有些酸疼，揉了却不见泪："再说，我没钱，赔不起他医药费。"

那人看她，眼中倒有了些好奇，问她："学生妹，你多大了？"

阿衡看表，想起怀中的东西，湿着的手从外套中掏出，奶油蛋糕上还带着体温。用手捧着呆呆看了半天，似乎觉得温暖了，她转身看着那人，认真开口："再过半个小时，我就二十岁了。"

她小心翼翼地打开塑料袋，撕了半块，带着厚厚的奶油，含笑递给对面的女子："给你。我的生日蛋糕，要吃吗？"

那人局促，接过蛋糕，脸色有些发红，似乎不习惯被人这样对待。她转身离开，小声开口："生日快乐。这里不是适合你住的地方，困难解决了，早些搬走吧。"

阿衡在房间泡开了方便面，就着蛋糕，坐在靠近电视机旁的小凳子上，秀秀气气地咬了起来。

撞在地上的后脑勺起了个包，很疼，揉的时候包没散，眼泪却出来了。

老旧的电视上，那人是双重的影，隐隐约约被电视杂音盖过的钢琴声，却该死的温柔。

阿衡喝了一口汤，目不转睛。镜头不断扫过楚云，钢琴声中，如花朵般绚烂的眉眼。

有人轻轻敲门，阿衡透过猫眼看，是服务小姐。

打开门，那人递给她一袋火腿肠和一个青皮的橘子。她说："把火腿放在面里,好吃得多。"

阿衡连声道谢。

那人指着电视中的DJ Yan,笑开:"你们这些小孩子,就喜欢长得好看的。"

阿衡大笑,捶床,她说:"姐姐,我认识他,你信不信?"

那人翻白眼:"我还认识张国荣呢。"

阿衡把脸埋在被中,双肩无声地颤抖着。

那人愣:"有这么好笑吗?"

好笑,姐姐,多好笑。

第二天停了雪,天色暖了许多。

她用一句话,和顾飞白和平分了手。

她说:"顾飞白啊,如果我说,在天桥没有遇到你,我也许就做了妓女,那么,你现在再见我,还敢要我吗?"

顾飞白不说话。

他当然不敢。

顾飞白有洁癖。

尽管他对温衡一见钟情,这感情来得汹涌,来得莫名其妙,来得让他疯狂,甚至让温衡的父亲代送了自己从小用到大的紫毫端砚,以示对温衡的珍惜怜爱。

但是,她如果不再是他当年见过的那个诗情画意的少女,而失去了所有的依靠,成为社会最底层的人,那么当他日复一日地在别人看笑话的目光中抑郁不安,身旁恰恰又有那么一个漂亮耀眼、门楣相当的青梅竹马,他的坚持又能坚持多久?

阿衡转身,微笑着挥手:"顾飞白,你有屋可容身,却嫌弃温衡。温衡……温衡自然不敢跟你。"

Chapter 71　谁也未能牵谁手

言希冬天的时候，经常一个人走在街上，卸了妆，戴上围巾，便少了许多人认识他。

达夷、Mary、孙鹏他们邀他去酒吧玩，来来回回就那几个，也很没意思。但是，做了半辈子的好兄弟，面子又不能不给，只好溜达着过去找他们。

晚上冷风吹着，街上的电子大屏幕还在放他拍的广告。

"月月舒，您女朋友最好的选择！"

一见自己那张脸，顿时有点倒胃口，走得更快。

到的时候，孙鹏正在晃荡着红酒，达夷、Mary 跟几个女的对着啤酒瓶吹，大压小、五魁首，玩得倒是很有兴致。

孙鹏看到他，噗地笑了："哟，谁家大尾巴狼放出来了？"

一屁股坐在沙发上，达夷哭丧着脸："美人儿你可舍得来了，我都灌了一肚子了，最近城里这帮姑娘，实在吓人。"

其中一个姑娘笑了："你不是跟我吹，你从会走就会喝了吗？"

言希瞄了她一眼，倒是个熟人："楚云，你怎么在这儿？"

达夷嘴张得能塞下手："你是楚云，主播楚云？你怎么能是楚云，楚云不长你这样啊？"

Mary 翻白眼："狒狒，你不会才看出来吧？"

孙鹏挑眉，笑得很不可思议："我以为你知道她是谁，才强烈要求拼桌的。"

楚云噗地笑了："我也就没化妆，哥们儿。"

言希咕咚一口白酒，看着玻璃杯，懒洋洋地开口："辛达夷，真相就在这儿。"

楚云抓起桌子上的橙子砸言希。言希伸手接住了，又随手扔回果盘，微微偏头，问她："你一姑娘，怎么跑到这种地方了？"

旁边划拳唱歌声异常吵闹，舞台上一堆人蹦跶得正嗨，还有一个在跳脱衣舞。言希看了几个姑娘一眼，皱了眉，又招了侍应，让他开一间包厢。

楚云几个姐妹对着她挤眉弄眼，黑暗中，楚云脸有些红，有些不自在，轻轻开口："干吗呀，这里多热闹啊。"

孙鹏揉揉耳朵，站起身："我也是为了配合达夷和陈倦，忍了半天了，还是进去吧。真吵。"

辛达夷一向有一套歪理，哪里热闹，证明哪里最好玩儿，所以，只要场子里没陆流那个洁癖，他是绝对不会进包厢的。

这会儿，他撇着嘴，十分不乐意："言希打小臭毛病，不合群！"言希一脚踹过去，于是乖乖闭嘴，跟在大家身后，进了包厢。

包厢隔音效果不错，外面的吵闹隔了个彻底。

言希低着头喝白酒，也不说话，大家有些尴尬，许久，楚云一个朋友小李才说："要不，咱们玩游戏呗。"

Mary 微微笑了，眼角有狡黠的流光："不如，就真心话大冒险，正好人多能玩开。"

孙鹏晃着他的红酒，微笑开口："这个，我一直听说，倒是没玩过。"

主要，虽然他们发小几个人一直努力想学坏，各种花花肠子都有，无奈，没人敢带坏他们。

楚云的朋友嘀咕，从外星来的吗？这游戏都火多少年了。

达夷很有兴趣地点头。言希打了个哈欠，白酒熏红了脸，兴致缺缺，但没拒绝。

于是酒瓶子晃了起来。

第一次，转到楚云的朋友，问初吻年龄，选了真心话。

第二次，转到 Mary，选了大冒险，出门左拐，对着舞台，喊了一声："脱衣娘你胸太小、腿太粗！"

第三次，转到言希，选了真心话，问理想型。言少轻描淡写："腿长，

Chapter 71　谁也未能牵谁手

脖子漂亮，个子娇小，眼睛弯，鬈毛。"楚云脸红了，达夷抓抓脑袋，想起了林弯弯，但觉楚云也挺符合，琢磨了半分钟，酥麻了半秒，有点虐感。

第四次，转到孙鹏，选了大冒险，出门右拐，对着吧台上坐着的姑娘微微笑了："我是全中国最难看的男人。"姑娘怒，对着身旁的男朋友就是一巴掌——你可以去死了。

第五次，转到楚云，选了真心话，问现在有情人吗？楚云说："梦里经常梦见的算吗？"答非所问，罚了一瓶啤的。

第六次，转到达夷，选了真心话，问现在最想谁。达夷憋了半天憋得脸绿，看了言希一眼，没敢说，自灌啤酒一瓶。

第七次，转到言希，选了真心话，问最后悔的事是什么？言希想了半天，说："在一个人离开前，没来得及说，感谢你，曾经这样安静地陪我走了这么久。"达夷又被虐了一分钟。

第八次，转到楚云，选了大冒险，选一个异性吻三分钟。楚云呆住了，有些求助地看着言希，言希淡淡笑了："你吃错药了吗？"楚云一气之下，咕咚了两瓶啤的。

第九次，又转到言希，选了真心话，问人生中最爱的女人。言希醉眼迷蒙，淡淡开口："没有，只有死了之后，想要葬在一个陵园的女人，可以距离最远，但要在一个陵园。"达夷虐感长达一分半，言希答非所问，灌了两瓶。

第十次，再转到楚云，选了真心话，问如果有了超能力想做的第一件事是什么。楚云看着言希恶狠狠地开口："把一个死男人捆回家 SM 了。"孙鹏不厚道地笑了。

第十一次，再再转到言希，达夷终于觉得有点不对劲，看看楚云几个朋友正在挤眉弄眼，沉了脸正想发作，却被 Mary 拦住。言希喝了太多酒，有些不耐烦，随便选了大冒险。

楚云的朋友小李说："DJ Yan，在酒吧随便找一个女人，问清楚名字，然后在台上告白吧。"

他们顺水推舟，准备成全一段好姻缘。

言希却摇摇晃晃地走出了包厢，到了舞池，随便问了一个姑娘，走到台上，修长的手拿起了麦克风，调到最大音量："这位小姐，我喜欢你，喜欢得很想哭。"

他茫然地看着台下一片寂静，黑压压的人群，然后抱着围巾，轻轻开口："可是，你在哪儿呀，我再也找不到你。"

陆流说："楚云还不错。"当然，这话是对着言希说的。

言希低头，坐在家中沙发上划拉专业书，淡问："什么意思？"

陆流笑，起身走到厨房，熟悉地掏出咖啡壶，戴上手套，调好温度，看着煨火煮暖的褐色液体，倚在门旁问他："言希，喝咖啡吗？"

言希颔首，微微撸起白毛衣的袖口，并不抬头："不要糖，谢谢。"

陆流低身从柜中取杯具，却忽然眯起了双目，看着柜子下方一块闪亮的银色，是垫柜子、保持平衡用的。

取出，拂了灰，竟是一款Tiffany的戒指。

有些好笑，他拈出来扔到玻璃茶几上："言希，我送你的东西，你竟然拿去垫柜子！"

言希食指拇指捏起，眯眼看了，愣了，竟开始大笑，喉头胸口起伏着，快乐极了的模样。

他说："陆流，这可不是我的，我的那个早让卤肉饭给弄丢了。"

陆流拿起，看背面，竟是"LL"两个字母。

陆流。

确实是他戴了三年不曾离身，后来又给那个人当见面礼的东西，然后,被那人拿去……垫了柜子。

言希笑得喘不过气,眼睛弯弯的,指间的笔在厚重的书上画着不规则的蓝线。

陆流解了领带,眉目深敛,看不清表情。他说:"言希,你年纪不小了,需要谈一场恋爱,找一个女人了。"

言希笑,顾不上理他,把戒指套在食指上,勾了指把玩着,明媚的光,天真了眉眼。

陆流说:"楚云怎么样,你不是对她很有好感?"

言希点头,挑眉:"有啊,但是老子还没找到好机会跟她表白。"

陆流笑得淡然:"不要让女人搅扰你的心智。我看她对你已经芳心暗许,反掌的事,不必犹豫。"

言希翻白眼:"跟你有一毛钱关系吗?你要是闲得慌,找个女人。"

陆流微笑,不置可否,拿出咖啡壶倒了两杯黑咖啡,递给他一杯,淡淡地开口:"这个,不用你管。"继而低头,喝了一口咖啡,却微微皱了眉,"真难喝。言希,你口味越来越乖僻。"

言希背靠着沙发垫子,长腿跷在茶几上,咖啡送入口中,啜饮了,笑:"如人饮水,冷暖自知。"

言希期末考结束的那天晚上,带楚云一起去吃饭。

他说:"楚云,我能把你宠得全世界的女人都羡慕,你愿不愿意跟我谈一场恋爱?"

楚云捏着筷子,不作声。

言希说:"我能一辈子只有你一个女人,纪念日、生日、情人节、圣诞节,每一天都不忘记,不知你是否能满意?"

楚云抬眼,惊讶,她说:"你是想……娶我?"

言希笑，看她："你可以矜持一些的，我不介意。"

楚云指着他，嘴巴大张："你你你……言希你烧坏脑子啦？"

言希："我没有，但是，我们谈恋爱吧。"

楚云几乎尖叫，却咬着手指头问："言希，你能爱我吗？"

言希想了想，点头："我能。我能爱你到把我的生命交给你保管。"

她猛摇头，眼中却噙了泪水，她说："你不用这么爱我，只要有一点点就够了。我不值得那些，可是却能补全剩余的爱。"

言希低了头，认真倾听，轻轻说"好"。

她哽咽了，把头埋在膝盖中哭泣："我以为女主角一向命途多舛，不到最后很难获得男主角的爱。"

言希大笑："大概，我们是一出轻喜剧。"

美女、俊男，公主、王子，相同的理想，相同的频率。然后，小小的心动、暧昧、日久生情。

楚云掉了眼泪，在街头的大排档，第一次没有喝酒，轻轻拥抱了那个少年。她说："亲爱的，我真的真的觉得，我是你生命中的锦上添花。"

言希愣了，然后回抱，小小的怜惜，含笑："是，你一直都是。"

楚云傻傻地看他："你第一次，对我这么温柔。"

这么多的温柔，只剩下春色三月的眼睛。

言希笑："我一直很温柔的，既爱幼又尊老，只不过你没有发现。"

忽而想起几天前，他，在唱完 *My Prayer* 后，接到的一个电话。那个人说："小希，不要再做让她难过的事了，不要让她再想起你了，我求求你，放了她吧。"

那么悲伤冰冷的声音，像是在梦中。

他笑了，哄着电话那端的人："阿姨，不会了，我错了，再也不会了。让她幸福是吗？我会。"

Chapter 72
彼此幸福的机会

阿衡去辅导员办公室申请换宿舍的时候，杜清正巧在退寝。

辅导员奇怪了："怎么，你们寝室闹矛盾了吗？"

杜清笑："老师您想多了，我妈说整天见不着我人，让我回家住。阿衡她……没有想换宿舍。"话说完，拉着阿衡走出了办公室。

阿衡甩开她的手背到背后，静静地看着她，不发一语。

杜清高扬着眉："你不必如此，大家心还是向着你的。昨天你出走，她们找了一夜。你没必要为了我搬走。"

阿衡说："我和顾飞白分手了。"微微抬眼，嘴角无奈，却是温和的弧，"祝你们百年好合。"

杜清抵着墙壁，垂了头，声音带了清冷："你昨天说，这辈子都不会原谅我，是不是……"

阿衡老实："是真话。我不会原谅你，如果有可能，也不再想看到你。"

杜清沉默，半晌，才甩发，抬头，她说："我能不能再握握你的手？"

阿衡想了想，左手抓住右手，眼神是小小的戒备，摇头，小声："不能！"

杜清咳了起来，有些感冒的样子，半晌，眼角却咳出了狼狈的泪，她笑："人人都说温衡最好相处，既大度又能容人。可是，他们不知道，你的心是不能伤的，你是个记仇的孩子，伤心一次能记一辈子。"

阿衡低头，小声："本来我不是这个样子的。可是你知道，再迟钝的心，伤的次数多了，也会破洞的。"

然后，给我补洞的那个人又不在……

杜清有些心酸，看着她："其实，你不爱顾飞白的吧，你只是希望有个人能像那个人一样给你补洞。不是顾飞白，即使是我，我们寝室的任何一个人，甚至路人都可以的，是不是？只要一个肯定的眼神就够了对不对？"

阿衡看着她，眼睛是如镜般的湖面，却缓缓地沁出了泪水。她终究微笑了，把指放在唇边，轻轻嘘了一声："喂，我们还是做陌生人吧。"

阿衡回到宿舍的时候，大家都是一脸惊喜，然后怒容。

三姐拍桌子："嘛孩子，还不能说了不是，脾气真大，全都是……呃……你们惯出来的！"

小四淡定："我们惯出来的？拉倒吧你就，平常捧着孩子脸有事没事儿吧唧吧唧亲的不是你？"然后对着阿衡咬牙，"我才不管她，个死孩子。大下雪天的，你怎么不跑出太阳系跑出宇宙啊，啊？"

小五拍桌子："还有我的美容觉，全指着这张脸勾搭 DJ Yan 呢，你赔不赔？"

大姐无影搂住阿衡往怀里塞，皱眉瞪着三四五："行了行了，怎么这么多废话，孩子回来不就成了。再把小六吓跑了，老娘把你们仨连人带床扔出 208。"

阿衡吸鼻子，挣扎："大姐，大姐，出不了气了。"

无影抱得却更加紧了，怜惜地揉她的头发："不要再冲动了，知道吗，有什么事说出来，大家一起商量。"

阿衡停止了挣扎，心中暖了起来，笑开："我晓得。"

她说，我饿的时候有一块馒头就很高兴，结果天上却砸下了一笸屉，这是多么好的人品啊。

Chapter 72　彼此幸福的机会

于是，这是一个只要拥有了一点点爱，就觉得幸福得要撑坏胃的傻姑娘。
于是，我们还能说什么？

快要期末考了。

其间，顾伯父从军部回来过一次，看着阿衡，带着满满的惋惜和对她的失望："我本来以为我和你父亲要做亲家了，毕竟是一辈子的老朋友了，总算不辜负他的托付。可是，你这个孩子……"

无论如何，她和顾飞白走到如今，总是不能称得上善缘了。

阿衡愧疚，想起父亲，心中很是难过。但是，除了抱歉，却再也说不出别的话。

那个中年男人叹了气，从软皮的公文包中掏出一张信用卡，递给她："你母亲每次都把钱打到这个卡中，我平时给你的学费，用的就是这个。"

阿衡接过信用卡，卡面是冰凉的，皱眉，张了张口，顾家伯父却淡淡地摇头："不要问为什么，你只要记得虎毒不食子，就行了。"

他忽然笑了，叹息，点了一支烟，深深吸了一口："阿衡，你是想要做温家的小姐，还是一个普通人？"

阿衡想了想，却不知道说什么。这个问题似乎有些荒谬，或者，跟她有什么关系？好像说一说，她便成了世界的中心，振臂的尼采。

她只好笑："伯伯，温家的小姐也是普通人。你看尔尔，她除了学会应该有的仪态，平常也只是爱吃零食、嘴巴刁钻的小姑娘。"

顾家伯伯把烟夹在发黄的指间，轻轻拍了拍她的肩："你晓得就好。这么些人，没什么好的。你爷爷这些年虽然位高权重，但处处受人挟制，并不十分如意，所幸你哥哥他……争气。"

看到阿衡迷惑的面孔，知道自己说得多了些，也就转了话题，叮嘱她好好照顾自己，和同学好好相处，等等。

言希和新任女友相处得很融洽，只是楚云小丫的太会闹腾，简直像极了他当年的风范，蹦个极都敢喊老子天下第一，那简直了。

结果，脚上的绳刚解，小丫蓬头垢面地就往他怀里钻："言希，呜呜呜呜，好冷好恐怖，我觉得我快死了！"

言希不厚道，扭脸，笑："你不是天下第一吗？"

楚云泛着泪花咬小手帕："在你面前，我真的觉得自己是天下第一。"

言希严肃："孩子，你忒唯心了，这个是不应该有的幻想，我以前也一直觉得地球绕着我转来着。"

楚云汪汪眼："多久以前？"

言希伸出指，一二三，数着数着，就迷糊了。

到底是哪一年，多久以前？妈的，好像忘了。

总之总之，言少很爷们儿很有范儿地说："没事儿哈，你就在我面前天下第一东方不败吧。"

楚云："嗯嗯，就在你面前。不过我不当东方不败，那是人妖来着，你别想绕我。"

言希打了个哈欠："你倒不傻。"

楚云戳他："你怎么了？看着这么困。今天是我们第一天约会啊少爷。"

言希说："我手机坏了，拿去修了。"

楚云黑线："这跟你没睡好有什么关系？"

言希笑："我有什么办法，没有手机就睡不着，老毛病了。"

楚云撇嘴，生活习性还真是一塌糊涂。她忽然看到什么，拍言希，一惊一乍："啊啊啊，言希，快看快看。"

言希揉眼睛，转身，看着游乐场几乎被雪覆盖的远方："什么？"

忽然，脸颊有软软热热的东西掠过。他诧异，看到楚云红透了的面孔，失笑，却存了男子的风度不再说什么，牵起她的手，向前走。

楚云闹着说："我要吃冰激凌我要吃比萨我要吃最大块的奶油曲奇。"仰头看着他，微妙而纯然的撒娇，霸道中却是忐忑不安的。

言希拿出皮夹，笑着说："好，只是你们女人不是最怕变胖的吗？"

楚云勇敢："我不怕。言希，我不怕，我什么都不怕。"

她一语双关，看着言希的眼睛，声音脆生生的，让人无法辜负的好。

言希微笑，颈上的围巾有些紧，扯开了，说："那很好。"

握着她的手，藏了微凉，只剩下温煦。

楚云拉着言希坐海盗船，一连坐了三次，她说："我以前为了维持在公众面前甚至路人甲面前的形象，从来没有坐过这个，多傻。"

言希看她吐得翻天覆地却依旧攥着他的大衣，递给她热水，翻白眼："现在，更傻。"

她漱了口，站直身子，微微靠在他的肩上，笑弯了眼睛："我们都是傻瓜。"

傻瓜嘛，都一样。

那天晚上，他们在一起喝了许多酒，楚云吃着街头小店铺的食物，挽起了衣袖，全无形象。

她看着窗外的雪景，笑道："言希，是用诗唱景的时候了，快向我表示一下，夸我美貌或者多爱我的都可以。"

言希说："你找错人了，我高中时语文就没及格过。陆流估计还成，他小时候经常被他家老头儿逼着背《唐诗三百首》。"

楚云笑："喂，总要让我享受一下被追的感觉吧。"

言希头疼，女人，妈的，真麻烦。

然后，从脑海中搜刮，忽然想起一个微笑的唇，张张合合，也是冬日，念出的温温软软的音韵："绿蚁新醅酒，红泥小火炉。晚来天欲雪，能饮一杯无?"

然后抱着整壶的老窖,呵呵地看着他。

那眼睛,真温柔。

楚云却摇头:"这个不好,太简单,没意思。"

言希恍然,发觉自己顺着记忆念了出来,把玩着酒杯,说:"是不怎么好。"

"可是,老子只想起这一首,怎么办?"

楚云鼓腮:"长得好看有什么用!"

言希凉凉地开口:"先把你那张脸整好看了再骂我。"

楚云拽言希脸颊:"你就不能让让我,我是你女朋友啊女朋友。"

言希:"哦,女朋友,你擦擦嘴吧,嘴上都是酱油。"

楚云:"言希你说话不算话,你当时怎么说的,你说你——"

言希蜻蜓点水,在她脸颊上轻轻一吻:"好了,话真多。"转身,喊老板结账,对面只剩下一个红透了的雕塑,傻笑着。

她说:"言希,我真喜欢你,真喜欢真喜欢。"

言希"嗯",点头说:"我知道。"认真倾听,走在雪上。

楚云说:"我好像有很多的勇气,和你在一起。"

言希挑眉:"所以呢?"

她笑:"所以,言希你要再努力一些,忘掉你的初恋啊。"

言希愣:"初恋,你指幼儿园的初恋还是小学的初恋?"

在言少的脑海中,他有无数次的初恋,幼儿园喂他吃饭的小阿姨,小学考试时把橡皮掰给他半块的娃娃头女同桌,初中时的鬈发弯弯,高中时曾经在巷道中接过吻为此挨打的美美。

呃,女朋友,你指哪一个?

楚云哈哈大笑:"幼儿园,嗯,幼儿园。"

起脚，溅了言希一身的雪。

其实，没有什么可担心的，对不对，亲爱的。

言希和楚云恋情的发展速度，照八卦报社的原话，是火箭撞太阳的效果，那个热力，那个毁灭性。

言希的 Fan Club 一片愁云惨淡，楚云的男粉丝跑到电视台门口静坐反对。然后，当事人该吃吃，该喝喝，小手拉着，恋爱谈着。

言希的手机修好了，结束了每天顶着两个黑眼圈扮熊猫的日子，可喜可贺。

辛达夷和 Mary 暗中观察跟踪了好些日子，知道言希是认真的，开始打悲情牌，跑到言家抱着小灰，斜着眼，长吁短叹。

言希皮笑肉不笑。

小灰看见楚云，倒是欢喜。孩子想法简单，主要是，跟着楚云有肉吃。

当然，高贵聪明的卤肉饭很是唾弃，小丫典型的有奶就是娘，没救了。于是狠狠地啄了小毛巾的脑袋，然后扇着小翅膀飞到温家二楼的窗前，晃着小脑袋，"阿衡阿衡"地叫着，不知是谁教的。

温母看着卤肉饭总是止不住地笑，拉着铁青着脸来找它的言希："瞅瞅瞅瞅，小家伙快成精了。"

言希冷笑，提溜着翅膀，小声威胁："我早晚炖了你。"

卤肉饭看着他，小眼睛黑黑的，有了水光。

"阿衡，阿衡。"它可怜巴巴地喊着，言希却冷淡了表情，对着温母颔首："阿姨，我先回去，楚云还在等着我。"

温母说："你整天这么忙，卤肉饭和小灰没有时间照顾，不如交给我养一段……"

言希笑："不用这么麻烦，楚云很喜欢它们，经常带到她家养。"

温母欣慰:"这样就好。"

言希走出温家时,思尔却跑了出来,她站在他的身后,犹豫了许久。言希察觉到,转身微微笑了:"尔尔,怎么了?"

思尔看着言希,很久很久才咬唇开口:"言希,我错了。"

言希拍拍她的脑袋,静静地看着她。

思尔晶莹的眼睛泛着泪,哽咽着开口:"哥哥,你不要这个样子。我错了,对阿衡的那些——"

言希淡淡地打断她:"够了,都过去了。"

日子不紧不慢地过着,随着两人感情的升温,2003年的农历新年也即将到来。

楚云老家不在B市,过年准备回老家陪父母,于是临行前闹着言希玩到了很晚。在酒吧中喝了不少酒,兴许是混的洋酒太杂,一向酒量极好的楚云也喝醉了。

言希倒是清醒,无奈,只好开车把醉鬼送回家。楚云坐在后面,又唱又闹,不时打开车窗吐一阵。

言希开车走走停停,一路上折腾得不轻,最后怒了:"你丫给我坐好,别乱动!"

楚云醉眼迷蒙,敬了个礼,声音含混:"Yes,sir!"然后头垂下,像是睡着了。

言希揉揉眉头,打方向盘,走了半个小时的车程才到楚云家楼下。把人拖到三楼,摸出她手提袋中的钥匙,费劲把人拖到了床上,才松了一口气。

起身想走的时候,却被拽住了衣袖。

她睁开了眼睛静静地看着他,开口:"不要走了。"

言希挑眉："你没醉？"

她跪坐在床上轻轻揽住他的脖子，她说："言希，不要走了，也不要，再……等了，你等不回她的。"

言希笑："谁，我在等谁？"

她说："言希，你不爱她，只是，放不下。言希，她不再是那个需要你保护的孩子，她有自己的幸福。你知道吗，从你离开她的那一刻，就注定，永远地失去了。"

言希的眼睛，模糊了焦点。她的话，像一把尖刀，狠狠地，刺进哪一根肋骨，滴着血。

她的眸中带了怜惜，并不说话，只低头亲吻着他的嘴唇、脸颊、下巴，每一处，倾尽了所有的温柔，带着缠绵和情动。

贴着他胸口的西装口袋，却闪起了信号灯，叮叮的铃声。

她拿出，却没有号码，只是一个时间提醒。

按了接听。

"咳，非要说吗？好吧，言希，晚安。"

她第一次听到这个声音，不属于冰冷的机械，软软糯糯的声音，从手机中传出，安安静静的，温暖而无奈。

她抬眼，言希眼中已经满是她看不懂的东西。

她实在，不愿称之为……温柔。

伸指，颤抖着，想要重新播放，言希却从她手中抢过，摁了右键，结束，重新放回心口。

转身，那个女子，已泪流满面。

言希看着她，平静了情绪，开口："我明天送你去机场，你喝多了，好好休息吧。"

她把抱枕、台灯、所有一切能拿起的东西砸向他，哽咽着："我好不容易，从陆流手中争取到的爱你的机会。你知不知道知不知道？"

言希看着她，叹了口气："我知道。"

她摇头，泪流得汹涌："你不知道，你不知道我多么不希望你活得这么辛苦，你不知道爱你有多辛苦！"

言希轻轻开口："对不起。"

她说："你走吧，我不要你了。言希，你滚，你滚！"

言希静静地看着她，平淡开口："桌上有醒酒药，不要忘记吃。"

她却痛哭失声，许久才喃喃开口："你放心，我不会让陆流知道，你有多……思念温衡。"

言希嗓子干涩，颔首，鞠躬，一句"多谢"，转身，离开。

他坐在车中，窗外，雪下得正大。

他抱了膝，看着雪，大笑，泪流了出来："你有什么好的，排骨比你做得好的多得是，还是个男的。长得比你漂亮性格比你活泼的多得是，还是普通话比你说得好的女主播。不就是温衡吗，你有什么……好的……"

谁稀罕你了？！

傻子才等着你，傻子才想你。

一遍遍播放着手机，那声音多温柔："言希啊，晚安。"

言希，晚安。

Chapter 73
当我发现一扇窗

　　他筹划了一场旅行,一个人,年底出发,整整七天。

　　临行,和温伯母承诺了要回温家过年。她想必是怕他一个人面对整栋白楼,逢了团圆日,倍感孤独。

　　言希却笑,有什么呢?温伯父的去世对眼前如同母亲一般的人的打击,可见一斑。

　　她问他日程安排,言希说去南边转转。

　　苍凉的眼睛,望向了他。

　　言希叹息,轻轻拥抱:"阿姨,南方不止那一个城市,不必担心。"微垂了头,细长的指顺着发际线落下,他平淡开口,"阿姨,不要再逼我了。"

　　那样硕大粉色的包,已经荒废许久。言希收拾行李时,心中竟是莫名的开心兴奋,好像小孩子的春游,许久没有这样悠闲了。

　　放了泰戈尔的《飞鸟集》在肥大的外套的口袋中,他却在飞机上裹在毯子中睡着了。

　　醒了,看着漂亮的乘务小姐,轻轻吹了口哨,真心的赞叹,却忘了轻浮。

　　他说:"我喝咖啡,不加糖,不加奶精,谢谢。"

　　然后,心情愉悦地看着乘务小姐臭着一张脸重煮咖啡。

身旁年轻母亲怀中抱着的小婴儿哇哇大哭着,怎样都不停止,其他座位上的乘客张望,眼神不悦。

年轻妈妈手中拿着奶瓶,很是为难,问言希:"你能帮我抱着他吗?他饿了,我需要给他沏开。"

言希愣了,微笑说:"好。"

"两只手,小心,对,像这样托着他。"年轻妈妈叮嘱了,拿着奶瓶离开。

言希抱着那个软软小小的身子,手指僵硬,大眼睛放低,和小娃娃对视。

娃娃看到大眼睛,好大好大的眼睛,不是妈妈,呜呜呜呜,妈妈,妈妈……撕心裂肺地哭。

言希扮鬼脸,对眼,鼓腮,逗娃娃。娃娃继续哭,哭得鼻子眼睛皱成一团,好委屈好委屈。

言希无语,再哭,再哭就把你吃掉。

年轻妈妈小跑过来,把奶嘴塞进娃娃口中。咕咚咕咚。

娃娃看着大眼睛流汗瞪眼睛,黑白分明的眼睛眨啊眨,忘了哭泣,打了个奶嗝,咯咯笑了起来,伸出小手去抓他的头发。

言希想起口袋中的巧克力糖,掏出剥开,放到娃娃唇边。

小娃娃舔呀舔,笑啊笑,口水滴到了言希指上。言希笑:"你怎么这么爱笑?"

年轻妈妈也笑:"他小名就是笑笑。"

言希抱着娃娃沉思:"嗯,我以后有儿子了,就叫他娃哈哈,也让他每天都笑。"

那妈妈大笑:"以后你的孩子会哭的。"

言希把娃娃递给他母亲,双手交叠放在颈后,淡笑,闭上眼睛:"这样,好像生活也值得期待许多。"

Chapter 73　当我发现一扇窗

当然，事实证明，若干年之后，他抱着自己的娃娃喊娃哈哈，小童鞋基本是不搭理他的，只会用大眼睛瞪着他手中的新玩具，戳戳戳，觉得好玩儿了抱着玩具亲亲，抱着抱着玩具的爸爸亲亲；不好玩儿了，扔在脚下，摇摇晃晃踩过，藐视掉。

他去了许多地方，沿着许多年前走过的痕迹。

船坞、梅花、渔家、碧波、乌水、小镇、城隍庙。

他吃了许多年前吃过的白糖糕，看到了戴着虎头小帽的孩子和早已污了他的字书的林家豆腐坊。

走到城隍庙，瞎眼的算命先生让他抽支签，他想了想，说不必。

求财、求平安、求姻缘，件件似乎都是大事，可是全都交给天定，这似乎又是悲哀的。

苍天易老，何况人寿。

人生短短，多少年华，倒不如意识不到，提起自己的竟然不是自己。

言希站到宝相庄严、烟火缭绕的泥坯神像面前，指上绕了殷红色的佛珠，合十，躬身三次。

求什么？

家财万贯，公孙王侯，白马轻裘。

千百年，人人如此，词都未必换一二字。

他却高挑着漂亮的眉眼，笑了："愿我惦念的人离不祥之人言希千万里之遥，生生不见，岁岁平安。"

远离带给她一切厄运苦难的人。

只要岁岁平安。

即使……生生不见。

坐在佛像一旁诵经护灯，埋在阴影中的僧衣少年微微睁开眼，看了他一眼,微笑,眉眼秀气,带着书卷气:"施主,不妥啊不妥。"

言希嗤笑:"这位小师父,先把你嘴角的点心渣擦了再训我们这些凡人。"

僧衣少年"哦",大大方方地掸了僧衣和嘴上的点心渣,又把没吃完的白糖糕仔细包好塞入袖口,丝毫不觉自己的动作有什么不妥,笑眯眯:"施主,不妥啊不妥。"

言希抽搐:"你还有别的话吗?"

僧衣少年眼角仿佛含了无边春花盎然,轻声开口,字字清晰:"依老衲看,施主口中的言希既然不祥,肯定是害人害己,十恶不赦,应该千刀万剐被踢到十八层地狱的人,何必拜佛,不如我卖给你一个稻草人,你天天扎他几下,让他痛不欲生怎么样?"

言希:"多谢小师父关心,不用了……"

那少年脸色是不健康的白,却笑得花开万树:"不客气不客气。"

剃掉的发顶,却没有受戒的戒点。

阿衡做了个梦。她手里有很多很多的烟花,点了,却只冒烟没有绽放。

醒来时,窗外鞭炮声声雷动。

哦,已经是年三十了。

"阿衡,你醒啦。快起来,我妈煮了好多圆子,红豆的,可好吃了。"小五笑意盈盈,从卧室外探身。

阿衡含笑:"麻烦阿姨了。我过年来五姐家里就够麻烦了。"

小五摆手:"大过年的,怎么这么多废话?"走了过来,坐在床沿,笑了,"阿衡,在我家睡,还习惯吗?"

阿衡正在套毛衣,隔着毛衣,使劲点头:"我睡得很好。"

放寒假时,大姐、三姐、小四、小五看着她,如临大敌,剪子包袱锤,

Chapter 73 当我发现一扇窗

锤锤锤，锤了半天，做出决定，阿衡今年跟着小五过年。

结果，阿衡就跟着小五回到了 B 市。

小五家在 B 市，父母都是公务员，家中境况很好，只有小五一个独生女，平时很是溺爱，连带着对阿衡也很好。尤其是听小五说阿衡和她志趣爱好相投时，他们对阿衡更是喜欢。

所谓的志趣爱好，咳，就是指对 DJ Yan 童鞋执着的热爱，即使人有了女朋友，即使人女朋友美貌能甩俩孩子几条街。

小五说："阿衡呀，你知道不，今天下午 DJ Yan 有听众见面会。"

阿衡纳闷："不是说他出去旅游了吗？这两天 Sometime 都是别的 DJ 代班。"

小五说："好像是昨天就回来了。哈哈，男人啊，泪奔，我终于能看见你了，男人！"

阿衡笑："阿姨今天下午包饺子不是人手不够嘛，我就不去了。你去吧，多拍几张合照。"

小五摸孩子脑袋："没发烧啊。"晃阿衡，"阿衡阿衡，是 DJ Yan 啊 DJ Yan，你最爱的 DJ Yan！"

阿衡呵呵笑："我最爱的是言希，不是 DJ Yan。"

门外阿姨喊俩孩子吃汤圆，阿衡应声走了出去，留下小五皱眉摸下巴："有差别吗？"

DJ Yan，言希。

小五在家中被惯坏了，不大会做家务，进入厨房不到三分钟就被赶了出来。她嘟着嘴吃葡萄，不服气："妈，那是我六妹，跟你没关系，你怎么老抢我的人啊你！"

小五妈妈重重关上厨房门，留了一句话："有阿衡，我能不要你！"

小五气梗了，拿着遥控器摁来摁去泄愤，把一旁看电视的爸爸晃得头昏："去去去，快去找你那个什么低级言，别闹人了。"

"什么呀，是 DJ Yan、DJ Yan，爸，你也讨厌！"

阿衡在厨房包饺子，听到小五和小五爸爸的对话，听着听着就笑了出来。她说："阿姨，五姐在学校里可乖了，大家都很喜欢她。"

小五妈妈叹气："不行不行，太淘了，她一回家我就头疼。"

阿衡又呵呵笑："五姐经常跟我说，她最爱吃你包的饺子，南方的一口一个，根本不够吃。"

小五妈妈是个爽朗的人，笑得合不拢嘴："成，今天阿姨包的，你多吃些。"

两人拉着家常，很是融洽。想是小五提前叮嘱了父母，小五妈妈对阿衡的家庭颇是避讳，怕哪句话不对伤了阿衡的心。

阿衡心中感激，和小五妈妈说着小五在学校的种种生活趣事，娓娓讲来，看着阿姨的脸色愈加欣慰，眼底温柔了起来。

这一种思念，母女之间，太微妙，从外人口中听说最亲密的女儿渐渐长大的蛛丝马迹，总是不尽的欣喜。

阿衡虽然无法完全明白，可是心中总是有隐约的疼，不严重，却时不时地痛一下，针刺一般。

下午四点半的时候，小五打了电话，对面嘈嘈杂杂几乎听不到她的声音："嗷嗷嗷嗷，阿衡，我的签名本忘了拿，快给我带过来——哎……别挤，再挤老娘跟你们拼了——电台，快点啊，阿衡……"

然后，切断了电话。

阿衡愣，签名本？

啪啪跑到小五房间，书桌上果然有一个崭新的硬皮的签名本，里面是小五写的有关 DJ Yan 的心情日记。

Chapter 73 当我发现一扇窗

阿衡揣了日记:"叔叔阿姨我去一趟,你们先下饺子,等我和五姐回来。"

小五爸爸说:"哎,别急,阿衡,把我的手机拿上,有什么事和家里联系。"

阿衡点头,忙中出乱,下了楼才发现自己只穿了毛衣。外面依旧下着雪,她怕小五等急,也顾不得回去穿外套了,招了出租车一路疾驰。

电台门口倒没有多少人,问了保安才知道听众们都在九楼。

大厅的电梯空闲着,阿衡嘘了一口气走了进去,看路过的人都不走电梯,不知是什么缘故,没细想,摁了开关。

刚过八楼,一阵晃动,阿衡还没反应过来,电梯中的灯却一瞬间全部熄灭。像是坠落了,电梯轰隆一声卡在轨道中。

她抓住扶手,抬头却是一片黑暗。

苦笑,这叫个什么事儿,被卡在电梯里,明天说不定头版头条:DJ Yan 听众见面会盛况非凡,无名粉丝卡电梯疯狂追星……

摁了紧急按钮,孩子老实,在黑暗中说:"我困电梯里了,你们能不能来救我?"

对面:"不知道电台这台电梯容易坏吗?前两天刚上报后勤部换电梯,你怎么被困进去了?"

阿衡:"不知道,我又不是你们电台的人。"

对面:"电梯上贴着的白条儿,看见没,禁止使用!"

阿衡:"我真没看见。"

对面不耐烦:"那行,你等会儿吧。"

阿衡说:"能不能快点儿,我还有事儿。"

对面说:"等着吧。"

阿衡:"哦。"

缩到角落里,黑黢黢的一片,密闭空间,她想起了许久以前看的《名侦探柯南》密室杀人案,瞬间冷汗倒流。

然后,一等就是半个小时。

再然后,孩子急了,觉得不能再等了,如果再等下去五姐会把她咬死。于是拿出小五爸爸的手机,在电梯中搜寻了很久才出现两格信号。

给小五打电话,她说:"五姐,你先借别人的纸成吗?我一时半会儿到不了。"

小五那边依旧很吵:"阿衡,你现在在哪儿呢?"

阿衡郁闷:"八楼和九楼的中间,我卡在电梯里了。"

"什么?!"小五尖叫,本来刚排到她,一听到阿衡的话扭脸就要走,结果后面人山人海,挤都挤不动,反而被踩了好几脚。

小五愤怒,河东狮吼:"全给我让开!"

众人愣了。

正低头签字的言希也抬头,皱眉,平淡地看她:"这位小姐,怎么了?"

小五:"啊,你……问我?"星星眼了,害羞了,扭捏了,"嗯……没事儿,就是……我妹妹……嗯……困到电梯里了。"

说话不利索了。

阿衡在电话对面听得一清二楚,泪奔。

好个见色忘友的五姐!

言希轻咳,对身旁的助理嘱咐了,平淡有礼貌地对小五开口:"你不要着急,我已经跟修理部说了,很快就好,请你好好安抚那位小姐。"

阿衡听到远处的言希的声音,又泪奔了。

小五一脸泪花花:"六儿啊,听见没,DJ Yan 帮咱反映情况了,上头不会忘了咱们,别害怕,啊?"一副劝地下党就义的语气。

阿衡呵呵笑:"我知道,阿姨包的大饺子我还没吃呢。"

沉默了半天,舔舔嘴唇,阿衡问她:"五姐,言希……他气色看着还好吗?"

小五望台上,脸红心跳:"哎呀妈呀,我跟你说,他今天穿着白色西装外套、蓝毛衣,戴着 D&G 的银链子,那一个帅呀,就是……真人看着太瘦了。"

阿衡本来就穿得单薄,加上电梯中空气稀薄,身体很是困乏,缩成一团:"五姐,一会儿,你和言希拍张合照吧。我想看看他的样子。"

小五听到阿衡的声音越来越小,心里着急:"你可别睡啊,我让他们再催催。"

阿衡微笑,说:"好。"

又过了半个小时,电梯依旧没有动静。

小五抓狂了,直接朝着言希吼:"DJ Yan,你们不能不厚道啊,我妹都已经困电梯里一个小时了!这是九楼啊九楼,要是有个三长两短,你们电台赔不赔?"

忽然想起什么,她开口提议:"要不……要不 DJ Yan 你和我妹说说话,让她打起精神,她平时最喜欢你了。"

言希皱眉,示意助理再去催,伸出细长的手拿过小五的手机,轻轻开口:"喂,您好,我是言希。"

阿衡沉默了,听着言希的声音,嘴角不自觉地上翘,弯了远山眉。

言希没有听到对方的回答,加大音量:"您还好吗?请回答我,我是言希。"

阿衡唇角干涩,轻轻合上眼睛,小声说:"我知道你是言希,真的,好吵。"

言希愣了,所有的血液都冲到头皮,死死攥着手机,咬牙切齿:"你说什么?"

阿衡说:"好久不见,言希。"

指间、鼻子、嘴唇,好像都是冰的,只有眼角的泪,是烫的。

好久不见。

言希吸了一口气,面无表情,对着下面的听众鞠躬,淡淡开口:"对不起各位,今天到此结束。"

转身,大步,朝着电梯走去。

那是一道冰凉的门,能看得清他的每一根发丝。

门里,门外。

他喊:"阿衡!"

那么大的声音。

阿衡轻轻扶着手栏站起身,双腿冰冷,已经没了知觉。

在黑暗中,四个方向,碰壁了,寻找,再一次触摸,抚到门的缝隙。没有丝毫的微光乍泻。

她忽然感到了绝望,奔涌而来的害怕溢满了每一滴血液。

她说:"言希,我看不到你。"

阿衡拍打着门,却再也无法抑制情绪,带了很重的哭腔。

"言希,你在哪儿呀?我看不到你!"

言希眼中瞬间掉落了泪水,双手使劲掰着门缝。他说:"乖,你乖,不要哭,再等一分钟,不,十秒钟。"

手指卡在门缝中,着力,猛烈地撞击,渗出了血。

阿衡吧嗒掉眼泪,抽噎着:"言希,我很想你,很想很想,可是,我不敢想。"

Chapter 73　当我发现一扇窗

言希吼:"谁不让你想了,老子杀了他!"

模糊了双手的血液,顺着光滑的门镜滴下。

匆忙赶来的助理和修理工慌忙拉开他。

言希攥着修理工的衣领,双眼满布血丝,冰冷开口:"电梯里是我的命,你看着办吧!"

那声音,像是来自地狱。

修理工满头大汗,远程遥控电梯,电梯发出巨大的轰隆的声音。言希的手中滴着血,大眼睛死死瞪着电梯门。

遥远的十秒钟。

信号灯,终于,亮了起来。

叮。

那扇门,缓缓打开,似乎终于,消散了所有时间的、空间的距离。

那个姑娘,哭得像小花猫一般的他的姑娘,终于,回到了他的怀抱。

他抱住她,才发觉,没有她的这些年,他过得是那样凄凉。这种凄凉,不是吃不到排骨的凄凉,而是再也见不到做排骨的人的凄凉。

相见相面的时候年少无知,不懂得相思是什么,等到梦中无人,才知道,她的样子被他千遍万遍地画入脑中,与时光同存。

他想说:"阿衡,我真的很饿。"

可是,眼泪掉下来的时候,却已泣不成声。

Chapter 74
挽住时间不许走

小五看着这个流血流泪的场景,着实吓了一跳。

她用乐观的爱去珍视 DJ Yan,以绝对绝对只看得到他的好为标准,于是,当这男人换下平常冷若冰霜的面孔,再看他指缝间的血,似乎只能得出一个结论了:DJ Yan 对他的粉丝真好啊!

然而,当言希用身上如雪的西装外套把阿衡裹得严严实实的时候,小五忽然觉得好像吹竽的行当,突然蹦出了南郭先生,不甚和谐。

她咽了咽唾沫,干笑着想要拉回阿衡,她想说:"阿衡,我们该回家了。"那个少年却把指上的血印蹭在了裤腿上,礼貌地伸出手,对着她说:"一直以来,温衡承蒙你们照顾了,我很感激,改天,一定去拜访伯父伯母。"

小五讪讪地伸手,握住,哇哇……果然是她 YY 中的滑腻如玉,咳,但是,但是!重点不在这里!不对劲儿啊,怎么听着我就成了外人?那是我六妹啊我六妹。

小五问阿衡:"你认得他,一早就认识?"

阿衡吸鼻子,呵呵笑:"不认识。"

她刚从冰冷的电梯中恢复了生气,生了开玩笑的心思,略带孩子气,软软糯糯，歪头问他："你谁呀你？"

言希："我是路人甲，你是路人乙，八百年前你是我膝下小女，不知小姐还记不记得？"

小五想起什么，语无伦次了："凤凰，啊，我知道了，你是凤凰！"

阿衡脸皮微红，想起和寝室众人说过的玩笑：傻乌鸦迷恋上了金凤凰，拔了黑毛插上假羽企图亲近，假毛随日久脱落，无以遮羞，不堪在凤凰面前日益丑陋，只得远走。

言希自是听不懂。他只记得攥着手心中的另一只手，浑浑噩噩的，这双早已忘了，忘记了的手。管它是冬日皲裂的红肿还是厨中执勺尝味的温柔，失去的三年两岁，熨帖在掌心，脑中竟只剩下一片空白。

小五激动了："我能知道你的QQ、电话、家庭住址吗？"

言希掏出钢笔，撕纸，写了地址递给小五，淡笑："随时欢迎你做客。"转眼，漂亮的大眼睛默默地注视着阿衡。

阿衡干笑："我现在住五姐家，寒假结束之前不会走，你空暇了，我们可以一起出去玩。"

心下忐忑，不算失礼吧？

她的东西早已在言希去美国之后悉数搬回了温家。那座房子里，已经没有阿衡。

既是八百年前，戏语了，你怎会不清楚我们面目全非几个轮回？

言希指尖发凉，轻轻放手，低头，说："好，再见。"

他想说："你上一刻，还在说想我。"可是，转身，背脊挺直了，蓝色的毛衣在雪中刺眼。

阿衡喊住他："你的外套。"

言希并不回头，淡淡地开口："你怎么不把我的阿衡一并还了？总是这么任性。"他这样说着，齿寒了，呼出的气都是冷的。

小五讪讪，从没有人，说过阿衡任性。

阿衡心酸："你从不肯跟我说，你要做什么，想要什么，怎样对你好，怎样才不会害你失去一些东西。"

言希转身，看着她，笑了："温衡，睁开眼，好好看看我。"

他伸直双臂，单薄纤细的身躯，飘忽的，孤苦伶仃。大笑了，胸脯起伏不止："我除了你，还有什么能失去？"

他说："你说走便走，不留只言片语，好，走得好；你说离家便离家，除了命什么都不拿走，好，有骨气得很；你说回便回，躲在树洞中偏不见我，更好，干得漂亮！今天是偏巧，碰到温小姐了，真不好意思，我该绕道的，不打扰您了，您走好！"

阿衡眼中渗了泪珠，豆大的，直往下掉："言希，我如果不是怕你为难，如果不是！"

言希冷笑："你以前怎么不怕我为难？一千零九十六日，日日在我身边，衣食住行，件件周全，怎么不怕我为难？"

"你！"

孩子嘴笨说不过他，被欺负得一愣一愣的，拿袖子蹭眼泪，恰是言希的西装，心中更恼，拿起西服就往言希身上砸，一把鼻涕一把泪。

西装外套飞到了言希头上，言希却扯下，鼻子喘着粗气，大眼睛死死瞪着她，吼道："好，他娘的砸得好！爷们儿度量大着呢，能容你发脾气！"

阿衡恨得牙痒痒，走到言希面前拽他腮帮子，拽拽拽使劲儿拽，把少年一张俏脸扭曲了个彻底，吸鼻子，也吼："你真烦人，烦死了，比以前还烦人！"

小五瞟了一眼，是够任性的。

言希把阿衡使劲儿圈在怀里，对着小五笑成了个娃娃脸："她不乖，我领回家了。五姐您先走,您走好哈,我们不送了。"

小五:谁是你五姐……

她看着阿衡,在言希怀中像个孩子一般的那个阿衡,却不自觉笑开了。阿衡的整个眉眼都清晰生动了起来,全然的灵气,不似平时的雾色不起眼。

她感叹,顾飞白竟是这样没有眼光的。

忽而想起杜清讲过的旧事,却又哑然。

兴许,顾飞白爱上的,恰巧是在言希身边的这个阿衡呢?

但愿他不知。

阿衡一直在想,拥抱到底有什么意义?

她的一生,得到过许多拥抱,亲情、友情、爱情,很多很多,好像累积了,便能得到像样的幸福。

可是,很暖很暖,连心跳都客气得不像自己的,便只有眼前的这一个了。她无从归类,只好称作:Mr.Yan's。

言先生。

调侃式的说法,压抑一些细碎的不能聚合的感情。于是日后的言先生一拥抱,她便……舍不得拒绝。

这一日,大年三十,也是如此。

她坐在言希的跑车中,看着副驾驶座下的卡通垫凹下去的高跟鞋印,想了想,还是打开了后车门。

言希从后视镜中望她,嘴唇削薄,眉眼温柔,长大了的模样,烙上了时间的印。却忽然不忍看,总觉得望不见,摸不着,全世界都可耻地趁着他不在亏欠了他的姑娘。

他打电话,塞耳机:"阿姨,年夜有事不能过去了,我明天去请罪。"

阿衡望着窗外,看呀看,装作没有听到。看什么?行人穿梭。

她问:"我们要去哪里?"

言希转方向盘:"你的房间还需要整理。今天先找个地方,我们把年过了。"

阿衡思虑,问他:"我们两个,不会嫌清冷吗?"

言希笑,言简意赅:"有你有我,很好。"

他把车开进地下车库,带阿衡到了 Cutting Diamond 的前厅。还好,娱乐家过年也是要供人欢喜的,他们不放年假。

上次的服务生小周遭了言希奚落,素质依旧很好,笑语殷勤。他说:"陆少也在,老爷子在顶层设了家宴,言少同这位小姐,是一起要赴宴的吗?"

言希微愣,淡笑:"不一起,不用惊动他。给我一个房间、一桌年夜饭,饭后甜点多一些。"

阿衡笑。他还记得她喜欢吃甜食。

小周见言希手中空空如也,笑道:"言少,您的狗,没带?"

言希抽动半边唇角,心情极好:"狗妈来了,再看它,我过敏。"

小周纳闷,以前天天抱在怀里宠得如珠似宝的也没见你过敏。

取了房卡,引二人上透明电梯。紧挨着的另一乘也上了一众人,衣冠楚楚、气质非凡。

阿衡并未注意,只打量整栋建筑,完整的壁画,不规则材质雕琢的伊甸园,金子、珍珠、玛瑙、生命树、善恶树、环绕的比亚河,栩栩流淌,高顶的吊灯,水晶璀璨、精灵耀眼。

她指着壁画上漂亮的亚当、夏娃对言希说:"真好看,像真人一样。"言希的全身却有些僵硬,目光一直盯着另一侧的电梯,透明的,一览无遗。

Chapter 74　挽住时间不许走

似乎，有一道冰冷的目光。

阿衡惊觉，转了身，言希却挡了个彻底，把她裹在怀里，低声说："不要乱动。"他抿了唇，指节发白，一直不作声，连呼吸都带着细微的急促。

阿衡的声音闷闷的："言希，你怎么了？"

言希看到她耳畔细碎的发，心中柔软许多，缩紧了双手，闭上眼微笑："没有，就是想抱抱你。"

阿衡伸手，拽他耳朵："言希，男女有别，有别。"

言希笑，唇角离她的额头很近很近，他说："拜托，我从来没把你当成女人。"

阿衡："我知道，你抱我的时候，都把我当作弟弟的。"

言希嗤笑："软软的、香香的，就是我在飞机上抱过的小娃娃的感觉。还弟弟呢，你真抬举自己。"

阿衡板脸："咳，言先生，我觉得我的尊严严重受损。"

言希唇贴近了她的额头，似有若无的吻，他察觉不到的暧昧，这么理直气壮的亲昵，煞有介事地轻抚她的头："好吧好吧，温家弟弟，一会儿，批准你多吃一块蛋糕。"

阿衡无力："我觉得我跟你不是一个世界的人。"

言希挑眉："那有什么所谓，我觉得我跟你一个世界就够了。"

电梯戛然而止，另一乘直上顶层，堪堪错过。那窥伺一般的黝黑眸子，也消弭一空。

言希松开了手，一旁别过脸装作没看到的小周这才出声："言少，到了。"

言希冷冷地看他，淡声："陆流问你什么，不必隐瞒，照实说便是。"

阿衡冲完热水澡出来，没找到拖鞋，就赤着脚站在羊毛地毯上，沾了水。

发还未干。

看到一桌好菜,她笑:"言希,我好了,开饭吧。"

言希皱眉,从卫生间取出大毛巾,坐到她身旁,然后,把毛巾覆在阿衡的发上,轻轻揉擦她发根的水。

阿衡温柔地看他,很温柔很温柔。

言希没好气,故意用毛巾遮住她的眼,胡乱一通地擦,一头乱发。

阿衡呵呵笑了起来:"言希,鼻子痒……痒……阿嚏!"

言希瞪大眼睛:"下次头发不擦干就出来,打你啊。"

"那我下次一定不擦干,看你是不是真打我。"阿衡笑倒在羊毛地毯上。

言希抿唇,佯怒:"打,真打,不打你,我打自己。"伸手把她拉起,亲昵地蹭了蹭她的鼻子说,"总觉得,你变小了。"

放在怀中,方才是吃了定心丸的滋味。

阿衡想了想,微笑:"是你变老了。"

言希扬眉:"兴许。"

他们吃饭,满桌的精致饭菜,静悄悄的四周,言希心中愧疚:"阿衡,除夕,让你陪我这么过……"

阿衡看着他:"言希,这么好的天堂,只有你舍得给我。"她眼中泪光浮动,温柔似锦。

言希懂她,把晶莹透亮的饺子放到她唇边:"我和你一起守岁。"

我和你。

一年的结束,一年的开始。谁唱一首歌,有你有我,不说天长地久,不想春光浪费。

阿衡点头,饺子吃入口中,泪却落了满面。

窗外，白的雪，飘落飞扬，好像这世间原本的色。

十二点的钟声敲响。

2003年。

鞭炮响起，烟花火树，极盛极美。

"阿衡阿衡，我们许愿。"他这样说，语调真平和，好像清平一乐。

阿衡说："我希望，世界和平，亚非拉小朋友吃上白糖糕，这样多好。"

言希笑："五年前的愿望，不算数。"

阿衡说："我说什么，都能实现吗？"

言希笑："我尽量。"

阿衡说："让我挣比世界首富还要多的钱吧。"

言希摇头："这个，没有。"

阿衡说："让我当世界首富吧。"

"这个，没有。"

"让我嫁给世界首富吧。"

"这个，也……没有。"

阿衡咳："这个可以有。"

言希咬牙："这个，真没有。"

阿衡双手支脸，笑眯眯："真……任性啊。"

好吧，那我许愿，明天醒来，我同言希，只是做了一个长达两年的梦。

那时，爸爸活着。

那时，言希阿衡，年少无知，挽住时光，以为一生。

Chapter 75
何处暗香不残留

温母初一早晨起床的时候照例去给亡夫上香,却打碎了一只青釉的花瓶,于是心神不宁了半天。看着亡夫的遗像,有神的眉眼中似有一丝责备,心中又沉重了几分。

自从丈夫去世,她便辞了乐协的工作,每年固定的三场钢琴演奏会也改为一场,整日在家侍奉公公,甚少出现人前,很是低调。

原先玩得好的各家夫人,开始还常常开导,带她到各种场子赴宴散心,后来见她心如死灰,对什么都提不起兴致,也就渐渐淡了那份心思。

反倒常听自家子女丈夫提起,温家少年隐已成人,参股陆氏,拿捏分寸,与当年温老手腕一般。只可惜,亲生女儿身体不好,常年在南方念书养病,母女不能相见,让人嗟叹。但又所幸,养女思尔漂亮讨喜,还能承欢膝下。

而温老,自独子去世,益发老态,手头的工作也卸了许多,常常早市提溜着鸟笼,散散步,和同龄人聊聊天,啜了豆汁儿,才满意地回家。

大年初一一早,辛达夷还在黑甜乡就被自家老爷子掀了被窝,说是一定要早早去给温爷爷、温伯母拜年,他们喜欢小孩子,看见他肯定高兴。

Chapter 75 何处暗香不残留

辛达夷受不了:"我都二十了,什么小孩子。"但还是惺忪着眼套衣服,想起什么,嘟囔,"言希肯定也在,我都大半个月没见他了,也不知道忙些什么。"

辛老爷子拍孙子脑瓜:"言家小子不是在处对象?你老实点儿,别杵着一张傻脸搅人场子。他好不容易安生几天,娶不着媳妇儿,言老头儿都要愁死!"

辛达夷:"嘁,他还能真娶楚云?我就不信了,他和阿衡明明——"

"再说浑话!温家、言家都不提了,你一个外人插什么嘴?说你傻你还就没聪明过,言希为什么带对象在温家晃了一圈,温家有不高兴吗?看看人温家小子,快成人精了!"

辛达夷瘪嘴,吭哧哧哧穿裤子:"他们都是我兄弟,爷爷你别说了。"

辛老笑骂:"算了算了,老子养了个憨小子,他们聪明就聪明着吧,咱们傻有傻福。"

辛达夷也笑:"爷,等过两年我工作了,给你带个孙媳妇。咱们大院儿里一定让你第一个抱上重孙!"

辛老一直有旧疾,天气稍微不妥,腿脚便不灵便。儿子媳妇年轻时出了车祸,只留下一个独孙,盼望早日成人,不免溺爱。

所幸达夷生性纯良,人品学习都很好,辛老常感安慰,抱上重孙,便是再完满不过的了。

达夷到温家的时候,张嫂正在煮汤圆儿,是思尔开的门,她伸了手,笑道:"要从此门过,留下买路财!"

达夷揉揉思尔长发,从兜中掏出一个糖袋子,扔给她:"去去去,小丫头,大过年,闹个什么劲!温爷爷起了没?"

思尔挑眉:"起了,但是,也说了,谁拜年都请进来,只有辛达夷,轰出去。"

达夷傻了:"为什么呀?"

思尔转眼珠:"我怎么知道,爷爷吩咐的,我照办。"

思莞闻声,走来,笑了:"尔尔哄你的,爷爷正念叨着达夷肯定是第一个,你还就来了。"

达夷瞪思尔:"小丫头,越大越招人烦。"

思尔撇嘴:"就你不烦,每年大清早,不到七点,就听见你的大嗓门儿,整个大院儿要让你震塌。"

让了身,放行。

达夷探头,问思莞:"言希来了没,昨天在这儿过的年吧?"

思莞摇头,笑道:"昨天打电话说不来了,大概去了陆流家。"

达夷看他笑得勉强,暗自抽搐,亲娘,又踩雷了。

进去,对温老磕了头,老人合不拢嘴,封了个大红包递给他。

两人说了会儿话,门铃又响了。

辛达夷:"哈哈,言希到了。"心中暗想,也许还有陆流。看思莞,不忍心,可怜自家兄弟那张脸,又有变黑的趋势。

嗒嗒跑到玄关,开门,果然是言希。

辛达夷拍他肩:"我们等你半天了!温爷爷在里面呢。"

从言希身后走出一个人,看着他,眼睛很是温和。远山一般的眉,黑发薄唇,白净的面容,眼角微微向下弯,挺起的鼻子,无害而温柔。

有些局促,她说:"达夷,好久不见。"

达夷第一反应不是惊喜,不是呆滞,不是迷惑,竟是去看言希的表情。

言希眉间的尖锐融掉了八九分,微风小雪,恬入心窝。

于是他抱住阿衡,叹气,又叹气:"只可能是你了。"

阿衡拍他的肩,这个伴了她许久许久,对朋友从来不离不弃的少年,让她只有由衷的想念。

她说:"我变了多少,你竟然认不出?"

达夷擎住她的头使劲揉,眼圈红了:"小姑奶奶,咱以后不玩儿失踪了,成吗?"

阿衡点头,闷声哽咽,说:"好。"

他说:"你再来一次,言希有九条命也不够使的。"

言希看着两人相拥,手缩进了口袋,心中好像破茧的蛹,寻到了最后的力气。

他笑,这便是他的弱点。

上前,静静地拥抱了两人,静静地流泪。

他的家,他的友。

无比丰沛的意义。

玄关,温思莞站在阴影中,手无力地垂着。

他说:"阿衡,你回来了。"却无法张开双臂,来个十足的哥哥的拥抱,他早已被折去了双翼,只因为温姓。

于是只能微微笑着,嘴角是个小小的涡。

这是像极父亲,阿衡没有继承的独一无二,便因此有了命运的独一无二的洗礼。

他曾经在阿衡离开之后,抵进母亲怀中无力哭泣,无法再做个刚强的男子汉:"妈妈,为什么是我,为什么不是妹妹?"

母亲却生平第一次打了他。她说:"你姓温,温家的男儿绝不会退缩。你爷爷在战场上没有退缩,是为了他的战友;你父亲在海上没有退缩,是为了他的祖国;而你,为了你的妹妹,也不能退缩!"

他流泪,像个孩子,妈妈,妈妈,好大的代价。

温母却笑了:"未来还有多久,温思莞你现在就要认输了吗?"

他的母亲,刚失去丈夫的母亲,教他,不可认输。而那一段旧事,是永恒了,连时光都无法洗刷的沉重。

他看阿衡。

那姑娘眼中却是一种深深的隔阂生疏,无措了,小声开口:"思莞,对不起。"

思莞笑:"为什么说对不起?"

阿衡想了想为了什么,认真地说:"对不起,我回来了。"

她礼貌清楚地开口,竟这样荒谬,为了回家而向自己的哥哥说对不起。

思莞耸肩:"外面风寒,进来再说话。"

温妈妈,生了阿衡的温妈妈却冰冷了面孔,深深地,几乎是用没有温度的眸看着她。转目却移向了那个漂亮高挑的少年,冷冷地质问:"言希,你怎么向我承诺的?"

言希大眼睛看着她,并不退缩:"阿姨,我一直都知道,甚至是本能。"

怎样,让她完整,让她幸福。

甚至,在某些时候,没有人比他更清楚,那一部分拥有他才有意义的阿衡。

温老叹气:"小希、达夷跟我一起吃早饭,阿衡许久没回来,同你妈到房间说会儿话。"

再然后,言希在温家耗了一整天,却没有看到阿衡。

夜深,温老沏了第三道碧螺春,汤色已淡。他挥手:"小希,你回家去吧。"眸色睿智,却带着疲惫。

言希眯眼,定格在阿衡消失的房间。

达夷朝言希挤眼,缓气氛:"温爷爷,我们明天再来看您。"

温老笑:"知道你们有孝心,春节家中事多,尤其小希,自己要拿所

Chapter 75　何处暗香不残留

有主意，你们忙自己的就是了。我有他们三个，再不济，还有个鸟笼子。"

达夷讪讪，言希踟蹰，最终，二人还是起身，礼貌告别。

那个房间，幽道深远，依旧紧锁。

思莞追出门外，对着言希认真开口："你放心，阿衡不会有事。"

言希看他："你保证吗？"

思莞笑，酒窝深了些，轻轻点头："我保证，言希。"

那语气十分神圣，恍若他们又回到了友爱无敌的儿时。

达夷边走边笑："还保证什么，他们总不至于连夜把阿衡送到天边，让你再见不着。"

言希从地上团起白雪，砸他："你又知道！"然后，呼哧呼哧喘粗气，"有时候，真希望她是我生的！"

那样就再也没有这无边无际，连烦恼都没有立场的烦恼。

达夷掏掏耳朵，晃着一口白牙："这话我就当没听见，你以后想乱伦了，也不用杀了我这个见证人。"又凑上脸笑，"言希，我用一百块跟你打赌，如果阿衡真是你生的，你要哭死了。"

阿衡在父亲的灵前，跪了一整夜。

她说："妈妈，爸爸不喜欢这里。这里太阴暗，爸爸喜欢太阳可以直射到的地方，就像大海。"

温母拿着棍子，打在阿衡的脊背上，每一下，都有清晰的响声。

阿衡低头："妈妈，身体发肤受之父母，我不敢随意毁伤。可是，妈妈打了，却不觉得疼吗？"她的额上，全是咬牙沁出的汗珠，眼角干净无瑕。

温母却哭泣，情绪几乎崩溃："谁让你回来的，谁准你回来的！"

阿衡眼睛空洞："妈妈，原来，你真的不会疼。"

温母的声音变得凄切:"枉费了你爸爸煞费苦心,好不争气的女儿!要你有什么用,要你有什么用!"拿起棍子,疯了一般,狠狠地砸在阿衡身上。

她嘴唇咬出了血,硬着脊梁,抬头看到父亲的遗像,高高立在桌上,悲天悯人。

想起爸爸说过的话:"阿衡,如果我们在你妈妈生日那天从顾家赶回家,你说会不会是个天大的惊喜?阿衡,不许告诉你妈妈,我们给她惊喜,拉钩,哈哈。"

可是,妈妈,我带回爸爸,你却不高兴。

阿衡突然觉得很疲惫,她说:"妈妈,如果你本意是想打死我,朝这里吧。"指了指自己的头颅,她看着母亲,眸色稚拙温和。

那个棍子,向下,滴着血,鲜红的,瘆人的。

"如果不是,我很困,能不能让我……睡会儿觉?"

一会儿,就好。

那个女人忽然反应到自己做了什么,丢了棍子,抱着阿衡大哭起来:"阿衡阿衡,妈妈对不起你!"

她说不出话,挣扎着站起身,摸到门,打开,眼中是空气,耳中是风声。

走,走,只剩下行走的本能。

踟蹰在门外很久的思莞想要扶她,阿衡避开他的手,眼中没有焦点。

楼梯,一阶一阶。

哀莫大于心死,背后撕裂,竟丝毫不觉得痛意。

走进房间,反锁了门,抱着电话,一下一下,对着话筒,哑声痛哭。

"言希,我终于,永远地失去了爱妈妈的天性。"

一个孩子爱着妈妈的天性。

Chapter 76
千万人中有一人

他说:"温思莞,我再也不会相信你。"

小的时候他常常会说:"温思莞,你不要跟着我了,你怎么这么烦,你讨厌呀,一直一直跟着。"

因为成绩差被爷爷打屁股了,他也会扯着嗓子哭:"温思莞,你别总是得小红花,你再得小红花我就不跟你玩儿了!"

思莞泪汪汪地看着他:"为什么啊?哥哥。"

为什么啊?哥哥。

每一次,都问,为什么。

言小少会很认真很认真地想,想不通了,把手中的牛奶袋子递给那人:"我也不知道为什么,总之不许,再得小红花,揍你!给你喝牛奶,不许哭!"

他从不说:"温思莞,我再也不相信你了。"

有关信任,有关承诺。

长大后的言希,对长大后的温思莞说,我再也不相信你了。

他看到阿衡侧身蜷缩在床上,死死攥着被子,背上一片黏稠散发腥味的红。挥拳,狠狠打了温思莞,不留余地。

那个苍老得能看到皱纹的女人，目光悲伤，看着他。

他说："我终于知道了'言希'两个字的弱小。"

多么可笑的言希！

他抱起阿衡。

那个姑娘像个新生的小孩子，乖乖地蜷缩在他怀中，不喊疼不会哭，静静的，只剩下解脱。

她笑，发着烧，脑中一片混沌："言希，长得真好看。可是，为什么不笑？"

言希红着眼睛，微笑，颤声哄她："嘘，不要说话了，宝宝。"

他用毯子裹起那一块血迹斑斑的背，抱着她，一路奔跑。

车辆、天桥、行走、寒风、寂寥、巷里巷外。

像是捧了一个盛了月的水碗，呵护着，跌跌撞撞，不敢失手。

珍宝呵珍宝。

言希忽而想起大学里男生聚会时的戏言："女孩儿美貌极盛，病态起来才摧人肝肠。"

全是屁话，脑中成了一团糨糊，谁还有闲心理她美还是不美？

事后，孙鹏常常取笑他："美人儿，法拉利养在家里，关键时候还是不如两条腿。"

他咬着牙："孙鹏，我真心祝你一辈子碰不到这种事儿！"

孙鹏笑得牙齿白晃晃的："言希，我同你最大的差别，就是在乎一个人的时候，天知地知，我知，他人不知。"

到了医院，值班的医生给阿衡打了退烧针，然后说伤口需要清洗，要言希先出去。

Chapter 76　千万人中有一人

言希欲言又止。

医生看到阿衡的伤口，下手这么重，大抵是家暴，不明真相地对言希板着脸，说："人都成这样了，有什么话，说，不要耽误时间。"

他笑了，对着医生鞠躬："麻烦您轻一些。她疼了，向来不肯吭声。"

远远看了病床上熟睡的阿衡一眼，转身合上门，交握着手，坐在医院的长廊上。

大年初一，一片寂寥。

手机上有几条简讯，同学群发的短信：新年快乐，最近可好？

言希一一回复了，抬指，才发现自己掌心沾着阿衡的血，愣神，握住手机，走到洗手间。

打开水龙头，哗哗冲洗，淡掉。暗红流过，他看着，洗不掉的腥味。

一遍遍，一遍遍。

言希面无表情，洗手液，揉搓，泡沫，冲掉。继续，洗手液，泡沫，冲掉。手心变得很红，像一块胎记。

忽然，他抓起洗手池畔的手机，狠狠地摔向暗壁，扯着头发，痛哭出来。

无法天真、无法高傲下去的言希，只能强大了。

有时，他恨着阿衡，莫名其妙地想恨。如果阿衡总是希望人人都爱她，那么言希也许就不会这么患得患失了。可是，如果她有很多人很多人爱护着，那么，言希又算什么呢？

走回那个白色的房间，言希轻轻地握住了她的手，这个姑娘，睡得那么安详。他说："命运把你给了我。或许将来，你会有另一种选择，但是现在，别无选择。"

阿衡退烧时，窗外阳光正好。

眯了眼，站在窗帘旁的那个黑发少年俊秀挺拔，左右行走，显得有些烦躁。

他拿着手机，深吸一口气，试图向电话另一方说些什么："阿姨，我不会送阿衡回温家的，这没有讨论的必要！是的。原因？您还问我要原因？看看她背后的伤口！没有一个母亲会对自己的女儿这么狠心。好，您只是情绪失控，您无法面对她，是，她的确姓温……"

忽而，那个少年加大了音量，表情变得十分愤怒，近乎吼了出来："你说她姓温，可是她除了姓温，还有哪一点属于你，或者温家？你，还有你的温家，没有任何理由让我让步！"

他挂断了电话，头抵着窗，不断喘气，指攥得发白。

呼呼吸吸。

像是感应到一丝暖意，转身，阿衡正对着他微笑，呵呵，安静温和的样子。

病房的电视上正播着日本的新年景况，她学着那只招财猫的样子把手放在耳畔挥动："早上好啊，言希。"

言希尖锐暴躁的眼睛一瞬间变得清澈，他走到她的身边，弯腰，静静地看她，半响，笑了："好笨……竟然挨了打。阿衡，你是言希的女儿啊，传说中的言希，打架大王言希呀。"

阿衡："真不好意思啊，言先生。"

他问她："你背还疼吗？"

阿衡说："真是废话。言希，你被打得背上开花试试。"

言希骂她："笨，不会号两嗓子，哭得邻居都听见了她还敢打你？你妈最爱面子。"

阿衡低头，吸鼻子，嘀咕："我怎么就没想到？"

言希："女儿，跟着我，你要学的东西还多着呢！"

阿衡呵呵笑:"言希,你皱着眉毛的样子,像个老态龙钟的老爷爷。"

达夷偕同陈倦来探病。

陈倦已经换回了正常男人的衣服,颜色款式都是时下最流行的,看着依旧极度漂亮,不过男儿的英气丝毫不少。

这些年,和达夷打打闹闹,依旧不对盘。

看到阿衡,他叫苦连天:"姐们儿啊,我为了帮你拴住男人,可怜两条腿跑成了外八,你怎么赔?"

阿衡只看着他笑,不说话。

陈倦倒不介意,巨细靡遗,把言希不在她身边的日子讲了个彻底,大到走了多少场秀,做过多少节目;小至每天几餐,对排骨依旧多么钟爱。

末了,遗憾地下结论:"可见,你在与不在,对言美人儿没有丝毫影响。"

达夷附和,怪模怪样地学言希上节目的样子——曾经多次在电视中定格的样子:"大家好,我是言希。"

每一次,固定的开场白。

大家好,我是言希。

废话,你丫就是不说,全国人民谁不知道你是言希啊,在电视上晃的频率这么高。

偏偏,每一次,都是这句。

那样子,像是怕别人记不起的惶恐。

甚至,连卫生巾的广告都接一接,只因为,那个牌子是阿衡用惯的。

他怎会不知,时光多可怕,如果不每日在人前走一遭,怕时光一烙印,面目全非,她再难记起,这个世界,还有这样一个人。

哦,他叫言希。

哦，他是我曾经遇到的人，七十年中的三载，微乎其微。

他笑，轻声："阿衡，我一直很好，像 Mary 说的，没有你也很好。可是，这不代表你不重要。"

"你懂的，对不对？"

DJ Yan 从不是为了万千听众出现，而是为了万千听众中的一人出现。

Chapter 77
许多想忘的回忆

阿衡回到家,或者说是言希的家的时候,不知不觉笑了出来。

白楼前的空地上用木色的篱笆围了一个小花圃。冬日草木早枯,看不出种的什么。花圃中随意扔着一个小铲子和一个水桶,许久未有人打理的样子,但远观却有些说不出的趣致。

阿衡揶揄他:"你准备做农夫了吗?"

言希一本正经:"女儿,不如我们一起种……排骨吧。"

阿衡低头,看看那枯暗的草迹,开口:"是野草,言希你一定是围了之后就荒废了。"

言希无所谓,耍赖:"反正你回来了,看着种吧。"

他吹了一声响亮的口哨,卤肉饭和小灰飞速从屋里扑出,流着哈喇子、绿着眼睛看言希。

阿衡不忍卒睹:"你到底饿了它们多长时间?"

言希从口袋中掏出肉罐头和一大块面包,扔给它们,撇嘴:"你是不知道,它们饭量多大。"

阿衡温和道:"我知道。"

我一直知道。因为它们,是我喂大的。

卤肉饭看到阿衡，滴溜着小眼睛，不吃面包绕着她飞，打量半天，尖声叫道："阿衡，阿衡！"像个炸弹直接冲进阿衡怀中，兴奋极了的模样，小脑袋上的羽毛都竖了起来。

小灰却呆，只顾着舔食肉罐头。

言希讪讪，踢了胖了好几圈的小狗一脚，小灰没反应，尾巴翘到半空中，吃得欢愉。

阿衡用手轻轻安抚卤肉饭，眼望着小灰，微笑了："可见，它是不记得我了。"

言希干咳，拍小灰脑袋，瞪了眼睛："白疼你了。你娘回来，丫一点儿反应都没有！"

阿衡笑眯眯："没事儿没事儿。主要是我走的时候，它还小，不记人。"

小灰迷茫地摆脑袋，颈上系着一个朱红色的蝴蝶铃铛，叮叮当当，清脆作响。

阿衡蹲身，铃铛上刻着几个字，虽然清秀，但却不是言希的篆迹。

莫失莫忘。

留款：楚云。

阿衡的指滞了滞，面上没有大表情，微笑起身。

言希尴尬："楚云，你知道吧，就是——"

阿衡接下句："身高一米六三，体重四十五千克，2002年进入B市电视台，从幕后做起，一次意外机会试镜被高层看重，提拔做了晚间新闻的主播。因清新自然的主持风格和美貌受到追捧，一直走红至今。喜欢小动物，偏爱蝴蝶，热衷公益活动，公开表示理想型是向日葵一般的男人。"

完毕。

言希抽搐："你怎么比我知道得还清楚？"

阿衡笑得云淡风轻："总要知道她是否善良，是否漂亮，而你……又是否，配得上她。"

卤肉饭栖在阿衡指背，小翅膀扑棱着，偷笑。

言希脑子一热，不服气了："我配她，绰绰有余！"

阿衡斜眼："人呢？"

言希："呃，分了。不过，我们和平分手。"

他不自在，强调"和平"二字。

阿衡："哦，她甩了你啊。"

她其实，更想知道，他们有没有一起抱着小灰看夕阳，有没有用同一只耳机听过相同的歌，有没有忽然之间毫无理由地拥抱，而他有没有用半支铅笔画出她的眉眼，有没有挤了白牙膏在嘴上扮老爷爷给她看，有没有忽然之间，看着她，就笑了……

可是，似乎没有立场，问得太过清楚。

言希环抱双臂抵在后脑勺望天，大眼睛看着软绵绵的云朵，装作没听见。半晌，看着阿衡，可怜巴巴，说："女儿，我饿了，医院的饭真不是人吃的啊，连块排骨都没有。我陪着你吃了三天啊三天。"

阿衡低头，逗弄卤肉饭："他真烦，是不是？"

一直很烦，是不是？

可是，终究应了他的要求，做了满满一桌——红烧排骨、清炖排骨、冬瓜排骨、粉蒸排骨。

看他像个小孩子，腮帮子鼓鼓的，阿衡又不自觉笑眯了眼，使劲扒米饭。

背上的伤刚结痂，缠了白色的绷带，从肋骨到左胸下方，换药时并不方便，稍不留神撕裂了伤口，会疼半天。

言希说："阿衡，如果你不介意，我可以帮你。"

阿衡脸红，心中大怒，把抱枕砸到他身上。

他只道她远行一趟，回了家却喜怒无常起来。又怎么清楚，阿衡只是难过，自己在他眼中总是可以忽略性别的样子。

或者，阿衡可以是女人，可以是男人，无论是男是女，只要是阿衡，便足够了。

言希不知所措，阿衡买了一箱子的巧克力牛奶，黑着脸换话题，问他冰箱到底多久没有清理过。

言希委屈："我又不会做饭。"

阿衡怔怔地看他，忽而笑了，喟叹："你啊你。"

那个人只道，阿衡回来，万事皆可懈怠，这世界便是再美好不过了。

可是，真愿天可怜见，快些让这少年长大。

思莞、思尔奉母命来看阿衡，顺道含蓄地问她："你什么时候回家？"

刚巧已过初八，晚上电台排了班，言希不在家。

阿衡笑："哦，这里原来是别人家。"

她定定地看着他们，叹气，"何必呢，我回去只会给……她添堵。再过些日子我就回校了，言家……也是待不长的，她不必担心别人闲话。"

思尔嘲弄："你倒是有一颗七窍玲珑心。"

阿衡淡笑："很公平不是。温家的人在言家，言家自然也有人在——"

她话未完，思尔气急败坏，摔门走出。

思莞眯眼："你什么时候知道的？"

阿衡说："温思尔两年前对我说她姓言，不然我怎么会知道？"

思莞思揣，想起什么，低低地问她："你那时生病一月有余是为了这桩事，而不是言希去美国？"

阿衡微笑，说："言希真的是一个很懂事很懂事的孩子。"

思莞不安："怎么说？"

Chapter 77　许多想忘的回忆

阿衡坐在沙发上，卤肉饭又黏了过来，她亲昵地拢了拢它的翅膀，轻轻开口："为了替自己的妹妹报恩，待别人家的妹妹这样好。"

思莞颓然："你生病时我问你心结在哪儿，你从不肯开口的。何苦等到两年后，这么迟才肯说！"

阿衡像是没听到他的话，陷入深切的回忆，温柔地开口："他见不得你欺负我，只想着如果不是他的妹妹，我们兄妹本不该如此；更见不得思尔对我不友善任性的样子，好像由他弥补了我的委屈，我便能恢复了温家小姐该有的样子，如思尔一般骄傲恣意。"

"你知道吧，言希是个如此分明的人，从不肯欠人分毫。而我不巧在他眼中，便是那个被亏欠了的人。"

她说："思莞你猜，如果没有这份亏欠，他从开始时，又能注意我几分？"

阿衡望着白色的墙壁，上面鲜艳夺目的一帧帧照片，竟也渐渐有些褪色了。

当年，她第一次看到时，还那样美。

她甚至不知道，自己为什么会回来。

如果是思念，那这思念，甚至包括隐约的连她都不想承认的恨意。

她说："我多想皆大欢喜，装作什么都没有发现过。"

思莞怅惘，叹气："言伯母怀着言希的时候，言伯父有了外遇，尔尔她是言伯父的私生女，她妈妈生下她便去世了。当时言希的父母闹离婚闹得很厉害，言爷爷不忍心亲骨肉流落在外，便央求了爷爷收留。当时妈妈她正好产下你不久，爷爷为了报答言爷爷，横下心，瞒着爸爸妈妈把你送到了奶奶的故乡乌水。"

阿衡问他："爷爷报答言爷爷什么，我阿爸阿妈同奶奶是什么关系？"

思莞避重就轻："你养母是奶奶旧时好友的女儿，至于报答什么，我……并不十分清楚。"

阿衡指落沙发，微笑："思莞，我走到现在，不会再计较什么。"

言希与她重逢，呵护她宠她，常常像对婴孩。

半夜惊醒，只穿着睡衣便急步走到她的房间，看清楚她还在的时候，才稍稍放心。合了门，他却在门外闷声哭泣。

一门之隔，她闭着眼听得一清二楚，便再也不愿去恨言希。

抚平心绪，她咬着唇低下了头："爸爸的事，你们要怪便怪我吧，他确实是我害死的。"

爸爸从顾家坐飞机赶回家，结果心脏病病发，是她没有听从妈妈的嘱咐，害死了爸爸。

思莞满目隐痛："那是我和妈妈故意想让你逃离……可，你又能懂多少？"

阿衡不说话，想从他眼中看出端倪。

思莞却抚了她的发，勉强笑道："女孩儿长大了，心总是偏得厉害。所幸有血缘，我还是你哥哥。"

所幸，不是敌人。

夜间，DJ Yan 做节目时轻声嘀咕了一句："要是现在有一碗红焖排骨饭就好了。"

听众打电话开玩笑，说要给他送过去。

DJ Yan 知情识趣，含笑道："多谢多谢，只是我有些挑食，五味中有三味不喜，不用麻烦。"

不喜甜食，不爱苦味，不能尝酸，能吃的也就只剩辣和咸了。

阿衡知道他晚上没有好好吃饭，听着话语中的哀怨落寞，心中好笑，便到厨房做了排骨饭，用饭盒盛好。又想起言希穿得单薄，夜晚寒气重，

Chapter 77　许多想忘的回忆

便拿了件厚外套,坐公交,一并带到了电台。

电台门口有记者,话筒和摄影机围了个水泄不通。

阿衡绕道,却隐约看到包围的人群中那个眉眼明媚的人。

噢,是楚云。

楚云也朝电台走,旁边的记者追着赶着问:"是不是探 DJ Yan 的班?"

阿衡被挤到了一旁,饭盒歪歪扭扭的,险些被挤掉。

楚云带着官方微笑说:"我和 DJ Yan 只是朋友,你们不要多想。"

其中一个记者眼尖,看到楚云手中拿着一个饭盒,惊道:"难道,是给 DJ Yan 送饭来的?"

楚云拉下脸说不是,转身走得很快,高跟鞋摇曳生姿。

阿衡呆呆地看手中的饭盒,喉中哽着说不出的东西。

她叹息了一声,坐在了电台门口,寒风中一口一口把饭和排骨吃完。吃到最后,饭和肉都凉了,夹在胃中很不舒服。

看了看表,时针已经快指到十二,言希的节目也快结束了。阿衡把饭盒放下,拿着外套上了三楼演播室。

工作人员问她有什么事。

她说要找言希。

工作人员问她和言希是什么关系。

阿衡滞了滞,说:"我是他妹妹,天冷,给他带件衣服来。"双手铺开了外套,是言希常穿的那件。

工作人员方才放行。

阿衡走进去的时候,意外地并没有见到楚云。

她的言先生坐在玻璃窗内,戴着耳麦,蓝色毛衣,懒懒散散的模样,有些像在家中刚睡醒的迷糊样子。

阿衡抱着衣服,笑了。

言希抬眼，看到了阿衡，怔了怔，也笑了起来，一边劝解着电话另一边的迷途羔羊些什么，一边向她手舞足蹈起来。

阿衡吸了吸鼻子，捂眼，好丢脸。

她走了过去，隔着玻璃，冷热相遇，雾煞煞的，言希的面孔看得并不明晰。

他的嘴张张合合说着什么不温和却依旧柔软的词语，早已没了少年时的鼻音，清亮带着磁性很是好听，和收音机中听到的并不相同。

她伸手，柔软的指贴在了玻璃上，窗上的雾气化开在她指间的暖中。

言希看她，宠溺了眉眼，伸出手，从下向上，五根指一根一根同她紧紧深深贴合。

他趁着空隙轻轻开了口："等我，宝宝。"

一字一字，无声。

另一旁导播室等待的楚云站在那里，看得分明。她笑，问一旁的工作人员："姐姐，你见言希这样温柔过吗？"

她指着那两个用这样的方式安谧拥有彼此的影，堪堪，流下了眼泪："姐姐，不要同言希说，我来过了。"

为什么这么不平等？她来的时候，他毫无知觉。

原来，你的阿衡，已经归来。

Chapter 78
无可不忧无可忧

农历十三，阿衡整理家中杂物的时候，接到一个电话。

电话来自陌生的声音，他说他与阿衡有几面之缘，要转交给她一样言希的东西。

阿衡问他是哪位。

他说他姓陈，与言希是旧相识。

阿衡忽然就想起来这人是谁。陆家的秘书，言希害怕着的人。

林若梅两年前已被陆流取代，陆氏的天下早已只姓陆。至于温家，参股其中，却不知占了几分斤两。

她问他要去哪里，小陈说了一个地址，阿衡便写在便笺纸上，夹在了电话簿里，以防不测。后又担心言希牵涉其中，把纸撕了，准备发短信给亲友，可举目一数，心里竟有些茫然。因陆流此人，她竟没有可信赖的人了。她的亲友却也都是陆流的亲友，何必要别人为难。

阿衡叹了口气，单刀赴会。

她坐了122路公交，之后又转了159路、173路，弯弯绕绕许久，才到目的地。

这里高楼林立，曾经是十分繁华的商业中心，却不知为何，随着城市的变迁，渐渐凋敝起来。陈秘书所在的地方，是建筑群中的一处高楼，紧挨着广场上的喷泉，他说他在顶层等着阿衡。

阿衡到顶层时，却被吓了一跳。顶层竟是一块广阔的空地，被一扇生了浓重红锈的铁门隔着，想必之前一直锁着，可是这会儿却轻轻遮掩，一推便开。四周排布着木马、滑梯、四驱车道，分明就是顽童的乐园。只有角落里，几盆已经枯萎了的玫瑰茄，低垂着，硕大而可怜。

之前见过的那几次，陈秘书都是戴着眼镜，西装笔挺，面容斯文的模样，这会儿却穿着牛仔外套，静静地坐在地上，凝望着这些生了尘土的玩具，手中还握着一罐啤酒。

他见阿衡来了，微微颔首，从宽大的牛仔外套中掏出一个手掌大小的红色四驱车，那车做工精美，被人悉心收藏，保养得很好，在阳光下，透着浓稠漆色折射出的暖光。

他递给阿衡，阿衡愣了。

陈秘书微微笑了："言希儿时的玩具，放在我这儿这么久，该还他啦。"

阿衡摇摇头，背过手，狐疑地瞅着他，不敢收。

陈秘书笑了："真是个可爱的孩子，怪不得呢。"

阿衡很直接："你是坏人，言希不喜欢你，以后不要再打扰他了。"

陈秘书笑容变得苦涩："对于言希来说，我确实是个坏人。可是并非因为那些肮脏的照片。"

他说："我把这辆小车给你，是为了告诉你，也为了提醒你，Boss和言希之间的那些情分与纠葛，不是你所能插手的。而我亏欠言希的，会带到坟墓当中，留到下辈子。"

阿衡说："是陆流让你来的。"

陈秘书吞了一口啤酒，点点头。他说："人为其主，我只是个挪来挪去的棋子。"

Chapter 78 无可不忧无可忧

阿衡眯眼:"他为什么不与我直接说,却让你来呢?"

陈秘书把那只阿衡没有接的小车轻轻放在了曲折精巧的小小车道上,看着它不停歇地跑着,眉眼渐渐缓和,小心翼翼而温柔。他说:"你抢走了他最可爱的玩具,他心内十分厌恶你又对你万分不屑,自然不肯自己来。只是为什么派我来,大概因为我也是言希过去的参与人。我知晓他和陆流的全部。"

阿衡截住了红色的小车,放在手掌中端详,近看来,才发现,漆色凹凸不平,像是后来补了色。

陈秘书微笑:"它有一个故事。"

"所以呢?"

"所以啊,陆流想告诉你的,便是这个故事。

"这一场事,我从头细细道来,其中是非曲直,温姑娘自有分辨。

"故事从我开始。我没有名字,从小在孤儿院里长大,只知道自己姓陈,后来被陆家收养,一直被人喊作小陈。十岁的时候,因为答对了几道智力题,被陆家从孤儿院领走。起初以为会有个完整的家,可是事实上,却是一直被当作棋子训练。

"你知道什么是棋子吧?就是那种平时是助力,关键时刻可以舍弃的人。我被送到最好的商业学校学习,一起的还有很多同龄的孩子,他们和我的存在仅仅是为了陆家的独孙,也就是陆流。他需要一副坚硬的棋盘,事实上,很多时候这比一颗坚硬的心都重要。"

陈秘书顿了一下,笑了,他的声音很轻,带着追忆,又似乎愉悦:"而我,因为成绩优秀,提前被派到陆流的身边提点他平常的学习生活。陆流小时候,是个很温柔、很善良的孩子,嗯,感觉同温小姐你有些像,长得又白,像个小玉人,常常被长辈笑称'陆小菩萨'。

"我暗中观察他,你知道,我来到他的身边并不单纯。我要向陆老报告他的一举一动,我要防止他变得只晓得这世界的明媚,甚至,同一个人过分亲密。可他会一直看着我,可怜巴巴地说:'哥哥,让我再和言希玩一小会儿吧,我们打过了怪兽就写作业。'那时,我是第一次从他口中听到言希的名字。"

阿衡微微笑了起来:"言希他小时候,同现在一样尖锐吗?"

陈秘书摆手,陷入回忆的深思:"不不不,完全不是现在的样子。我从没见过那么爱笑的孩子,脸上有着婴儿肥,留着娃娃头,眼睛很大很大,小嘴能笑成心形。每次见到他时,他总是穿着一双粉色的猪头拖鞋,嘴上还吊着一袋牛奶,跟在陆流身后边跑边咕咚。

"他同陆流一起长大,两个人……因为同样的寂寞,所以,关系一直很好。有个词——形影不离,常常能在他们身上印证。

"我时常见他们一起坐在地毯上玩变形金刚,拿着游戏手柄杀着小人,却又不知不觉对着小脑袋睡得很香很香。啊,对了,言希小时候睡觉还有吮吸大拇指的毛病,大概是他从很小就没有母亲的缘故。

"这里是我为陆流和希儿所摆。从未有人这么叫过言希对不,因为那是我专属的称呼,我喊他希儿,是因为他是我内心十分珍惜的孩子。我曾送给幼小的他这辆玩具小车,他常常放在口袋中,我喊着希儿,他便朝我严肃地打敬礼,然后把小车放在跑道上,告诉我:先生,一切就绪,请公正裁判。

"他与陆流比赛,我当裁判,他常输,便总以为是因着我的不够偏爱,他才会败给陆流。他误以为我不公正。可是我是为陆流而活,爱着希儿,本就已是一种不公。

"对于陆老,我选择了沉默,不再积极汇报,只是适时地教陆流一些商业技巧,带他去吃我小时候吃过的最廉价却实在美味的食物,告诉他这个世界多么温柔。陆流朝着我期待的方向发展着——亲密的伙伴,柔软的内心。可是这已然不是陆老所能容忍的范围。他勃然大怒，要收回我所拥有的一切，包括一个可以伴在这个孩子身边的身份。

"陆流哭着求他，说爷爷不要赶哥哥走，他以后再也不敢了。自那时起陆流变了很多，有自制力有忍耐力，虽然面目温和却不爱说话了。他越来越依赖我，却和言希渐行渐远。

"那会儿言希刚读初中，小小的孩子初初长成少年的模样。那时风华初现犹如琵琶半遮，不过一个笑，一个眼神，干净得益发动人心魄。他抱着画夹在全城跑来跑去，瞧见什么便画什么。我曾见他踮脚亲吻过城墙夹缝中长着的一朵灿烂的小花，也见他低头坐在公园中，画着流浪的小猫。他喂那些小猫吃食，小猫却很冷漠，从不冲他微笑。故此，时间久了，他懂得了人世的一些道理，便也不肯再见人便笑。他说爱笑的都是傻瓜，傻瓜会被硬心肠的看不起。

"后来，他时常跑到我和陆流一起去吃东西的那些地方，回来，很认真地告诉我们：'我吃过你们吃的东西了，太甜、太酸、太苦，不好吃，真的。'

"陆流看着他，却总是无意味地泛笑，年少气盛的模样，却试图对言希的孩子气包容，或者忍耐。他常常对我说：'哥哥，言希还是太小，是不是？'他急于宣昭他的长大，宁可教我怎样吃一顿繁复华丽的欧式大餐，也不愿再暴露弱小抱着我哇哇大哭。

"可是，他和言希是那样惊人的相似，有时候甚至像是对方的影子。没有人失去影子是快乐的。言希郁郁寡欢，陆流也同样很失常。

"他常常说他得想个好些的办法，让言希变得更强大，那样他们就能重新做一对这世界上最好的朋友了，连爷爷也无法分开。可即使他这样想着，行为举止却已表现出对言希与年纪相符的天真懵懂的嫌弃和憎恶。

"言希曾经爱对陆流唱着一首胡乱编造的歌儿，歌词说，啦啦啦啦，天变黑啦，向日葵失去了我呀。陆流说我在哪儿呢，言希便唱着回答：向日葵便有了你啊。旁人说言希如今如向日葵般灿烂，可他只是光明本身，何曾依赖过旁的光明。陆流如月亮，一直靠他汲取温暖。这温暖源源不断，他习惯了便不以为然。陆流告诉我，哥哥，一回头，言希就在，真的好烦。"

一回头，言希便皱着脸装作不爱笑的样子，如此弱小，却站在那里阳光灿烂，真的真的很烦。

陈秘书有些犹豫，轻轻地开口："1997年，不知道你是否从新闻中听说，B市南端曾经发生一起爆炸案，是过年时在酒吧室内放烟花引起的，死了整整三十三人。"

阿衡努力回想，记起了这桩惨案。熊熊烈焰吞噬爆裂，肆意的蔓延，无穷无尽的熔烤，惨烈的哭喊，当年她看到过，那一张张在报纸中放大的悲惨。

陈秘书将啤酒罐揉成一团，疲惫地望着天空："当时，我、陆流、言希都在。陆流和言希喝多了酒，我在一旁静静地守着他们。我看着场内的烟花，前一刻还觉得很美，可是下一秒却听到惨烈的哭喊，伴随着风蔓延。"

他说："我，当时只选择了一个。"

阿衡怔怔，眼角不断掉眼泪，看着他，不敢置信，心痛挤走了呼吸，她无法喘气，终于，疯了一般，把他打翻在地。她不断哭泣，哑着声，大吼："你们怎么可以，怎么可以这样轻易，就放弃他？"

陈秘书眼神麻木，擦掉嘴角的血渍："我第一反应抓住了陆流，而言希抓着他的手，恐惧恳求地看着我们。我无法把两个半大的孩子一起抱出去。

言希的眼中带着几乎预料到结局的悲伤，陆流狠狠地甩开了他的手，对我说：'不要回头，不许回头。'我当时不知道，这些只是年幼的陆流想到的，训练言希心智的阴谋。

Chapter 78　无可不忧无可忧

"可是,我回头了。言希的眼中有泪水,他跌在地上,那么瘦小,仰望着快熔化的招牌,拼命向外爬。"

绝望的……绝望的……绝望的……

他说:"等我把陆流带到安全的地方,那个酒吧已经成为一片火海,我分不清哪里是火,哪里又是言希。我仿佛听见他在喊着'哥哥救我',却再也找不到他,只找到这辆烧焦了的小车。我无法解脱,几乎每一日都是噩梦。陆流不愿面对言希,借着出国留学的理由,去了维也纳。"

他仰躺在地上,一边凄凉地笑着一边掉眼泪:"我曾允诺他,我会公正地爱他,如同对陆流一样。可是 1997 年,陆流走后一个月,我眼睁睁地看着他被林若梅找来的人侮辱,为了结束他的痛苦而拿起了相机。我透过相机轻轻喊着希儿,他垂着头,恍若未闻,攥着双拳,周身黑暗。我与陆流终于摧毁了那个傻乎乎的肯给我们无限阳光的孩子,我们摧毁了爱本身。"

阿衡深深呼吸,眼泪却满脸都是。她用袖子不停地擦着眼,擦着擦着,却蹲在地上,号啕大哭。

1997 年,香港回归,举国欢腾;在在长大了一些,已能添食半碗;学校派她第一次到市里参加数学竞赛,她运气好拿了第一名。

掰着指数了许多,可是似乎,事事桩桩,都与她的言先生毫无关系。

天色渐暗,有人轻轻推开了咿呀作响的门。

那人看着轨道上划着美丽弧线的红色小车,许多年前四周也许还有欢呼。或许为了一个人的胜利,也或许为了另一个人的失败。

这城市,有人输得彻底,便有人赢得虚妄。

他安静地走过那个戴着眼镜的男子,身材高挑,已不是孩童时的模样。

他们都想让他长大,瞧,因这一场揠苗助长,他反倒比所有人都老迈苍凉。

他手中拿着费力拼凑好的地址，轻轻蹲下身，把那哭着的小姑娘抱入怀中。

阿衡垂着头，颤抖着开口："我甚至找不出理由在1997年告诉他们，他们抛弃的那个少年，也会在2003年，是另一个人的心头肉。他们甚至以不知道为理由险些践踏了别人的珍宝！"

言希愣了，细细凝眸，不错分毫地看着这个孩子，才发现，她眼中的悲伤和痛意刻到了骨子里，无法更深刻。

他几乎一瞬间，就懂得了她说的是什么。

他觉得悲伤，却手忙脚乱地把阿衡往怀里塞了塞："宝宝，我爬出来了，瞧，我这么厉害，不需要旁人救。我懂得这世界是不公正的，可是我只是，不知道别人的爱是这个模样。"

爱是抛弃，爱是尽己之能而后袖手旁观，对他们而言，爱是一切，唯独不是爱的模样。

"我不需要，也不稀罕。"他捏着阿衡的骨头，几乎捏进自己的肌骨之中，他说，"可是，温衡，这世界，只有一个人，必须公正地爱我。你必须只爱我一人。"

温衡，你必须公正地，只爱我一人。

只有你。

阿衡抬头看他，深深地看着，许久了，才轻轻地点头。

她答应他公正，为自己今后只能如此偏私。

她蹭掉眼泪，蹙着眉毛，却是那么认真的样子。她对他说："除非黄土白骨，我守你百岁无忧。"

点盏长寿灯，讨价百岁命。言希九十七，阿衡三年整。

同神明起誓，同神明说明。

她已不能回头。

Chapter 79
入眠的人怕梦醒

　　闲暇的时候，阿衡蹲到小花圃中，拔掉一丛丛枯黄的野草，松着雪后的泥土。

　　言希趴在二楼窗前望着她，手中开开合合着一个漂亮的盒子，哼着不着边的曲调，天真不羁。

　　那个盒子在太阳下闪着金色的光，隐约半透明的材质，里面似乎镶嵌着一幅画，强光之下瞧不真切。

　　他打开盒子，问："阿衡，要吃糖吗？"从中拈出一颗糖果，悠悠达达地从二楼抛下，扔在阿衡翻新的泥土上。

　　阿衡拾起，剥开糖纸塞入口中，却险些齁了嗓子，皱眉："怎么这么甜？"

　　言希恶作剧成功，大笑："我刚刚在糖罐子里泡了半天。"

　　阿衡无语，低头团了残雪，转身砸向高处。

　　言希猝不及防，脸接了个正着。看他狼狈了，阿衡也开始呵呵笑。

　　言希无奈，用手抹脸，嘀咕："个孩子，小气的哟。"然后，又从盒中摸索出一个小东西，他说，"这次，接好。"

　　白皙的脸微微发红，转过身，伸臂拉起窗帘，隔断眼神。

眼神这东西，于他，一向是个不容易消化的东西，尤其是面对着一个让你不容易消化的人。

抛物线，在阳光中，耀眼的明亮。

小小的银色被掷到了她的脚边，旋转，安息。

阿衡蹲在那里，眯眼看了许久，阳光太刺眼，竟不自觉流了眼泪。有些脏的手拾起了那个小小、轻轻的环。

一枚戒指。

拇指，食指，中指，小指。

一根一根，或宽或窄。

只剩下无名指。

握入了掌心，不再尝试。

她抬头看着二楼拉起的淡色窗帘，浅浅地笑了笑，拿出手帕包好，放入了口袋。

然后，有一天，这戒指就莫名其妙地失踪了。

温某人很轻描淡写地说她不知道丢到了哪里，言某人捶胸吐血，说丫就从没想过这是定情信物吗啊？

温某人："没。我一直以为，那是个玩具。嗯，就跟纱巾一样，你像妓院红牌那么随手一丢，我也就是火山恩客那么随手一捡。"

言某人悲摧了。

于是，谁还敢说这俩是爱情，这么狗血，这么雷人，这么找虐，这么……喜感。

回校之前，温家长兄动之以情晓之以理，声泪俱下——言希他真不是良配啊！

阿衡迷茫："这跟我有一毛钱关系吗？"

思莞皱皱巴巴，眉毛揪成了一坨，哀怨："你和他，他和你，你们……到底是什么……关系？"

阿衡说："也没什么关系，你看过猫和老鼠吧，我是猫，他是老鼠。"

思莞："难道你们……其实只是迫不得已住在同一屋檐下，其实言希一直很忌惮你、很恨你，其实你们一直是仇人……"

阿衡瞅着他，淡笑："是是是，我们是仇人。"

多年后的多年，温家双胞胎缠着爸爸讲故事，思莞不无感伤地讲了关于猫和老鼠一对仇人。

他媳妇儿直接喷了他一脸葡萄籽儿："我怎么觉得，你跟我看的不是一个版本？"

思莞说："怎么不一版本了？我小时候扫过几眼，不就是 Tom 和 Jerry 吗，那个势同水火……"

他媳妇儿："哦，我小时候也没怎么看过，只知道，一只小贱猫整天追着一只流氓鼠，追呀追的，就没消停过，还挺……那个啥的。"

啥……感伤吗？

他们是演戏的，我们是看戏的，谁感伤，感伤什么？

阿衡回校的时候，温妈妈坚持要送她到学校。

言希说："我晚上有通告，就不跟着去了。"

阿衡说："好，冰箱里做了一人份的排骨，晚上微波炉热热吃了吧。"

言希刷牙，满嘴白沫子，点头。

他洗脸的时候她出门，言希说一路顺风，阿衡说谢谢。

门合上，戏落幕。

他嘴上的白沫子没擦干净，探着头，看着掩去玄关的墙壁，白得……

真碍眼。

卤肉饭飞过来,喊着"阿衡阿衡"。

言希笑。

他说:"你知道阿衡是谁啊就喊。以前陆流教你喊他的名字的时候,桌子板凳抽水马桶都是陆流。"

然后,这个字也会定格,成为可怕的……叫作回忆的东西吗?

她说,除非黄土白骨,守他百岁无忧。

却忘了问,谁先白骨才无忧。

年后,言希很忙,很忙很忙,照辛达夷的话,老子还没看清丫,丫嗖一下就不见了。丫以为自己是内裤外穿的苏泊曼啊,那孙子搁中国就一影响市容。

言希摊手:"我上午两场主持,下午完成三百张的封面,晚上还有Sometime,娃,不是哥不陪你玩儿,实在是没那个精力。"

抬腿,刚想嗖一下再飞走,被辛达夷一扑,抱住了大腿,声泪俱下:"言希你丫不能这么不厚道啊,兄弟这辈子就求你这一次!"

言希:"放手。一个月前你说过一模一样的话。"

辛达夷说:"上次老爷子死活不给我创业资金,我是被逼得没办法了才找你借的。"

言希冷眼:"谁让你天天拍胸脯拍得梆梆响,爷我一定进机关,爷我一定光耀门楣,爷我一定要让别人知道我是你孙子而不是你是我爷爷。我要是你爷早抽死丫了,说过的话就是个屁!"

辛达夷讪讪:"不都是人妖劝我嘛,他说最近建筑公司大有可为。反正我们专业学的都是这个,做好了一样挣钱,一样出名,还不用领着死工资看人脸色不是……"

Chapter 79　入眠的人怕梦醒

言希踢他："我懒得理你们那点儿破事。去去去，别拉我裤子，有什么话直接说，什么时候跟陈倦一样婆妈了？"

辛达夷很婉转地星星眼，看着言希比上帝还上帝，特诚恳："美人儿，能帮我们做个宣传吗？下个月公司就要开业了。"

言希："你让我戴个黄帽子穿着蓝制服给你们建筑小组招商，你下一步还用不用我陪人喝酒？"

辛达夷："老子是那种人吗？就是指着你有名积点儿人气回头客。你别把人想得都跟陆流、温思莞一样心眼忒多！"

言希啧啧："你真看得起自己，那俩早就修炼成蜂窝煤了，你跟人是一个吨位吗？"

辛达夷揉头发，憨笑："那你是帮了？"

言希狞笑："看心情看时间看酬劳。"

辛达夷打电话："阿衡啊，我跟你说个事儿……"

言希咳："明天下午后天上午，我就这两块儿时间。"

辛达夷欢天喜地："哦，是三姐啊不是阿衡，三姐您天津话说得真好听，您问我找阿衡什么事儿？嘿嘿，没啥事儿，就是想她了。对，我是她兄弟辛达夷，我们在 MSN 上聊过的，对对对，回见哈。"

言希咬牙："卑鄙到这份儿上，算你狠。"

阿衡一直习惯在学校的公共电话亭给言希打电话。其实，通常大概基本上都是言希在不停 Balabala，阿衡只是附和，然后不停地向投币口投币，认真听他说。

有时候，他说的话她大多记不清楚，后来回想，只剩下，自己不停投硬币的声音。

叮，咣。

藏在小小的电话匣子中，清脆的，载着温柔，绵长。

他说："想你了。"

阿衡无意中透过电话亭，看到了曾经亲密的顾飞白和杜清散步在悠长悠长的学院路上，心中感慨原来物是人非是这么个意思，然后呵呵仰着小脸对电话那端说："我不想你。"

"不想你，天天都打电话，你烦死了你。"

天气变暖了许多，江南渐渐复苏，鸟语花香。

言希的手机有些日子打不通，算算时间，好像是给达夷的公司做一个Case，应该是没空理她。

可是之前，言希无论是在做什么都会接听的，阿衡想了想，觉得似乎奇怪了一些。

她打达夷的电话，统共四次，前三次没人接，第四次倒是通了，问达夷见言希吗。他却支支吾吾了半天，说是言希发烧了。然后听见吱吱啦啦的声音，应是有人抢走了电话。

是言希。

声音还好，就是带着疲惫，他说："阿衡，我没事儿，就是发烧了，手机这两天没带。"

阿衡问他："你发烧了？只有发烧？"

言希"嗯"了一声，说："我已经好了，这会儿有点困，补一觉，明天给你打电话。"

阿衡松了一口气："噢，那你好好休息。"

挂了电话，她拿着申请表，一阵风跑到李先生的办公室："先生，我想要报名参加志愿者小组。"

那会儿，正传播着一种全人类的传染性的顽固型的病毒，世界卫生组织还没定个好听的学名，西方已经开始大面积爆发，当时中国南方初露端倪。

身为南方学术领头羊，Z大医学院女教授李先生申请了一个科研小组，专题研究这种病毒，预备带学生到轻症病房亲自观察。院里报名的人很多，倒不是不怕死，就是跟着李女士一同出生入死，以后保博交换留学就有着落了。

阿衡很争气，期末年级排名又一路飙回第一，也算有了资格。只是李先生看见她，直摇头叹气："哎，现在的孩子，怎么功利心一个个这么重？"李先生对阿衡有固有的坏印象，所幸，得意门生顾飞白没有一条路走到黑。

阿衡抬眼，清澈的目色，讷讷："先生，我们去，是要照顾那些因为发烧得肺炎的人吗？"

李先生皱眉，说："不止这些，重点是研究病毒。"

阿衡有些尴尬，低声："先生，我确实是目的不纯，也确实没有想要研究出这是个什么病毒。我只是想要照顾那些病痛的人，不知道可不可以？"

李先生微愣，却缓了颜色："为什么？"

阿衡摸摸鼻子，说："我也不知道为什么，就是个冲动，呃，先生，您知道冲动吧，就是很想很想认真做一件事。"

李先生笑："一定有源头的。"收了申请表，挥挥手，让她离去。

然后，阿衡想啊想，这冲动还真是……莫名其妙。

言希发了烧，她离他甚远照顾不到，便想要照顾和他一样生病的人。好像，她这样尽心了，别的人也会同样尽心照顾她的言先生似的。

唯愿，人同此心。